Best Time

白 马 时 光

-THE BULLET-

时 间 的 谎 言

〔美〕玛丽·露易丝·凯利 著

姚静 译

百花洲文艺出版社
BAIHUAZHOU LITERATURE AND ART PRESS

图书在版编目（CIP）数据

时间的谎言 / （美）玛丽·露易丝·凯利著；姚静译 . — 南昌：百花洲文艺出版社，2018.5
ISBN 978-7-5500-2774-9

Ⅰ.①时… Ⅱ.①玛… ②姚… Ⅲ.①长篇小说—美国—现代 Ⅳ.① I712.45

中国版本图书馆 CIP 数据核字（2018）第 063358 号

江西省版权局著作权合同登记号：14-2018-0014
THE BULLET by Mary Louise Kelly
Copyright © 2015 by Mary Louise Kelly
Simplified Chinese translation copyright © 2018 by Beijing White Horse Time Culture Development Co., Ltd.
Published by arrangement with author c/o Levine Greenberg Rostan Literary Agency through Bardon–Chinese Media Agency
All rights reserved.

时间的谎言 SHIJIAN DE HUANGYAN

〔美〕玛丽·露易丝·凯利 著　　姚静 译

出 版 人	姚雪雪
出 品 人	李国靖
特约监制	王 瑜
责任编辑	游灵通　程 玥
特约策划	刘洁丽
特约编辑	刘洁丽　王良玉
封面设计	阿 鬼
版式设计	王雨晨
图片提供	站酷海洛
出版发行	百花洲文艺出版社
社 址	南昌市红谷滩世贸路 898 号博能中心Ⅰ期 A 座 20 楼　邮 编 330038
经 销	全国新华书店
印 刷	河北鹏润印刷有限公司
开 本	680mm × 970mm　1/16
印 张	19.5
字 数	326 千字
版 次	2018 年 5 月第 1 版第 1 次印刷
书 号	ISBN 978-7-5500-2774-9
定 价	45.00 元

赣版权登字：05-2018-162
版权所有，侵权必究
发行电话 0791-86895108　　　　网 址 http://www.bhzwy.com
图书若有印装错误，影响阅读，可向承印厂联系调换。

谨以此书

献给我的母亲
她总是相信我无所不能
也献给我的父亲
他一辈子辛勤工作
从而给了我机会
去证明我母亲是对的

我们从历史里反复学到的就是，人是一种非常复杂的玩意儿，非好非坏，既好又坏，坏中出好，好中出坏，败者为寇。

　　　　　　　　　　　　——罗伯特·佩恩·沃伦《国王的人马》

你以为你了解那些陪伴着你成长的人。整个人生，他们都伴随在你的左右，你熟悉他们的嗓音，熟悉他们双手的线条，知道哪些事情会戳中他们的笑点。你洞悉他们的内心。

　　然而，事实却证明，你并不知道他们的想法，你既无法真正了解，也无法全部了解他们的所思所想。所有人都有自己的秘密，还不只是他们不想让你知道的事情，更是那些关乎你的秘密，他们希望永远也不被你发觉。你可以和其他人共居一室，分享生活中所有愚蠢琐碎的细节，共用一块香皂或者一个糖罐，混穿鞋袜——但是你永远猜不透别人的心思。

　　你以为你了解一个人。

　　于是，有一天，你发现自己仓皇出逃，真正逃跑，肺部像着了火一般，两腿飞速交替，没有胆量停下来向后张望。其实，整个人生，我一直在逃跑，只是我自己不知道罢了。

　　让我来告诉你逃跑是一种怎样的感觉。

　　让我来给你讲一个有关恐惧的故事。

01

第一部分

华盛顿

第一章

　　我叫卡洛琳·卡申，是跟我要讲的这个故事不太般配的女主人公。考虑到故事中将要出现的各种形式的暴力，你脑海中浮现出来的或许不是我这样的女主人公，而是《古墓丽影》里的劳拉·克劳馥那种类型的女人，年轻貌美，二头肌紧绷，大腿上绑着枪套。我说的没错吧？赶紧承认吧。

　　好吧，我长得也算漂亮：我留着一头深棕色的长发，有一双巧克力色水灵灵的眼睛，腰臀也凹凸有致。我也注意到男人盯着我看的样子，只是，我的大腿上可没有绑枪套。首先还要申明的是，我今年 37 岁，虽然不至于半老徐娘，但是到了这个年龄，对世事我也几近不惑了。

　　接下来我要讲的是，我的每一天都是怎么过的。其实，我成天泡在图书馆里，研究已经作古的男性白人作家的作品。我是个搞学术的人，是乔治城大学语言与语言学学院的一名教授。我研究的是法国 19 世纪的作家：巴尔扎克、福楼拜、司汤达、左拉等。学校很慷慨，每年都让我飞一趟巴黎，但是大多数时间，你都会在主校区的图书馆里看到我：眼镜滑到鼻尖上，头埋在古书里。每隔几个小时，我会起身穿过操场，或是去讲课，或是去数落一个推迟交作业的学生。然后，我又一头扎进那些古书里。在四层楼的一边，我办公室里一个阳光充沛的角落，我两腿盘坐在一把蓝色的沙发软椅上看书。大多数夜晚，你也可以在那儿找到我，我一边抿着茶，一边在键盘上敲敲打打，批改作业。现在，你对我生活的节奏是否有所了解了呢？你无法想象我的生活有多么单调乏味。

然而，恰恰就是这样，因为我墨守成规地生活，我预约了一次体检，一切由此改变。

我的手腕疼了有好几个月了，一开始只是偶尔有一点刺痛感，后来剧烈的疼痛会突然延伸到手指，再后来，症状越来越严重，手指开始不听使唤，两手乏力，连包都提不动了。医生的诊断是打字过多，伏案过久。准确地说（我喜欢把话说得准确），诊断是 CTS，腕管综合征。医生建议我睡觉时把腕部套上夹板，把电脑键盘抬高。这样，疼痛的症状虽然有所好转，但手腕的问题并没有得到根本解决。

于是，一天上午，我来到了华盛顿放射医务所的候诊室。我预约了来做核磁共振，就像医生对我说的那样："确认一下是不是风湿，彻底查查到底是什么原因。"

那是 2013 年 10 月 9 日星期三的上午，一切就从那个上午开始了。

第二章

华盛顿放射医务所的候诊室是个奇怪的地方。跟常规的医务诊所一样，这儿的书架上摆放着翻旧了的杂志、司空见惯的盒装纸巾和超大瓶带泵头的普瑞来净手消毒液。因为使用放射线，检查室的门都是厚实的钢板做的，醒目的指示牌上写着："危险！闲人免进！强磁场！可能造成严重伤害！"为了确保你明白放射线的危害，指示牌上还画着一块巨大的磁铁，周围画着刺啦作响的闪电。坐在这里候诊，感觉有点像是要被护送着进入一座核电站一样。

我随意翻阅了一本宣传手册。这家医务所可以做乳房 X 线检查、超声检查、活组织切片检查，还有听起来瘆人的核医学。最后就是核磁共振成像检查，我来这儿就是做这项检查的。

"卡申女士？"

我站了起来。

一名身着医护服的年轻女子领着我穿过钢板门走进了更衣室。她对我说道："所有衣服都脱掉，把这件从前面系上。"她递给我一件折得整整齐齐的纸质长袍和一双短靴，随即离开了。

我开始一件一件地把衣服脱下来。我穿着羊绒衫和麂皮外套。以前有个男友曾对我说过，我天生就适合穿冬天的衣服，即使一丝不挂，走动起来也好像穿着天鹅绒一样。他有一点说对了：一年到头，我都是穿着各种梅子色、棕褐色和酒红色的衣服，全是鲜艳的颜色，我从来不穿柔和的粉色。

那位技师又进来了，向我描述了检查的过程。我要平躺在一张狭窄的小床上，她把我推进扫描机巨大的圆管中，我要在那里面停留 40 分钟，一动也不能动。身体不能出现丝毫扭动，尽量不要眨眼，连深呼吸都要尽量避免。为了防止我在狭小的封闭空间里感到恐惧，她还递给我一副耳塞和一个应急按钮。

那倒没有必要。来做核磁共振检查对我来说是极其幸福的一件事。工作日的上午难得偷来 40 分钟的空闲，在一个温暖封闭的空间里一动不动地躺着，有什么不好呢？机器大声有节奏地嗡嗡响着，我昏昏欲睡，差点儿就睡着了。

接下来，技师又带我回到了更衣室。她清了清嗓子，盯着我说："那么，我们就把这些拍好的片子交给威尔·扎特曼。他是你的私人医生吧？"

我点了点头。她还在盯着我看，一脸好奇的样子。

"还有什么事儿吗？"

"没有，没有了。"她尴尬地笑着说，"我就是……我是说，那是怎么进入你身体里去的？"她抬起手摸了摸自己的脖子后面。

"什么东西？"

"你知道的，就是这儿。"她又把手抬了起来。

"不好意思，我真不知道你在说什么。"

她说："那颗子弹。那颗子弹是怎么射到你脖子里去的？"

这难道不是非同寻常的事儿吗？就这样，就因为一个陌生人的几句话，你的人生从此发生了改变。后来，回忆起当时的情景，我觉得一切就是那样发生的，就在那个时刻，我的人生被切割成了两个章节，即"知道之前"和"知道之后"。

但我当时还不知道，我还牢牢停留在"知道之前"那一章节里。

我沿着 K 街往校园方向走去，在这个凉爽的秋季的早晨，散会儿步是件令人愉悦的事情。回到图书馆要走半小时，但我并不着急，我的课要到午饭后才开始。跟那位核磁共振技师的对话并没有让我忧心忡忡，反而让我觉得有点儿搞笑。因为，显然，我的脖子里不可能有子弹。只有被枪击中过，脖子里才可能有子弹，而这样的事情显然从未发生过，这可不是能轻易遗忘的事情。那个技师一定没什么经验，一定是把影像上的某处阴影错看成了一颗子弹，或者犯了其他类似的错误。哪天晚上聚餐时，我把这事儿拿出来讲，应该是个不错的故事。

我掏出手机给我的医生打了个电话，把这个消息告诉他。我喜欢威尔·扎特曼，他是医生中的极品：只要我打电话过去，他必定接听；听我描述症状时极其耐心；而且，大多数时间，他不要求我到他那里去，他打电话过来就把处方开好了。这也有可能是因为我从不生病，因此极少麻烦他。在我手腕不疼的时候，我好几个月都不找他。

此刻，他像往常一样耐心地听我说完，然后让我等他一下，不要挂断。几分钟后，他拿起电话，声音听上去若有所思。"我正在看你的核磁共振片，他们把片子发到我的邮箱里了。那里有……她没说错，那儿有个东西。"

"你是说有块阴影？"

"不是，我是说那儿有块金属的东西。"

"那不可能。"

"在靠近你的脊柱的地方，不容易看清。你脖子或肩膀动过手术吗？"

"什么？从来没有。"

"你知道，有东西掉了进去，手术器具、手术钳什么的。主刀医生根本没注意到就把切口缝了起来，偶尔会有这种事情发生。不管怎样，我并不担心，再照一次X光，我们应该看得更清楚一些。"

"还要照X光？"我叹了一口气。

"我觉得最好拍张X光片。我来给你预约。"

我谢过了他，挂了电话。我的手腕又疼了起来，我边走边用手指绕着圈按压手腕内侧的脉搏处。再抽时间去做一次检查很烦人，就为了一个小时的检查，往往一上午时间都泡汤了。当然，这学期我的课时量不大，应该能找到时间。现在，连我自己也不由自主地感到好奇。

那天晚上，我去父母家吃晚饭。

对一个37岁的成年女性来说，我去父母家吃饭的次数较为频繁。我和父母的关系很亲密，每天都通电话，有时候还不止一次。大多数早晨，我在厨房悠闲地煮着每天的第一杯茶时，会给母亲打个电话，对当天的热点新闻交换一下看法，或是聊一聊头天晚上睡前翻看的书籍。

你们看，我一个人过着独居的生活，是个老姑娘。这个词现在很少有人用了，却很准确。我单身一人，一直未婚，也从未遇到一个让我喜欢到想把自己嫁出去的人。我也安于这种生活状态，自己想怎样生活就怎样生活。我也不是一个腼腆害羞的人，恰恰相反。但我是个内向的人，大多数人不明白这两者有什么区别。

没有为人妻的义务，我便有时间结交一帮亲密的女性朋友。情人的话，我需要的时候就去找一个。我猜，这又是一个现在不常用的词汇，但这个词也十分准确。我还有时间去看望父母，他们就住在附近的克利夫兰公园，那是一个人行道宽阔、房子古老而体面的街区，住着记者、律师等华盛顿名嘴阶层的成员。我爸妈的房子用的是黄色的护墙板，门口有一个阴凉的门廊，在那儿可以看到国家大教堂的石塔。我和两个哥哥都在这座房子里长大，一个街区之隔，就是我们三个人的学校，我们在那儿学会了读书与写字。两个哥哥现在都是 40 多岁的人了，爸妈也都 70 多岁了，但所有迹象都表明他们一点也不反对家里继续添丁进口。我想，我爸妈喜欢看着哥哥的孩子们在屋子周围打闹，挥动着长曲棍球杆和棒球帽，砸在曾经备受两个哥哥折磨、伤痕累累的门框上。楼上浴室的梳妆台上还有一块烧焦的印痕，那是我十几岁时，忘了把开到高温档的卷发棒关上，就迫不及待地出门去朋友家过夜了。总之，父母的屋里还是家的感觉。

除此之外，还有一个原因，就是我喜欢跟我爸妈做伴。但我一周回家吃好几次晚饭的最重要原因是我妈的厨艺。我妈做起饭来全然不考虑食物的胆固醇含量和卡路里数，她照着已经停印的 20 世纪 70 年代的菜谱做出大锅的杂烩。今天晚上，她从烤箱里端出来的是一大块鸡肉派。长期的经验告诉我，这道菜一定用掉了一整袋速冻的胡萝卜豌豆混合蔬菜粒和大量的起酥油，一定美味无比。

我等大家都坐定了，葡萄酒都倒好了，才把我的故事拿出来讲："你们一定不相信今天上午在医务所发生了什么，真是太奇怪了。"

"哦，不会又是因为手腕疼吧？"妈妈问道，"好点儿了吗？"

"没有。他们想找到病因，想知道为什么夹板不起作用。今天上午，我去做了核磁共振检查——"

"你说是哪只手腕？"爸爸打断了我的话。

"右手的手腕。"我抬起手，"但他们对整个上半身都做了核磁共振检查，想找到哪儿肿了，或者哪儿错位了什么的。我起身准备离开时，核磁技师追上我，非常兴奋。她问我，这简直太离谱了，她问我，'子弹是怎么射进你脖子里的'？"我说到这儿打住了，等着看有什么戏剧效果，"我脖子里有一颗子弹。你们能想到吗？"

你只有十分熟悉我的父亲才会注意到他身体往后退缩了一下的动作。他的嘴角紧绷了一下，动作非常细微，稍纵即逝。我看了一眼我母亲，她低着头，眼睛直勾勾地盯着盘子上的鸡肉派，用叉子把豌豆拨弄到一起。

他们什么话也没说，这可不是我期待的反应。

最终，我爸说道："天哪，你是怎么回答的？"

我觉得他问得很奇怪。"我当然说一定是她弄错了。机器扫描你时，应该保持纹丝不动，但我一定是哪儿抽动了一下，也许影像那儿就出现了模糊的重影或阴影。"

他点了点头："也对，听上去好像你去探险了一样。"他转身对我妈说，"鸡肉很好吃。我再来一点。"

他俩就坐在那儿吃着。

"就这样？"我问道，"你们就是这种反应？我还以为你俩会笑翻天呢。"

我爸说："你不是说了吗，很可能是那个技师看错了。"

我妈附和道："亲爱的，我们只是有些担心，我不想看到你受病痛折磨。我一直盼望你的手腕能早日康复。"

我叹了一口气说："我也是这么盼望的。但现在我还得去医院拍 X 光片。我怕是检查还没做完，我就得全身打上石膏了。"

我爸和我妈对视了一下。

"我开玩笑呢。我没事儿。"

我妈张开口，却欲言又止。晚饭继续进行，话题却转到了一部马龙·白兰度主演的老电影上，他们刚刚看完这部电影。但往大家酒杯里续酒时，我爸的手有些颤抖。他见我注意到了，就俯身装作拍拍狗。"岁数大了，"他说，一边做了个鬼脸一边坐了下来，"很快就要老得不能动了。"

我们从餐桌边一起站起来时，我爸妈又互相看了一眼。夫妻在一起生活久了，就能培养出自己的语言，不需要说话就可以交流。虽然我无法解读出他们眼神的具体含义，但我感觉到他们有事刻意瞒着我。

第三章

2013 年 10 月 10 日，星期四

X 光片一目了然。

跟两个哥哥不同，我从小就是个安静的孩子，从来没有摔断骨头或者连夜被送往急诊室的经历。我不滑雪、不骑山地车，也不骑马，总之，只要有可能，我尽量不参与有危险的活动。我在前面说过，我不是劳拉·克劳馥那种类型的。因此，除了看牙医时臼齿拍过模糊不清的片子，我还从未拍过 X 光片，从来没有瞥见过自己身体的内部构造。

我觉得 X 光片很神奇，明暗交错，深浅不一的黑白灰三色交织在一起。你可以看见我细长分叉的牙根，比我在牙医那儿看见的边缘更为清晰，这里设备的性能一定更为卓越。向下延伸的是我纤细的脖颈，椎骨一节一节整齐地堆砌成一条颈椎，皮肤和肌肉等软组织朦胧如迷雾。X 光片自有它的美妙。

X 光片清晰明了，毫不含糊。我还没看到昨天的核磁片，无法对这两种片子进行对比。但是，核磁共振技师的判断完全正确，不容置疑。

那颗子弹熠熠生辉，闪着明亮的白光，比牙齿里的金属填充物还要亮。物体的密度越大，在 X 光片上就显现得更加明亮。医生认为子弹的材料是铅，看起来大约半英寸长，一头逐渐变尖。尖头朝下，指向肩膀方向，平的那一头靠近我颅骨的底部。

　　我仔细地看着片子，简直不敢相信自己的眼睛。这真是令人难以置信。我一遍又一遍地眨巴着眼睛，把目光转向别处，再转到 X 光片上，子弹仍然在那里，幽幽地发着光。我的脑海中充斥着笛卡尔的哲学。我体内的法国学者说话了：Je pense, donc je suis。"我思故我在。"我怀疑那颗子弹是否存在，因此，它一定存在。不对，不是这样的。但是，我头脑里一片混乱，无法正确思考了。勒内·笛卡尔进行哲学思辨时，大脑可从来没有受到一颗子弹的近距离威胁。

　　一颗子弹，我的老天。我坐在 M 街医务诊所楼二层的检查台上，扎特曼医生的诊所也在这座楼里。他找了一个放射科医师朋友，加塞为我在午饭时间预约到了医生。这位放射科医师一会儿看看我，一会儿看看墙上观片灯照亮的 X 光片，他的眼睛睁得大大的，脸上浮现出兴奋与恐惧交织的表情。

　　"你当真不知道那儿有颗子弹？"

　　"是的。"

　　"你说你还做了核磁共振？你带着片子吗？"

　　"没有，"我皱了皱眉说，"片子在扎特曼医生那儿。我们可以找他要——"

　　"想想就后怕，别再做核磁共振了。"

　　"你说什么？"

　　"不要再去做核磁共振检查了，做核磁共振的机器是一块巨大的磁铁，'磁'就是磁铁的意思，而你的脖子里有一小块金属。当然，铅没有磁性。"他歪着头，一边思考一边说道，"但是，要是子弹是一种合金……或者要是你体内有金属碎片……"

　　他又把 X 光片仔细查看了一遍，"不能做，不值得冒那个险。这颗子弹紧贴着你的脊椎，主要的血管都聚集在周围。要是发生移位就不妙了。"

　　我喉咙一紧，感觉难以吞咽，诊室四面的墙仿佛都向我压了过来。

　　"让我检查一下吧。"他把手放到我的脖子上，轻轻地上下摁压，"没有肿块，我也摸不到皮下的疤痕组织。伤口在哪儿呢？"

　　"我不知道。"

　　"也许在这儿？"他的手指向上移动了一点，摁压到了我头皮的底部。

　　"我说了，我也不知道。我一开始都不知道那儿有一颗子弹。"

　　"那你也不知道子弹在你体内多长时间了？"

"我一无所知，浑然不觉。我不知道该怎么说。"

他眯起了眼睛，"这简直——太不同寻常了。被枪击中这种事应该不容易遗忘，特别是被击中了脖子。"

"我跟您想的一样，您的意思是？"

"就是——恕我直言，怎么说呢？我觉得这令人难以置信，您脖子里有一颗子弹，这么长时间，您竟然一无所知。"

我瞪着他，"那么，我们两个人想到一块儿了。我们两个人都认为，"我的手指轻轻敲了一下观片灯，"这件事完全不合情理。"

"虽然，我对枪支弹药一无所知，但我确信这绝不是做手术留下来的手术钳。"

威尔·扎特曼和我并肩坐在他的诊所里，我俩都盯着他计算机屏幕上的 X 光片。作为医生，他看上去显得有点年轻，比我大不了几岁。我跟他并不熟悉，但他的反应让我感到放松。看上去，他跟我一样一头雾水，不确定是应该感到恐慌，立刻跑去急诊室，还是认为整件事情都是无稽之谈，应该一笑了之。

"你是说你真的不知道那儿有颗子弹？"

我逐渐意识到我将要频繁地面对这个问题，"对，我真的不知道。"

"你也从来没有任何疼痛的感觉？扭头时也没感觉有一点僵硬，或者有一点刺痛？"

"嗯。"我抬起右手，小心翼翼地上下活动了一下，"你知道我手腕疼，我不知道是不是跟这有关系。"

"我也不清楚。"他转过身背对着屏幕，"我想我们需要回答下一个问题，是否需要把子弹取出来？我能想象出这么做的各种风险。另一方面，我也能想象出把子弹留在那儿的各种风险。比如说，铅中毒。"他随手在记事本上划了几个字，"我认为下一步你需要去看神经科医生。现在，让我来检查一下。"

他把我深色的鬓发从脖子处拨开，靠近了仔细查看。

没有伤疤。

"我知道。"

"我知道我已经问过这个问题了，但我还是想再问一次，你从来没做过手术？腰以上的任何部位都从没做过手术？"

"没有。我从来没有做过手术，没必要再解释了。至少，据我所知是这样。而且我也可以回答你接下来可能会问的问题：没有，我也从来没有遭到枪击。你的放射医师朋友也向我善意地指出，人们一般是不会轻易忘掉这种事的。"

扎特曼医生深深地吸了一口气，身体往后靠在了椅背上，"我从未见过这样的事情。我是说，子弹不可能凭空出现。这颗子弹总是通过某种方式进入了你的脖子里面。你真的不知道这是怎么发生的吗？"

"不管你怎么问，答案仍然是我不知道。"

"你的父母怎么说？"

"他们——"我有些犹豫，"他们看起来好像不知道。"

他一定在我的声音里听出了一点言外之意，抬起头来说："'看起来好像'不知道，你这么说是什么意思？"

"嗯，我昨晚确实向他们提起了这件事。我说核磁共振医师发现我身体里有个像子弹的东西，我说这太可笑了。我隐约感到他们的反应有点奇怪。"

"怎么奇怪？"

我斟酌了一会儿，想找到一个恰当的词语，"不安，他们看起来有点儿不安。但这也很正常，是吧？"我突然开始为他们找起借口，"看到女儿受病痛折磨，被迫接受检查，然后又告诉他们检查结果很离奇，父母感到不安也是再正常不过的反应吧。我是说，要是你跟你父母说你脖子里也许有颗子弹，你的爸爸妈妈会有什么样的反应呢？"

他点了点头，"说得没错。但是，一定有人知道发生过什么事情，你应该再跟他们谈谈。"

我忐忑不安地把车往父母家开去。

在我看来，将要跟他们进行的对话有两种可能的结果。有可能他们对此一无所知，这种可能性还挺大。但这个结果不能给我任何安慰，毕竟我脖子里确实有一颗子弹，如果连我爸妈都不知道这是怎么回事，谁还会知道呢？

另一种可能更令我不安，那就是他们确实对我隐瞒了一些事情。我还记得那天吃饭时我爸的手止不住地抖了几下，我妈一直埋头拨弄盘子里的豌豆，不愿抬头看我。或许发生过什么不好的事儿，一颗子弹钻进了我的脖子，无论怎么说都不会是高兴的事儿，但事情究竟有多么可怕？而且，不管发生过什么，对我似乎并没有产生持久的危害，为什么他们一直不敢告诉我呢？

　　我唯一能想象到的貌似合理的解释就是这事儿跟我的两个哥哥有关。如今他俩都已经成家立业，都有乡村俱乐部的会员身份，过着受人尊敬的体面生活。他们拥有所有中产阶级人到中年的外部特征：两家一共养了六个孩子，每月都要还房贷，也都有股票投资，还经常去喝喝下午茶什么的。但是，童年时代，他俩非常顽皮。至今，住在街对面的那个邻居对他俩都不理不睬，对他俩的怨恨一直保持了35年之久。35年前，他俩把那个邻居家的卧室窗户打碎了。那时我尚处于蹒跚学步的幼年，对此没有什么记忆。但后来我听哥哥们说，有个舅舅考虑不周，圣诞节时给了他们一把气枪作为礼物。他俩枪法都很臭，于是就通过瞄准窗外木兰树上住着的那只松鼠来练习枪法，提高他们的命中率。（根据家族传下来的版本，他俩的枪法越来越好，最终打死了那只松鼠，然后把它放在了邻居大门前的门垫上，据说是为了表示忏悔。这么多年，那个邻居都对他俩敬而远之，也许这也不失为一种明智的做法。）但是，回到我们刚才提到的问题，有没有可能是他俩把子弹射到了我的脖子里，在我很小还没有记忆的时候？

　　但这种可能性似乎不大，如果他俩打碎邻居的窗户都难逃其咎，击中了妹妹当然更无法逃脱惩罚。那也会成为家族传说，一到婚礼预演晚宴或40周岁生日聚会等家庭聚会场合就会被拿出来添油加醋地描述一番。所以，我没有理由不知道。而且，还有那颗子弹。虽然我可能比扎特曼医生对枪支弹药的了解还要少，但是我脖子里的那颗子弹看起来比任何装在小孩玩具枪里的子弹都要大很多，也更具杀伤力。

　　在开车前往克利夫兰公园的途中，我反复查看那颗子弹。放射科医生把 X 光片的 JPEG 格式图片发了一份到我的电子邮箱里。在每一个路口等红灯的时候，我就停下车，盯着我的手机看。你可以把图片放大，直到整个显示屏都被那颗子弹填满。你还可以把图片缩小，直到那颗子弹变成几片灰白色椎骨之间的一小点白光。

　　车开到父母家门口时，已经接近黄昏时分，日光在渐渐消退。我锁上车，像平常一样进了屋：一边转动钥匙开门，一边例行公事地敲了敲门。

　　爸爸坐在厨房的餐桌旁，埋头在做填字游戏。他的比格猎犬亨特像往常一样对我的到来视而不见。但是爸爸的脸一下泛出了光彩，"卡洛琳，我正盼着你回来呢。哪个词有一个七个字母的同义词叫——"

　　"爸爸。"我的声音卡在了喉咙里，我不知道怎么对他开口。于是，我举起手机，让他看一眼电子邮箱里 X 光片的图片。他的眼神回答了我的疑问。"哦，老天。亲爱的，我们不知道子弹还在你身体里面。"

第四章

你一定在想我看上去不像是忧心忡忡的样子，这有点不合情理，是吧？一个女人，刚刚得知自己脖子里埋着颗子弹，刚刚得知自己可能被枪击中过，看上去应该比我现在的样子更加歇斯底里吧。

好吧，歇斯底里来了。

站在厨房里，我爸跑前跑后地招呼我："亲爱的，你先坐下来，我来给你泡杯茶——"我彻底失控了。

我尖叫道："你是什么意思？你不知道它还在那里？你到底知道些什么？你为什么不告诉我？"

"我们不知道——我们只是——我们以为他们已经把它取出来了。我们从来没想到要问一下。"

"从来没想到要问谁？你在说什么？"椅子都快被我举起来了，放下时又重重地撞到了桌子的边缘，"爸爸？你说的是什么意思？"

我不是个易怒的、情绪化的人。但跟 X 光片和核磁共振图像比起来，我爸搪塞躲闪的言辞更让我感到提心吊胆。图像看起来很虚幻，像是睡梦中出现的道具，醒来会发现一切并不真实。但是我爸——我来这里本来是希望他告诉我整件事情可笑至极，我希望跟他一起对这件事一笑了之，我期待他帮我解开这个谜，告诉我是医生弄错了，那张 X 光片其实是别人的，是一个对自己脖子里躺着颗子弹竟然一无所知的可怜人的（提示播放音效：大笑声）。

他却摸索着在手机键盘上拨电话，嘟囔着要给我妈打个电话。

"爸爸——"

他竖起手指，示意我等会儿，"法兰妮，卡洛琳回来了。你赶快回来吧……嗯，好的。"他挂了电话，"她 20 分钟后就到家。"

"爸爸，不管发生过什么，你就告诉我吧。"

"好吧，去他的，不喝茶了！"他从壁橱里抽出两个玻璃杯，从旁边的冰箱里拿出一瓶苏格兰威士忌。

"我不想喝威士忌！"我把瓶子推到一边，"我只想让你告诉我这都是怎么回事。你们怎么会知道——"

"喝，"他命令道，把我的手按在了酒杯上。他倒酒时，手颤抖着，"喝点酒会让你冷静下来。这件事给你带来了这么大的打击，我也很难过。等你妈一回来——我认为也应该打电话让你的两个哥哥也回来。"

"为什么让他们回来？是他们干的吗？"

"是谁干的？"

"马丁和托尼①啊。是他们用枪打我的吗？"

他露出了困惑的表情。

"就是用他们以前的那把气枪，就像他们打松鼠一样。"

他的脸上露出了惊讶的微笑，"不是，不是你的哥哥们干的。上帝保佑，虽然他们可能真的试过。"他脸上的微笑一闪而过，眼神再次凝重起来，"你真的不记得了？什么都不记得了吗？"

"我应该记得什么？"

"你小时候的事。"

我摇摇头，等着他往下说。

"我们一直有疑惑，但从没想过要问一下。他们告诉我们不要自找麻烦。"

"爸爸，你在说什么啊，我很害怕。"

"卡洛琳，不要把我们想得太坏。我们爱你。我们会永远爱你。不管怎么样，

---

① 托尼是安东尼的昵称。

你都是我们的女儿。"

我直愣愣地看着他。这是我听到过的最可怕的几句话。

一个小时以后,一家人都到齐了,大家都聚到了客厅里。

让我来为他们做个介绍:

我已经向你们介绍过我母亲法兰妮·卡申了。她浑身散发着魅力和活力,整天忙于教堂花卉协会的事,对自己的儿媳和日益壮大的孙辈队伍也是颐指气使。

我的父亲叫托马斯·卡申,退休前是个律师,现在有时候也为别人提供一些法律咨询,近来还对劳神费力的填字游戏产生痴迷。他每天还要跑步,跑上 3 英里,并号称这是应对我母亲做的美味炖菜的最好方法。

我的二哥安东尼子承父业,也是个律师。他是我们三兄妹中嗓门最大、最讨人厌的家伙。现在他一如既往,在屋里走来走去,抱怨家里总是没有啤酒,要求这个家庭会议最好不要超过一个小时,因为他 8 点钟还要去拉西卡印度餐厅吃饭,要知道在拉西卡餐厅订个座有多么困难。

同往常一样,我的大哥马丁直接叫他闭嘴。马丁在金融业工作,确切地说是不动产投资银行业。他多次试图跟我解释他到底是干什么的,但他一旦滔滔不绝地说起通过改变合资公司的资本结构以及税收整合股权实现流动性最大化所能带来的收益时,我总是一脸茫然。我总想问他,你是在说英语吗?同样,当我扯到要想读懂巴尔扎克就必须运用罗兰·巴特的符号学理论,同时必须接受文本意义的多元性时,他也是一脸茫然。说白了,就是我们各有所好。好在我和马丁都很喜欢对方。

现在他一屁股坐到了我旁边,"妹妹,你没事儿吧?你看上去脸色很差。"

"马丁,不要这样说。"妈妈恳求道。

"好吧,言归正传,到底发生了什么事儿?为什么突然召开家庭会议?为什么妹妹不说话啊?"

我直直地盯着我爸,等着他开口。

他清了清嗓子说道:"你们的妹妹今天有个消息要告诉大家。"爸爸的声音低沉舒缓。这种语气肯定是他在上法庭时为了让人们对他肃然起敬而刻意培养出来的。我极少在家里听到他用这种语气说话。"这个消息出乎她的意料,老实说,也出乎我和妈妈的意料。这个消息带来了一些问题,我们有必要召开家庭会议来讨论。”

我妈妈点了点头。马丁在沙发上坐直了身子，眉头皱了起来。连托尼也不再晃来晃去，而是坐了下来。

“卡洛琳今天做了个 X 光检查。结果显示——结果显示就在这儿——”爸爸拍了拍自己的脖子。

“结果显示出这个，”我打断他说道，把我的手机递给了马丁。他把图片研究了一番，用手指把图片放大、缩小了好几次。

“这是什么？”

“我的脖子。”

他把屏幕拿到眼前，眯起眼睛仔细看，“你的脖子？”

托尼侧过身子，一把拿过手机，“但这又是什么？”他指着屏幕的左下角说道。

“那看起来是颗子弹。”

我的两个哥哥一起抬起头来朝我看，好像我精神不正常一样。

爸爸试图重新掌控谈话的走向，“确实是颗子弹。”他俯下身子，拿起了手机，“我很难过。”他朝我妈妈示意说，“我们都很难过，你最终通过这种方式了解到这件事。我们不知道你身体里有颗子弹。但我们知道——”他深深吸了口气，“我们确实知道你被枪击中过。那时你才 3 岁。”

全家陷入了沉默。然后托尼问道：“在哪儿遭到的枪击？发生了什么事情？”

我妈穿过屋子，在我面前跪下来，握住我的双手，说道：“在你来到我们身边之前，在你成为我们的天使女儿之前。”一颗泪珠从她的脸颊滑落。

我还是没明白是怎么回事，“在我来到你们身边之前？你在说什么——在我来到你们身边之前？爸爸刚才说那时我已经 3 岁了。我在你们身边已经 3 年了。”

“噢。”马丁慢慢吐出一个字，“这就是原因，是吗，妈妈？”

妈妈没理他，仍然看着我的眼睛，“你是我们收养的，卡洛琳。你的父母已经——已经死了。我们承诺会爱你并把你当作自己的孩子一样养大。我们就是这样做的，我们确实是这样做的。”她紧紧地握着我的手，继续说道，“我知道，你肯定会有很多疑问，只要我们知道就一定会告诉你。但你要知道：在这间屋里，在这个家里，什么也没有改变，一切都没有改变。你是我们的女儿，你是他们的妹妹，就是这样。”

她瞪了我的哥哥们一眼，意思是要他们也说点什么。

马丁清了清嗓子，在沙发上尴尬地转过来面朝着我说：“是的，没错，一切都没有改变。”他看了一眼托尼，希望他也同样表个态。

“是的，当然。”托尼坐在那里，将信将疑地眨了眨眼睛，“老实说，我已经很久没想过这件事了。你来的时候我们还很小，但是，妈妈、爸爸，我必须说，用这种方式让妹妹知道这件事确实有点——”

“你知道？”我盯着托尼，“你也知道？”我又转向马丁。

他俩当然都知道。我迅速计算了一下，我来的时候，托尼应该是 7 岁，马丁已经 9 岁了。

要是说此时此刻的这种背叛更让我伤心欲绝，你会觉得奇怪吗？最让我伤心的不是知道真相后的震惊，哪怕是在 37 岁才知道真相：自己原来是被收养的，我不是而且从来都不是自己认为的那个人。最让我伤心的却是，我的两个哥哥都知道真相却没有告诉我。他们不让我知道这个秘密，他们把秘密保守了这么久，连他们自己都不记得了。而且，更要命的是，天哪，他们事实上并不是我的哥哥。

我浑身颤抖起来。

父亲走过来想要抱着我。

但我朝后退缩，连滚带爬地越过沙发，跑出屋去，不顾一切地要从那里逃离，越快越好。

接下来的两个小时，我把自己锁在那间曾经属于我的浴室里。我吐了一会儿，然后就坐在浴缸边不住地颤抖，虽然我还把浴巾裹在了肩膀上。

我能听到楼下的声响，能听到他们从一个屋子走到另一个屋子的脚步声。我能想象到我妈在哭，哥哥们在给嫂嫂们打电话，说父母家里出了事，他们要晚点回去。想到这儿，我不免又产生了一个新的疑问：他们的妻子也知道我的来历吗？是不是除了我，家里其他人都知道？

我在记忆中搜寻，可是怎么也找不到任何不同寻常的地方。我的童年稀松平常，或者说我认为那跟其他人的童年毫无二致。我现在确实想起来我没有幼儿时期的照片。在我刚刚逃离的那间屋里的壁炉上，摆放着一溜银相框，里面的照片记录着家庭的一些重大时刻，有我父母结婚的照片、有我两个哥哥结婚的照片，还有一个三格相框，分别放着我和两个哥哥的大学毕业照。壁炉架左侧的相框中放着安东尼和马丁两个人受洗时的照片，他们俩穿着洗礼服，都是胖乎乎、光着脑袋的幼儿。有一次，当我问起我小时候的照片都放在哪儿时，我妈敷衍了我一句："三孩综合征，我整天追着你的两个哥哥，没时间给你拍照。"

现在我感觉自己就像个白痴。

有人在浴室门口走动，然后传来敲门声。

"想说说话吗？"

是马丁，我对着门皱起了眉头。

他在门口站了一分钟，然后又敲起门来，"妹妹？"他拧了拧门把手，但我已经把门从里面锁住了。我听到他靠在门上，然后顺着门重重地坐在门口过道的地板上。

"如果我是你，我也肯定会彻底崩溃的。暂且不论好坏，这么多年后，你最终知道了这件事。"

我什么也没说，隔着门也一心想让他感觉到我的敌意，又过了好几分钟。

"你知道，我可以在这儿坐上一夜，反正我一直都挺喜欢这个过道。你听，在门外边，我可是有威士忌的。听到了吗？"我听到了冰块在玻璃杯里相互撞击发出的叮当声，"我敢说你现在正需要喝上一杯。"

我开始动摇了，"走开，我不喜欢威士忌。"

"没问题。那就把它当成香槟酒，或是波尔多葡萄酒，或是桑塞尔白葡萄酒，或是其他什么酒，把它当成你这个法国佬迷妹喜欢喝的酒。"

"求求你走开。"

我们安静地坐了会儿，接着他又说："你看，我记得你上次把自己锁在浴室里生气，是因为那个渣男。他叫什么来着？那个长得胖乎乎的家伙？"

"闭嘴，马丁。"

"好了，好了。那是什么时候，你大二的时候？那次，你简直气疯了，因为他为了个金发女郎欺骗了你。是叫乔西什么的，是吧，还是杰克什么的？

"是杰夫·本顿。"我终于忍不住了。

"对，我去，就是那个王八蛋！当时是因为啥事啊？他说好了带你去毕业舞会，后来却放了你鸽子？"

"是的。"过了好大一会儿，我又说，"对，他是放了我鸽子。后来，你和托尼把他的车胎割开了，又用液体肥料在他家前院的草坪上喷了'二货'两个字。"

"是啊，这是老哥们该做的。"

听到他说老哥们，我的胃又开始抽搐起来。我把浴巾又裹紧了一些。

"卡洛琳，现在可以出来了吧。"

"不。"

从门下面的窄小缝隙里，伸进了四个手指头。

"别，"我警告道。

手指头又往里面挤了挤，"好啦，在我的手指头被木头划伤之前，你就出来吧。"

"你再这样我就踩你的手啦。"

"别这样，这个周末我还要去打壁球。"

我终于破涕为笑，不过发出的不是笑声而是类似出气的声音，胸口有什么东西终于释放了出来。我试探着问道："马丁，我父母，我真正的父母究竟怎么了？"

"应该说是你的亲生父母，"他纠正道，"我不知道他们发生了什么。我记得的就是爸妈告诉我们，家里将有一个小妹妹，然后，有一天你就来了。妈妈和爸爸看起来很高兴，我们也很高兴。我的记忆中，他们从来都没有用过'收养'这个词。一切似乎都很正常，就像……以前卡申家有两个孩子，现在有三个了。就像其他任何一个家庭迎接第三个孩子的到来一样。托尼说得很对，我们好像已经把这件事忘记了，完全忘记了你是怎么来到这里的。这说的都是实话。你不要以为，这些年来，我们好像总是坐在那里背着你议论这件事一样。"

我不敢肯定是不是相信了他说的话，但我渐渐放松了戒备，我站起来打开了门。

马丁也站了起来。

看着我这个瘦得像根电线杆、金发碧眼的哥哥，我不由得说道："你看，我长得一点也不像你。"

"你到现在才发现吗？"

"也不是，不过，为什么以前我一直没觉得有什么奇怪呢？"

"我也不清楚，但我也有许多朋友长得跟他们的兄弟姐妹一点也不像。"

"话是这样说，但你和托尼长得可是像对双胞胎一样，就像布克兄弟服饰广告中的雅利安男模……"

"好啦，别说了。"

"而我呢……我长得有点儿像萨尔玛·海耶克，如果她能再高几个英寸或者胸型更好看点儿的话。"

他扑哧一声笑了出来，"别以为你今天心情不好，我就会让你自鸣得意。你们这些个妞没有哪个的胸比得上萨尔玛的。"

我冲着他的肩膀捶了一拳。

我们似乎又像过去那样开始打打闹闹，但有种空落落的感觉弥散开来，好像有什么宝贵的东西已经一去不复返了。

第五章

更糟糕的事情还在后面。

直到夜半时分，最恐怖、最可怕的情节才被披露出来。

我们一家五口又推推搡搡地挤回了客厅。两个哥哥在沙发上一边一个坐在我身旁，好像要把坐在中间的我保护起来。我爸跟他俩已经把一瓶威士忌喝完了，现在又新开了一瓶，妈妈和我则捧着茶杯。我觉得自己已经处于失魂落魄的状态，不用再喝酒，就已经毫无戒备，放得很开了。但是相对于爸爸要讲的事情，无论你处于哪种情绪状态都会觉得无所适从，不管是喝醉也好，清醒也好，抑或是在这两种状态之间也好。

他告诉我，我出生在亚特兰大。

我的父母在当时是一对年轻夫妇，名字叫作布恩·史密斯和萨迪·罗森·史密斯。布恩是达美航空公司的飞行员，萨迪·罗森待在家里照看我。他们是上大学时谈的恋爱，在我快要出生的时候，他们从夏洛特搬到了亚特兰大。这些事都写在报纸上登出的讣告里。

他们是同时死的，被子弹近距离击中，当场死亡。布恩被击中的是头部，萨迪·罗森是心脏，这是一起谋杀案。我的父母在1979年的秋天被谋杀了。他们当时都才26岁，尸体是在他们自己的白砖房子的厨房里发现的。这栋房子位于一个邻里和睦的街区，在一个叫巴克黑德的社区里。

我当时也跟他们一起在那栋白砖房里，也被枪击中了，子弹打进了我的脖子，我几乎也没命了。警察破门而入时，我躺在厨房地板上，嘴唇发紫，奄奄一息。我被紧急送往医院，输血、缝合后，奇迹般活了过来。但这个案子始终没破，杀人犯也一直逍遥法外。人们为布恩·史密斯和萨迪·罗森·史密斯举办了葬礼，卖掉了他们的房子，我也被送到了华盛顿生活。

爸爸最后说："这大致就是所有我们能知道的事情。你来家里的时候，这个案子的侦破工作还在进行之中，我们就只能从报纸上的相关报道了解一些进展，警察不愿向我们透露更多消息。打那以后，寒来暑往……日复一日，年复一年……过去的事情看上去似乎也不再那么重要了。"他说这些话似乎用了很大的决心，说完后，他的声音又变得温和了起来，他说，"卡洛琳，你才来的时候，惊吓过度，最初几个星期都没有说话。"

"医生曾担心你的大脑可能也受伤了。"我妈轻声说道（我觉得现在有必要说得更为准确一些了。我妈指的是法兰妮·卡申，就是现在屋里和我在一起的这个女人）。她摇了摇头，继续说道，"但我知道他说的不对，我能从你的眼睛里看出你是个聪明的孩子，非常聪明。你只是需要一些时间。"

"我们认为你当时一定非常痛苦，"我爸接着说道（我爸指的是托马斯·卡申，那个看着我一天天长大的爸爸。天哪，这么说的确有点奇怪），"你的伤势一度非常严重。他们告诉我们说你已经做了两次手术，你的……你的命是捡回来的。但他们提供给我们的所有医疗记录里都没有提到它有可能还在你的脖子里。我们只是——"他无助地看了一眼我妈，接着说道，"我们以为子弹在哪次手术中已经被取出来了。"

"但我脖子上并没有疤痕。"在沉默聆听了几乎一个小时后，我终于开口说道。

"你以前有，你曾经有过疤痕。"我妈往前倾过来摸了摸我的头骨底部，在我脊柱突出部分左边半英寸的部位。她说，"我们以前隔着头发可以看到。但你的头发一年比一年长得浓密。6岁时你又得了水痘，从那以后，你到处都是疤，我也分不清哪个是哪个了。后来，这些疤都变淡了，包括枪伤留下的那个疤。"有那么一个片刻，她的手指在我的头骨上使劲按了一下，接着，她坐了回去，双手紧握着放在膝盖上。

我转过身对着我爸说："这真是匪夷所思，那些医生竟然没有告诉你们子弹还没有取出来。我是说，你们要收养这个孩子，难道这样的信息不应该告诉你们吗？"

我爸回答说："无论是从医疗角度还是从法律角度来讲，这确实都太离谱了。但是，卡洛琳，你当时是在佐治亚州的监护之下。你的医疗记录——他们——所有东西都被封起来了，因为刑事调查还在进行之中，他们也不允许我们和为你做手术的主刀医生见面。或许，直到我们签署收养文件时，他们的评估都是那颗子弹一时不会对你的健康带来威胁，因此他们认为我们没必要知道。再以后就——我也不知道是怎么回事。也许当佐治亚州把你的档案转到哥伦比亚特区时，这件事就被忽略了。"

我妈说："我猜我们其实可以通过起诉来获得你的医疗记录，特别是在警方的侦破工作告一段落以后。但是……你爸说得对，日复一日，年复一年，你在这里快乐、茁壮地成长，看起来已经完全康复了。我们就不再一门心思去到处查找那些以往的医疗记录了。"

我一时很难把这些事情全部理解吸收。相反，我发现自己开始对一些细小的、具体的细节纠缠不放，比如对我没有疤痕的事实，又比如对一座城市的名称。

我自言自语道："亚特兰大，我甚至从来都没去过那里。"这座城市的名称让人联想起小说《飘》中的场景：斯嘉丽穿着用窗帘裁剪成的蓬蓬裙翩翩起舞。那里还有什么？可口可乐，可口可乐公司的总部在那里，还有奥运会，亚特兰大主办过奥运会，那时我还在上大学。我记得美国队力压群雄，大获全胜，迈克尔·约翰逊在短跑项目中夺得两金。但是我对这座城市并没有具体的印象，然而，显然我的确去过亚特兰大。我在那里住过几年，却把在那儿的每一分每一秒都遗忘了。

马丁似乎知道我在想什么，他说："你一点也不记得这件事了？关于你的……关于史密斯一家的事情？或者关于你来这儿跟我们一起生活的事情？"

我不记得了。

我爸抢着说："她要是记得才怪呢。我们做过一些研究，很少有孩子能记住 4 岁以前发生的事情。即使有的孩子声称能记住一些事，那往往也不是真正的记忆，而是他们看过某个地方或某个人的照片或是听过某个地方或某个人的故事之后自己想象出来的故事。我们一直都刻意避免谈论卡洛琳来到我们这儿之前的事情。当然，我们也没有她小时候的照片能拿出来给她看。"

　　妈妈也接过话茬，看着我说："除此之外，还有一个原因是你经历过重大创伤，即使是大一点的孩子也可能会将那段经历遗忘。"

　　我点了点头，这听起来很有道理。要是能忽略我们家当前这种令人抓狂的氛围，他们两人讲的话就像平常一样合情合理，令人宽心。但是，我被给予的人生历程已经被彻底改写过了，原本那是经历过一宗两人被杀害的谋杀案、两对父母以及自己身体里埋藏着一颗子弹的人生历程，这是何等混乱疯狂。妈妈说得对：我想问的问题一定很多，但此刻我什么也想不起来问了。我的手腕疼了起来，比往常都疼得厉害。我唯一想做的就是躺下来，闭上眼睛。

　　"爸爸。"这个词如同电流一般穿过整个屋子，就像大家都在等待别人去拆穿的谎言。我强迫自己把这个词再重复一遍，"爸爸，我今晚在这里过夜可以吗？"

　　"当然可以，亲爱的。"

　　我走过去，在他的额头上吻了一下，又吻了一下我妈妈，然后努力让嘴角上扬，对着我的两个哥哥微微笑了笑。只要我一走开，他们肯定就要开始议论我的事，但是我不在乎了。我用不疼的那只手捧着另一只手疼痛的手腕，转过身，爬上楼梯，来到我以前的卧室。

第六章

不可思议的是，我竟然睡着了。幸好身体在危机之际能够将大脑强制关机。我蒙头大睡了 5 个小时，直到突然睁开双眼。我睡醒时从来都不会感到晕头转向，此刻，即使是在黎明前的黑暗之中，我仍然清晰地知道我身在何处以及我身在此处的缘由。

睡梦中一定有很多问题在我脑海里萦绕，唤醒我的问题是：我以前真的是叫卡洛琳吗？

我蹑手蹑脚地下了楼。

我妈和托尼站在厨房里，看起来两人都没睡好。我妈穿着蓝色法兰绒两件套的睡裙外加睡袍。托尼换上了一件紧巴巴的灰色运动衣，上面印有他上高中时的摔跤队队标。他肯定是在哪个梳妆台的抽屉里发现这些衣服的。高中最后一次训练结束之后，他东倒西歪地回到家，随手把这些满是臭汗的脏衣服扔进洗衣篮里，我妈把它们洗好叠整齐后放在那里，这一放就是二十几年。

他们看见我出现在过道里，就停止了交谈。

"我真正的名字是什么？"我没头没脑地问道。

"你真正的名字？"我妈重复道。

"卡洛琳是我的真名吗？"

"噢，我明白了。是的，是你的真名。"

"但不是卡洛琳·卡申。"

"对，不是。不过，这当然也是你的真名，这是你现在的法定姓名。但你出生时叫卡洛琳·史密斯。我们决定保留你的名字。卡洛琳这个名字很适合你，很优雅，跟卡申这个姓配在一起也很好听。还有……用你已习惯的名字称呼你，我们觉得这样你从感情上也比较容易接受。"

我想了想，问道："你们有我的出生证明吗？"

"有。"她朝着天花板的方向大致示意了一下，说，"在楼上的那些家庭文件里。为你申请第一本护照的时候，我们必须提供你的出生证明和收养材料。如果你想看的话，我就找出来给你看。"

"好的，我想看。"

我咬了咬嘴唇。托尼站起来，倒了杯咖啡，说他必须走了。他需要在上班前赶回家冲个澡，跟孩子们打个招呼。他用力握住我的肩膀，说道："坚强点，回头我给你打电话，好吗？"

"好的。这件运动衣不错。"

他低头看了看说："这是高中的光荣岁月。"

"也是一段美好时光，斗牛犬队，加油！"

他看上去不太确定现在开玩笑是否合适，但老习惯控制了他——这是兄妹间一辈子斗嘴形成的条件反射，"我必须让你知道高三的时候我们差点儿赢了中大西洋预科锦标赛。"

"你们差点儿赢了？"

"你说的没错。"

"你是说，你们得了亚军？"

"季军。这没太大差别。"

"哇噢，怪不得你把那些女生都迷住了。"

他咧开嘴笑了，一把就把我拉过去抱紧，"我老妹真是聪明过人，发生了这些事情，我也很难过，我回头给你打电话。"

出去时，他砰的一声带上了厨房的门。我妈转过身去，开始往碗里打鸡蛋，接着又在冰箱里翻来翻去，拿出了培根和面包。我俩谁都没有说话，情形很尴尬。

过了一会儿，我先打破了沉默，"我家里没有其他人了吗？我的意思是，我难道没有祖父母吗？我知道这么问显得忘恩负义，但我只是想知道他们为什么不收养我呢？"

"在签署收养文件之前，我也问过同样的问题。我承认，我当时问这个问题是出于自私的考虑，因为我不希望你成为我们家的一员之后，哪一天又有什么人突然来到这里，要把你带走。他们说你家没有能收养你的直系亲属。你父亲的父母当时已经过世了，至于你母亲的父母，我猜他们离婚了，身体也都不好，不是收养一个受过惊吓的小女孩的理想家庭。因此，他们决定给你找一个新家。收养手续办得很快，他们删繁就简，去掉了很多不必要的中间环节，大家都不希望看到你被那些官僚机构推来推去。"

"但他们从来都没想过要来看我吗？我是说我的外祖父母。"

"有过一次。"我妈低下了眉头说道，"有一次，你外祖母给我们写了一封信，希望能来看你。我们当时认为这么做为时过早，因为看到她可能会让你受到困扰。收养手续办完之后，她就在法律上丧失了来看你的权利。"我妈犹豫了一下，接着说道，"过了几年，我给她写了一封信，但是后来信被原封不动地退了回来。她和你的外祖父那时都过世了。"

我的脸不由自主地抽搐起来，过了一分钟我才能说出话来，"为什么——为什么是你们？为什么我会到这个家来？"

妈妈从旁边偷偷看了我一眼，说道："你知道我生安东尼时难产了吗？"

"知道。"我不知道我是怎么知道的，印象中我们从没有公开谈论过这件事情。

"他出生后，我病了很长时间。我们俩都在医院里住了很长时间。当然，现在一切都好了，但后来的结果是我们不能再要孩子了。以我当时的身体状况，是不能再怀孕了，但我们特别想要一个女儿，我特别想要一个女儿。"说到这儿，她的脸上浮现出一个微笑，"所以我们去收养机构做了登记，我们不知道这样登记一下会不会有结果，事实上，好几年我们都没收到任何回音。我们很清楚他们不会优先选我们，因为我们已经有两个健康的孩子了。但后来证明，有两个健康的孩子在收养你的过程中却是个有利条件，我们一下子就被推到候选家庭名单的顶端。社工希望挑选出一对有经验的父母和一个快乐、稳定的家庭，这样你能够立即融入进去。为了确保万无一失，我还给他们看了家里的照片，我准备了一间到处都布置成粉红色的女孩房间。一个星期之后，我们接到了电话。"

我记得那个粉红色的房间，那是每个小女孩的梦想之屋。房间的中央是一张悬挂着蕾丝帷幔的公主床，即使跟灰姑娘的床比起来也绝不逊色。床边地毯上还摆着一个给布娃娃睡觉的配套小床。我的费雪塑料玩具唱片机上有一个真正的唱针，能够播放 45 转的黑胶唱片；我的灯泡充当热源的霍利·霍比烤箱曾经把地毯烫出了一个洞（各种烧焦的印痕显然是我童年时代的标志）。我现在无论如何也记不起来第一次看到那个房间时的情形。我从来没有仔细想过，但我猜我一直都觉得在那张挂着帷幔的公主床搬进房间之前，那里曾经有一张婴儿床，我的婴儿床。这符合我成长的逻辑，因为在我十几岁的时候，那张公主床被搬走了，取而代之的是一张有床头板的双人席梦思床，也就是现在占去了房间大部分空间的这张床。我昨晚就是在这张床上睡的，被烫了个洞的地毯也换掉了，粉红色的墙壁早就被重新粉刷成了高雅的灰褐色。

妈妈悄悄地在我旁边的椅子上坐下，在餐桌上放了两个盘子。在我沉浸在对过去的回忆之中时，她已经做好了一个煎蛋卷，用的是培根、鸡蛋和芝士粉。她知道我喜欢吃培根，我喜欢各种各样的猪肉类食品。大家都知道我为了一口好吃的西班牙辣肠，可以不厌其烦，四方奔走。但今天我刚咬一口，就立即吐了出来。

我妈看起来有点生气。

"对不起，但这吃起来怎么像硬纸板一样。"

"哦，"她摸着我的手说，"人在遭受到打击时可能会发生这样的事情。"

我盯着面前的盘子，感到非常意外，"我以前以为这只是一种夸张的说法。或者是，你知道的，文学作品中的编造和虚构。我一直以为是作家在偷懒，在他们的笔下，悲痛欲绝的人物总是没有胃口，抱怨说所有的东西吃起来都像硬纸板似的。我不知道其实真的有这种感觉。"我觉得嘴里还有脏东西，就穿过屋子，到水槽边又吐了几口，接着用手捧起冷水一遍遍往脸上浇，直到头发都黏在了一起，瓷砖地面上也弄得到处是水。我站在那里，浑身不住地颤抖。我妈站起身，走过来把手放在了我的背上。

过了很长时间，我才重新直起身来，"你和爸爸为什么都不告诉我？"

"我们怎么跟你讲呢？发生在你身上的事情太可怕了，没有哪个孩子承受得住。"

"但为什么后来还不告诉我呢？为什么我成年以后还不告诉我呢？看在上帝的分上，我已经 37 岁了。"

"我们……他们——收养顾问建议我们不要告诉你。他们说你知道后会受到困扰。而且，卡洛琳，那个时候大家都是这么做的。收养过程几乎总是不公开的，甚至是那些没有什么悲惨遭遇的孩子也从不知道他们的亲生父母是谁。很多孩子从小到大都不知道他们是收养的。"

我摆脱了她的手，说道："你们应该告诉我的。"

她第一次露出了不耐烦的神情，说道："好女儿，那样会让你快乐吗？告诉你对你会有什么好处吗？"

那天上午，我后来还是像往常一样去上了周五的课，讲的是 19 世纪的法国小说。学校不喜欢教师请病假，而且去上课对我也是一种放松，在这一个小时内，我可以把注意力集中在我能够理解和掌控的事情上面。

今天讲授的作品是福楼拜的《包法利夫人》。我总是很期待讲授这部小说。小说描写的是一个陷入沉闷婚姻中的女人，是一部具有开创性意义的女性主义著作。但在当时那个年代，这本书的内容被认为是道德败坏的：1857 年，福楼拜遭到"淫秽"和"伤风败俗"的指控，被告上了法庭。这都是因为小说女主角艾玛·包法利的可耻行为，她对丈夫撒了谎，还把一个雪茄盒和一根银柄的短马鞭送给了情人。但她还是有她的可爱之处，通常我都会花很多时间和学生们一起品读她受到的种种诱惑和她心里的那一点点虚荣。但今天，我觉得有些不耐烦，跟我在过去的 24 小时内所了解到的真相相比而言，她的那些罪恶实在是不值一提。艾玛·包法利认为她有很多麻烦吗？至少她还知道她的父母是谁，她的父母也没有被人谋杀，她的脊椎那儿也没有紧贴着一颗子弹。

我费了很大劲才集中精力按照准备好的讲义把课讲完了，结尾甚至还讲得很精彩，讲到了福楼拜如何用煽动性的文字描绘出 19 世纪 50 年代法国风云激荡的社会和政治图景。学生们看起来很喜欢这个结尾，纷纷奋笔疾书把我讲的不折不扣地记了下来。作为对他们的奖励，我提前了几分钟下课。然后，我收拾好讲义，关上灯，走到安静的走廊里。接下来该做些什么呢？按惯例，我周五下课后一般是去图书馆四楼的那个角落，一边批改作业一边喝着花草茶，高高兴兴地度过一个下午。脑海中浮现出了我的蓝色扶手椅、电水壶，和我那个洗得干干净净放在一边晾干的印有"I❤NPR"字样的茶杯。此时，我不敢去面对它们。于是，我朝着怀特－格拉弗纳大楼宽大的楼梯走去。

　　楼外主广场的草坪上一派热闹景象，学生们有的在扔飞盘，有的呼朋引伴，有的在安排周末的计划。天气很好，只是有点寒冷。我开始往前走，但脑子里并没有确定的方向。我不能停在一个地方，必须动起来。走到靠近学校大门处的约翰·卡罗尔雕像附近时，突然我两腿一软，刚刚我还走得好好的，这一下我就摔倒在地上了。从昨天早晨开始我就没吃东西了，但这不是昏厥，我没那么娇气。我只是……精疲力竭了，大脑终于向身体屈服了。

　　下面就是我过去不曾知道但马上就要体会到的感觉：一个人在遭受到巨大打击时，他的身体机能同时既保持着运转又停止了运转。让我来解释一下这种感觉：那一刻我无法站起身来，但我能够坐在冰冷的人行道上，并且能够清晰地想象出我在别人眼中的样子：两腿张开、头发散乱、背包散落在身后的地上，身体里似乎还有个微小的自我对此情此景津津乐道。来来往往的学生对我敬而远之，我不知道他们在想什么。要等多久才会有人过来弯腰问我是怎么了呢？

　　但要是有人过来问我，我又该怎么回答呢？

第七章

2013 年 10 月 12 日，星期六

周六早晨的时候，脖子上靠近子弹的部位开始一阵阵跳痛。

这种痛感跟我手腕那种持续的疼痛不一样，感觉更加剧烈、更加难以忍受。疼痛感时来时去，疼起来的时候有种灼热的感觉。在我的想象中，子弹似乎像一个有生命的器官在搏动。

当我还是个小女孩的时候，全国都卷进了对《星球大战》系列电影的狂热之中。《星球大战》第一部上映时，我太年幼，还不懂事，但我清楚地记得《绝地大反击》上映的那个上午，我在家里哭了，我那时肯定有 6 岁或 7 岁了。他们让托尼和马丁去看电影了，却认为我太小了，要求我待在家里。我觉得这对我极不公平。后来，一连好几个星期，我的两个哥哥整天说着莫名其妙的尤达话（诸如"告诉你我做了，土豆请传过去"），让我很恼火。他们还常常开玩笑说感觉到了"一种力量的干扰"。这个词听起来有点矫揉造作，但 30 年后，这个词却浮现在我的脑海里。我确实感觉到一种"干扰"，仿佛那颗子弹释放出了某种力量，干扰着我整个身体的正常节奏。

我想到我脖子里的血管和肌肉，这么多年来，它们是怎样绕着那块金属生长、退缩和避让，就像树根遇到了石头的阻碍一样。

被子弹击中时我只有 3 岁。

3 岁。

这意味着子弹在我身体里停留的时间比我牙齿的年龄还大。

那天下午，我给医生打了个电话。

我问他，一处陈年旧伤有没有可能突然又开始疼？

他回答说："不太可能，你能描述一下疼痛的感觉吗？"

我想了一会儿说道："灼热，感觉像是有热量什么的从里面涌出来似的。"

"是这样啊。旧伤肯定不会有这种症状，除非是感染了，但我这星期给你检查时没发现这种迹象。"

"好吧。但我确实感觉到它在……跳动。我能感觉那块金属的存在，我能感觉到它的重量，好像在戳我一样。"

"我怀疑那有可能是心理上感觉到的疼痛。"

"扎特曼医生，这种感觉不是我想象出来的。"

"叫我威尔吧。我不是说你主观上在想象什么，这是一种完全正常的反应。现在你知道那里有个东西，你就会感觉到它。我怀疑那颗子弹也有可能发生了位移。过去也许没有，但现在它压迫到了某一根神经。"

"它为什么会发生位移呢？"

"这我不知道。"

"这是导致我手腕疼的原因吗？"

沉默了良久，他说："这我也不知道。我的病人中似乎有一半都患有轻微的腕管综合征，几乎都是因为他们在电脑键盘前待的时间过长。因此我自然而然就认为你也是这样。但如果——如果那颗子弹压迫到某根神经，那肯定也有可能导致手腕疼，症状有可能在你的手腕上体现出来。"

"也许我真的感觉到脖子也开始疼了。"

他没理会我说的这句话，"我会打电话再催一下化验室，让他们尽快提供你的验血结果。我要看一下你血液中的铅含量。他们那儿周末也不休息，也许明天上午就会出结果。"

"谢谢你。"

"星期一，神经外科医生马歇尔·盖勒特也会给我回话。我昨天没找到他，但他是华盛顿最好的神经外科医生，我会请他立即找时间帮你看一下。"

"那接下来该干什么呢？"

"我们需要听听他怎么说。还有，你从父母那里了解到什么了吗？他们能帮你琢磨出这颗子弹是怎么跑到你脖子里去的吗？"

我的声音又像笑又像叫，"你那天说得没错，他们知道是怎么回事。"

"哦？"

我又发出了介于笑和叫之间的声音，"你有时间听我讲吗？"

他听了将近一个小时。挂上电话后，我走出家门，在乔治城的大街小巷里走了很长时间。这次我没有突然在路上摔倒，只听到靴子在路面上敲击出稳定的节拍声，脖子里的那块黑色金属也和着靴子的拍子在那里有节奏地颤动、跳动。

土默司是乔治城很火的一家饭店，位于一个宽敞、昏暗的砖墙地下室，隔着一个街区就是校园。饭店的一边是酒吧，另一边是挤满了本科生的闹哄哄的餐厅。一到星期六晚上的畅饮时段，学生们就呼朋唤友来这里一起喝酒，一起吃布法罗辣鸡翅，第二天早上再醉醺醺地回家跟父母一起吃个火腿蛋松饼的早午饭。这家饭店还有一个传统，就是在 21 岁生日那天的半夜，你要到饭店门口来，他们会在你的脑门上盖个戳，再请你免费喝一生中的第一瓶合法啤酒。

对于在星期六晚上去土默司餐厅，我确实仔细考虑了一下。我可能会碰到学校里的熟人，而我现在没心情闲聊。但是宅在家里的想法让我觉得很压抑，而且餐厅离我不远，转过街角就是。另外，我也懒得梳妆打扮，再到别的什么讲究的地方去，于是我给马丁打了个电话，要他到这里来一起坐坐。

我们挑了最里面角落里的一个真皮卡座，坐下后，我俩就默默地盯着对方看。马丁很了解我，知道我现在需要的不是寒暄。他招呼侍者过来，给他自己点了份浸洋蓟和啤酒，给我点了杯白葡萄酒。

我一开始说过不喜欢喝威士忌酒，这并不完全正确，我喜欢喝裸麦威士忌，我受不了的是苏格兰威士忌。几年前我跟一个来自肯塔基的男人交往过，他喜欢喝萨泽拉克鸡尾酒，里面掺了裸麦威士忌，产那种裸麦威士忌的酿酒厂就位于他的家乡附近。裸麦威士忌尝起来有点像波本威士忌，但味道更好，更辛辣，不那么甜。我也跟着喜欢上了这种口味。偶尔需要一醉方休的时候，我就会喝这种酒。马丁知道我的习惯，所以，当我取消了葡萄酒，重新点了杯双份不掺水的布雷特裸麦威士忌时，他不过稍稍抬了抬眉。

他只说了一句话："给我也来一杯同样的吧。"

我们默默地喝了一会儿。然后，他说道："这酒入口有点辣，是吧？最近大家怎么都喜欢上喝这种酒啦？"

"你说的是哪种酒？"

"裸麦威士忌。"

"喝的人多吗？"

"你难道没跟朋友们出去喝酒吗？现在这可是一种时尚。就在前几天晚上，我跟劳拉还被请去参加了一场裸麦威士忌的品酒会。那些40多岁的人，平时只喝75美元一瓶的波尔多葡萄酒，那天晚上，他们都小口品着裸麦威士忌，装作品出了里面的青苹果和烟叶的味道。"

"我只是喜欢这种酒的味道。"

"你看，现在就流行这么说，这也流露出你的真性情。"他又喝了一口，然后看着我的眼睛说道，"你刚来的时候，经常做噩梦。你就爬到我床上，蜷缩在我身边，浑身发烫，哭得泪汪汪的。等我早上醒来时，你已经不在我的床上了，你还记得吗？"

"老天，大家总是不停地问我从前的事情，我真是受不了。"

他看上去被这句话伤着了。

"不好意思，马丁，对不起。但是你知道吗，你也是整个事件中一个最糟的部分。"我指着他说道，"你和我的关系，发现你——发现你其实不是我真正的哥哥。"

"我是你真正的哥哥。"

"你知道我说的是什么意思。"

"你是说我们没有血缘关系？"

我点点头。

"我也考虑过这件事。"他四下里张望了一下，然后从桌子上拿起一把牛排刀。他伸出一根手指，用带锯齿的刀刃在上面划了一下，血滴了出来。

他伸过手来，说道："轮到你了。"

我看上去一定是惊呆了。

"快点，相信我。把你的手给我。"

我就把手递给了他。刀刃切到肉里的疼痛超出了人的想象。

他放下刀，把他的手指和我的手指贴在了一起，"现在我是你真正的哥哥了，跟你有血缘关系了。"

整个事件发生以来，我第一次哭了出来。我知道，这不过是表明了一种姿态。但在那一刻，我感到这是别人对我做过的最动人的事了。我们坐在那里，两只手紧紧地握在一起，我泪流满面。马丁抽出一张面巾纸，把我们两个人的手指紧紧地包了起来。

"马丁，我不是那个意思——"

"嘘，你什么也不用说了。"

马丁用眼神示意侍者过来，对着他做出"再来两杯"的口型。

侍者不安地看看我，一定是在想我这个样子还能再喝吗，但他还是快步走去拿酒了。酒喝起来很快，喝到第三轮时，我突然笑了起来。

"怎么了？"马丁问道。

"我们喝的是布雷特。"

"你是什么意思？"

"这酒的名字读作布－雷－特。我的脖子里也有颗'布－雷－特'[①]！"

"这不好笑。"

"得啦，这太搞笑了。"我把自己的酒杯跟他的碰了一下。

他终于也笑了起来，"严格意义上来讲，你知道吗，我们喝布雷特是一份接一份喝，听明白了吗？就像是在一发接一发地喝着子弹。"

"好吧，但这么说有点牵强。"嘴里虽然这么说，但我已经笑出声来了。

我们俩都笑个不停。这时，我突然感觉房子开始旋转起来。

马丁肯定是找了个时间把账付了，然后抱着我顺着土默司陡峭的楼梯爬了上来，走到 36 街上，接着把我送到我的住处，最后把我放在床上。这做的也是兄长们的分内之事吧。

---

① 酒名是 Bulleit，与子弹 Bullet 谐音。

第八章

你要是曾有过被巴士撞倒并碾轧过的经历，就大概能体会到我第二天早晨的感觉。要不是电话响了，我简直无法从床上爬起来。

威尔·扎特曼问道："我是不是把你吵醒了？"

"没、没有，我正准备……你确实把我吵醒了。现在几点了？"

"快 11 点了。"

"天哪，这么晚了。好吧，我昨晚——我昨晚实在是太疯狂了。"

"哦，出去参加派对了？"

"就是去了个酒吧，"我抱怨道，"我觉得喝了得有几十斤裸麦威士忌。"

"喝的是现在很流行的酒嘛。"

"别人也是这么说的。我可不想再见到这鬼东西了。"

他说："以毒攻毒。"

"你说什么？"

"调一杯血腥玛丽喝下去，你就不那么难受了。这是我试过的最有效的宿醉解药。不过，这可没什么医学根据。作为你的医生，我还是建议你泡壶咖啡，再多睡一会儿。当然，以后喝酒，再也不要一次喝四份以上了。"

"好吧。"

"你和谁一起去酒吧的？"他漫不经心地问道，"和几个女友？"他的声音里有种超出了纯粹医患关系的关心，难不成是我假想出来的？

"和我哥一起去的。"

"哦，真好。"他一定也意识到了这么说跟自己的身份有点不符，因为他清了一下嗓子，换用了医生对患者的口吻说道，"不管怎么说，星期天上午打扰到你，还是很抱歉。我也不想给你捎来坏消息。但是，今天上午我收到了化验室送来的验血结果，你的血铅含量比较高，当然我们现在也没必要对这个结果过分紧张。"

"有多高？"

"29，也就是每十分之一升血液中含有 29 微克铅。对成年人来讲，这个数值超过 25 就超标了。这时，人们就开始出现各种症状了，有头疼、易怒、反应迟钝这一类症状。"

"好极了，"我痛苦地说，"让我担忧的事情还嫌不够多呀。"

"当然，这也许跟那颗子弹毫无关系。你在哪儿住？"

"乔治城。"

"啊，老房子？"

"1859 年的。"乔治城是历史悠久的老城区，几乎所有的房子都有一百多年的历史。

"你看，我说吧。墙上可能涂的是含铅的油漆，或者用的是含铅的水管。你直接饮用华盛顿的自来水吗？"

"每天都喝。"

"华盛顿的水质差得惊人。游泳的时候，你都不敢想象水里有什么样的生物。当然，多年以来，水中的铅含量也一直居高不下。但是，你听我说，目前这还不是你需要担心的事情。船到桥头自然直，等出了问题，我们再着手解决，只是整个局面中多出了一个需要考虑的因素而已。"

"什么局面？"

"现在就需要我们做决定的这个局面。我们需要决定是否预约手术把那颗子弹取出来。"

我上谷歌搜索了一番，一无所获。

最终，我把自己从床上拽了起来，煮了一壶茶。我抱着笔记本电脑在客厅的沙发上安顿了下来，开始在网上搜索一切有关布恩·史密斯和萨迪·罗森·史密斯的信息。

一切都很奇怪。现在，即使是最无聊的人，哪怕就是朋友在他们的照片后留言，也会生成几十项搜索结果。但我的亲生父母在34年前就去世了，那时互联网还没有普及。你无法在网上搜到他们。

亚特兰大的主要报纸《亚特兰大宪法报》一定报道过那起谋杀案。虽然那时美国很多大城市的犯罪率都比现在高，但两人被杀害并对一名儿童造成了致命伤害的案件一定吸引过媒体的注意。然而，《亚特兰大宪法报》的数字化在线资料库只能追溯到1990年，比此更早的资料应该都是以缩微胶片的形式存在于哪个尘封的角落。

我搜出的唯一结果是在北卡罗来纳大学教堂山校区网站上的某个1974届同学会的"悼念名单"。为了筹备明年的毕业40周年聚会，这份名单在今年春天刚被更新过，标题为"谨以此纪念那些毕业后离世了的同学"。名单里有几十个名字，布恩·史密斯和萨迪·罗森·史密斯名列其中，但里面没有其他任何信息，甚至没有他们死亡的日期。

我找到的只有这份名单，既没有找到他们的婚礼公告，也没有找到跟他们工作相关的新闻报道，或是他们的照片。

我拿出我妈法兰妮从阁楼上翻出来给我的出生证明，上面写着我是在亚特兰大的皮德蒙特医院出生的，布恩·史密斯和萨迪·罗森·史密斯夫妇的家庭住址是亚特兰大市东北的尤拉莉亚路。

我把地址输入了谷歌地图，键入了街景选项。一分钟后，我的眼前出现了他们住过的那栋老房子。尤拉莉亚路是一条不长的街道，看上去是一片安静的居民住宅区。我出生后的第一个家就在这个街区，那是一栋砖瓦建成的平房，车道尽头有一间独立的车库。门前的草坪上长着一棵大树，正好挡住了我的视线，看不清房子的前门。但你还是看得出来，房子维护得很好，外墙和窗户遮板都刚刚粉刷过。

我的亲生父母是否就在这栋房子里被杀害，我无从知晓。他们是在把我从医院带回家3年后被杀害的，也许这期间他们搬过家。然而我还是禁不住盯着这栋房子看，但是街景放大后总是模糊不清，无法透过窗户看到屋里的样子，这真让人恼火。是的，我知道屋里一定重新装修过，从1979年到现在，房子肯定几易其手。在这栋美丽的小房子里，我和我家人的痕迹早已不复存在了。

但是，这一整天我总是不自觉地走到电脑旁，不停地刷新街景画面，想象中，门前的草坪上有一个小女孩在翻筋斗。

我极少草率行事，而这常让我的朋友们抓狂。每做出一个决定，我常常要反复思考好几周时间，才最终制订出行动的方案。我天生如此，连肢体动作都是这样：缓慢、有条不紊，像舞者在深水中表演一样。我觉得这就是我在教学过程中对几百年前的文学作品感兴趣的原因。我喜欢看马塞尔·普鲁斯特用 30 页的篇幅描述人物在床上辗转反侧、难以入眠的情景，而且这是他的经典著作《追忆似水年华》中情节最为丰富的部分。普鲁斯特接着洋洋洒洒又用了六卷的篇幅才把故事讲完，这是一本华丽优美的书。相比之下，当代文学让人有种草草了事的感觉。

到此足以表明我不是一个冲动起来说走就走的人。但那天晚上，我的思绪不停地萦绕在亚特兰大的那栋房子周围。我想知道我亲生父母住在那儿的时候，窗户遮板的颜色；想知道那时房前的那棵树有多高；还想知道那时车库里停放着什么样的汽车。我想去看看，我想去那儿，看看那栋房子，寻找婴儿时期遗留下来的任何痕迹。

这个想法让我觉得刻不容缓。越想我越发确定明天我无法装作一切都没有发生一样，继续我的日常工作和生活。我从来没有请过假，记忆中，在学校工作的这么多年，我连一天病假都没有请过。但是，这次的事儿一定算得上是私人紧急情况了吧？而且，我确实感到身体不适，我一边想，一边摸了摸脖子。这时候请假有点麻烦，这学期的课已经全面展开，下一周我要讲四次课，而校历上下一次放假得等到下个月月底的感恩节了。我等不到那个时候了，我会疯掉的。

我就这样想了一会儿，同时用手指绕着圈上下按压着手腕。然后，我看了一眼时钟——晚上 9 点，打电话还不算太晚——我找出了奥布琼夫人的电话号码。

伊莲·奥布琼是乔治城大学法语系主任，德高望重。她已经 70 多岁了，但她的仪态（更别提她那两条美腿了）把比她小 40 多岁的学生甩出了几条街。法语里有一个缩写词 CPCH，用来形容某种特定类型的贵族女性，是 Collier de Perles，Carré Hermès 的缩略语，意思是一个教养极好的女士，出门时从不忘戴上珍珠项链并系上爱马仕丝巾。伊莲一定是把 20 世纪 60 年代在巴黎时的着装风格发挥到了极致，并一直把这种形象保持至今。我尊重她，同时又有一点怕她。

电话响了四声后，她接了起来："Allô①？"

"Bonsoir, Madame Aubuchon? Je suis désolée de vous déranger...②"我们虽然共事多年，但我还是习惯用尊称 vous③来称呼她。经验告诉我，对待伊莲·奥布琼还是毕恭毕敬比较合适。

"很抱歉往您家里打电话，"我继续快速用法语说，"我家里有点急事，需要请几天假。"

"哦，你准备从哪天开始请假？"

"嗯，我想最好能从明天就开始。"

"Non. Tout à fait impossible④，"她严肃地说，"你也知道，不能在学期中间请假。"

"我刚刚得知我是领养的，很小的时候就被领养了，我一直都被蒙在鼓里。"

"Oh là là. Ma chère⑤。一定对你造成了不小的打击。但是，我需要你主持周三晚上的海外游学课程。学生也需要你，二年级的辅导课 surtout⑥——"

"我被领养是因为我的父母被谋杀了。"

沉默。

"你知道我是怎么知道这一切的吗？因为医生在我的脖子里发现了一颗子弹，就紧贴着我的颈椎，是谋杀我父母的凶手开的枪，他们也射中了我。"

还是沉默。接着，"Mais je ne comprends pas⑦。我不明白，有颗子弹？"

"是的，在我的脖子里。"

"但是——你不会——你不会是说子弹还在里面吧？"

"对，还在那儿。想看的话，我可以把 X 光片发给您。子弹在片子上闪闪地泛着白光。"

"你的父母——你是说他们被谋杀了？"

---

① 法语，意为"喂"，常用于通电话时。
② 法语，意为"晚上好，奥布琼夫人，我很抱歉打扰您"。
③ 法语，意为"您"，敬语。
④ 法语，意为"不，不，绝无可能"。
⑤ 法语，意为"哦，亲爱的"。
⑥ 法语，意为"尤其是"。
⑦ 法语，意为"但我不明白"。

"是的，我的亲生父母。"

她吐出了一口气，"Oh là là là là là là。"我想象着她松开了爱马仕丝巾，用手给自己扇着风。"Je m'excuse^①。你需要多长时间，就请多长时间的假吧。"

我上网迅速查了一下，明天从里根国家机场飞往亚特兰大的航班几乎每小时一班，票价也没有贵到不能接受。我选了上午起飞的航班，达美1139航班。

我打开一个小行李箱，往里扔了几件线衫、几条打底裤和一条浅褐色的麂皮裙。这样的旅行需要带些什么呢？去平生素未谋面的父母墓前献一束花，怎样着装才合适呢？订机票时，电脑上问我此行的目的是公务还是休闲，呃，都不是，跟这两种目的连边都搭不上。

我迅速列出一个名单，上面是所有我离开前需要通知的人。首先当然是我的家人；然后是一个学生，我答应过做他的论文顾问；还有，威尔·扎特曼。看到他的名字，我迟疑了一下。原定我下周要去见他神经外科的一个同事。我抬手摸了摸脖子，今天疼痛不那么剧烈了。威尔或许是对的：我的痛感是自己想象出来的。神经外科的会诊可以再往后推一推，子弹在我脖子里已经待了34年了，再待几天又何妨？

我突然意识到，这一周发生的事情超乎现实，对我一定有一些不曾意料到的撞击效应。比如，昨天挂断威尔的电话后，我想起了以前填健康表格时，每次都漫不经心，认为自己没有糖尿病和心脏病的家族病史。然而，现在，据我所知，我的四个生物学祖父母全死于严重的冠心病，我曾经对家族病史真是一无所知。

我突然对父母感到一阵愤怒。正确地说，他们是我的养父母，他们有什么权利向我隐瞒这一切？他们凭什么认为我就不想知道？更糟糕的是，我跟父母的关系比跟其他所有人都要亲密，我对于他们，就像一本容易读懂的书。我还曾天真地以为他们一点也不了解我。

此刻，我感觉跟父母的关系发生了改变，出现了破裂，灵魂分离了开来。

你以为你了解那些陪伴着你成长的人，你以为他们自始至终都陪伴在你左右。你熟悉他们的嗓音，熟悉他们双手的线条，知道哪些事情会戳中他们的笑点，你洞悉他们的内心。

然而，事实证明，你并不知道他们的想法。你既无法真正了解，也无法全部了

① 法语，意为"我很抱歉"。

解他们的所思所想。所有人都有自己的秘密，还不只是他们不想让你知道的事情，更是那些关乎你的秘密，他们希望永远也不被你发觉。你可以和其他人共居一室，分享生活中所有愚蠢琐碎的细节，共用一块香皂或者一个糖罐，混穿鞋袜——但是你永远都猜不透别人的心思。

你以为你了解一个人。

终于，到了 37 岁的时候，你长大了。

第九章

2013 年 10 月 14 日，星期一

醒来时，我觉得很饿，考虑到我连续四天都没怎么吃东西，这是个好迹象。

我最喜欢的早点是威斯康辛大街上普蓬法式面包房的夹火腿和奶酪的牛角包。这家店虽然人多拥挤，但光线明亮，令人愉悦，也是华盛顿唯一一家牛角包和法棍尝起来有一点点巴黎味道的面包房。这家店还有一道培根酥壳饼，相信我，这道点心简直会改变你的人生。只要不担心黄油、盐和猪肉的用量，面点师可以做出多么令人惊叹的美食呀！我猜火腿奶酪牛角包的配料一定也是同样高盐高脂，所以，为了不让腿长得太粗，我尽量一周最多光顾两次。

普蓬法式面包房和我的住处只有几分钟的步行距离。我可以先去那儿吃个牛角包，喝杯茶，再回家取行李，即使这样，我也还有充足的时间去机场。然而，等我走到面包房的时候，迎接我的却是紧锁的店门，门上挂着"周一不营业"的牌子。不！不！不！我总是不记得这个烦人的细节。我把鼻子紧贴在门玻璃上，眯着眼向里面张望，希望恳求哪个刚下班的店员把门打开，哪怕是把昨天剩下的点心卖给我也好。但是，面包房里空无一人，清扫得很干净，椅子都整齐地架在桌子上，阳光从空空如也的陈列柜上折射出来，一个牛角包也看不到。

我失望透顶，只好打道回府，看来只能靠去机场吃个难以下咽的贝果解决早餐了，吃起来一定又像硬纸片一样。过了安检，是不是有一家咖啡厅，那儿卖的意式

熏火腿铁板三明治还不错？那是在哪个航站楼来着？我一边努力回想，一边转过街角，来到了我住的街区。这时，我远远看见有个人站在我家门前，于是我停下了脚步。

那人是威尔·扎特曼，我的医生。他的手撑在门铃上，看上去有些烦躁。

"扎特曼医生，是你吗？你到这儿来干什么呢？"我看了一眼手表，还没到9点。

"卡洛琳，你好！我跟你说过，叫我威尔。"他长长地呼出了一口气，"我还以为你走了呢。"

"你差点儿就碰不着我了，我回来就是取件行李。你来有什么——"

"我起床后看到了你发的信息，然后我就一直给你打电话，打了至少五次。你从不接电话吗？"

我仔细思考了一下自己不接电话的习惯。手机被我落在了家里，放在行李箱上面。我经常不带手机就出门，不是因为忘带了，而是因为我的工作时间大多是和十几岁的年轻学生在一起，哪怕你只跟他们进行5分钟面对面的交谈，他们也忍不住要看手机。跟其他人一样，我也很珍惜友情，但我觉得没必要一天十几次把自己的思绪和感受写下来推给朋友。而且，找我的人一般都不是什么急事儿，我的工作也不要求紧急回复。所以，对，早晨出门去吃牛角包时，我从不接电话。"你为什么来我这儿？有什么事儿吗？"

"有什么事儿？你是说，除了感到脖子里的剧烈疼痛，还有X光检查刚刚确认你脖子里有颗子弹的事儿？我还以为我们达成了一致，这个星期你会去见马歇尔，就是那个外科医生。你需要跟他聊聊。"

"我会去的，一回来就去。我只需要几天时间。"

"你不能去，出远门不是个好主意。这就是为什么我不停地给你打电话。你不应该长途旅行，我担心你——"

"你为什么要担心？一个星期前你都不知道我是谁，现在你却来——"

"我知道你是谁。任何一个90岁以下的男人，只要身体功能正常，就一定会注意到你是谁。"

我吃惊地抬起了眉头。

让我惊讶的是，他却并没有因为说了这样的话而脸红或者退缩。相反，他朝我靠了过来，握住了我的右手腕，"嘿，你不能不把这当回事儿，有颗子弹剐蹭着你的颈椎可不是件开玩笑的事儿。"他把我的胳膊翻转过来，仔细地看了看，"你没戴护腕。"

"我感觉好多了。"

"怎么可能，我敢打赌你还是感觉疼。"

"天哪！我自己的手腕疼不疼我自己知道。再说了，我的手腕疼不疼关你什么——"我突然闭上了嘴。我的手腕疼不疼理所当然就是他的事儿，"我来不及了，"我说，换了一种策略，"我保证会去见你的朋友马歇尔。这周末就去，要是你希望这么做的话。现在，让我走吧。"

我打开门，从门厅里拽出了手机和行李箱，又把门顺手一拉关上了。

威尔还站在那儿没走，"你怎么去机场？"

"坐出租车。我准备在 M 街拦一辆。"

"现在正好是上班高峰时间，运气好的话，你也许能拦到车。"他掏出手机，看了一眼时间，"今天第一个病人预约的时间是 10 点。我的车就在这儿，我开车送你去吧。"

"送我到河对岸的国家机场？"机场并不远，开车大约 20 分钟就到了，但这还是不太合适，"我能行。"

"你就别磨叽了，上车。"

我只好上了车，他说得很对，路况很差。我们缓慢地向前移动，彼此都没说话。因为一起事故，纪念碑桥上通往弗吉尼亚方向的路只剩下了一条车道。桥下，波多马克河缓慢地流着，河水却汹涌混浊。

威尔吉普车的后座上扔着一只棒球手套和一副网球拍。收音机里播放的是国家公共电台的早间节目，新闻播音员带来了马里和叙利亚等国家的悲惨现状以及国会山的最新消息。很奇怪，听到这些新闻，我的情绪却渐渐好转。世界上这么多人的境遇竟然都比我糟糕。当播音员报道了一条因石油泄漏给挪威海岸带来环境灾难的新闻时，我咧开嘴笑了。

威尔看了我一眼，"你觉得石油泄漏很好玩？"

"不是的，不过老实说，你在听广播吗？"我摇了摇头，"如果我们不全部死于有毒油烟，我们也会被中东势力渐涨的伊斯兰激进分子制服。哪里能守得云开见月明？"

他也咧嘴笑了，"我调到国家公共电台不过是为了给你留个好印象。想听音乐吗？"

"好的。你喜欢听什么就放什么吧。"

他迟疑了一下，"其实我喜欢乡村音乐。你可能觉得我很老土，但是，嗯，我就是热爱乡村音乐，喜欢听维隆·杰宁斯、约翰尼·卡什、汉克·威廉姆斯他们老掉牙的乡村酒吧音乐。加斯·布鲁克斯也不错。"

"不会吧，你是说真的？你喜欢加斯·布鲁克斯？"

"是的，但我大部分时间听的都是国会电台。这是明摆着的，跟你们女人不一样，早晨听众议院农业小组委员会的现场直播，最能够让男人们精神饱满。"

我露出了笑容。我俩又陷入沉默，但这时的沉默里多出了一份默契。我仔细看了看他握住方向盘的双手，手上没有婚戒。

威尔·扎特曼不是我要找的类型。我倾向于找看上去营养不良的、稍微带点忧郁的学院气质的人。你们都见过这种类型：苍白的、艺术范儿的男人，抽起烟来一根接着一根，穿着紧身牛仔裤和黑色高领套头衫。我知道，这有点病态，因为在我爱情观形成的时期，我主要是在巴黎游学。这些年来，我对欧陆范儿的偏好为我的两个哥哥提供了无数笑料。我只要带新男友回家，他俩就找借口撤到厨房里，开始模仿《周六夜现场 ①》 "Sprockets" 环节的舞蹈桥段。特别是托尼，他把麦克·梅尔斯 ②矫揉造作的扭屁股舞学得惟妙惟肖（"跳舞的时间又到了！"）。

令我恼火的是，我预感到托尼和马丁会喜欢威尔。他看起来浑身散发着健康活力，洋溢着美式特点。而且，他居然喜欢乡村音乐，绝对不是我的类型。

车在机场出发口前的路边停下来时，离航班起飞只剩下 52 分钟了。我没有托运行李，所以应该勉强赶得上。

"谢谢你送我，你真是太帮忙了。"我伸手去开车门，这时，他注意到我右手拉门把手时往后缩了一下。

"别急。"他把车停好，跳下车，绕到我这边，帮我从外面打开了车门，"门到门的服务，现在可以下车了。"

① 《周六夜现场》（*Saturday Night Live*），是美国一档于周六深夜时段直播的喜剧小品类综艺节目，"Sprockets" 是其中一个环节。

② Mike Myers，麦克·梅尔斯，美国男演员，曾长期参与《周六夜现场》节目演出。

我感到受宠若惊，但同时又有点儿恼怒，"好吧，好的，再次感谢。"

"我待会儿帮你跟马歇尔·盖勒特再重新预约一次。预约到周五怎么样？"

"可以。"

"你到时回得来吗？"他看着我，似乎想在我的脸上找到答案。

我点了点头，"我周三或周四就回来了。我需要在亚特兰大待上几天，把事情理顺，去拜访一下我父母以前住过的房子，再去看看还有没有其他留下的东西，我觉得即使有也不会有很多。"

"好的。但是，卡洛琳，要是那颗子弹压迫到神经，如果那就是你腕关节发炎的病因，你就必须要去做检查。千万别让症状恶化，答应我。"

"我向你保证。"

接着，我还没弄明白是怎么回事儿，他就一步靠近了我。我闻到香皂和咖啡混合在一起的味道，还有一种味道，一种动物的气味，似乎他刚刚跟一只温热的狗在一起待了一会儿。他撩起我的一缕头发，手指顺势滑到卷曲的发尾，把这缕头发缠绕在自己的手指上，就这样停顿了一会儿。我屏住了呼吸，这个动作实在太暧昧了。

他让发卷轻轻地散落在我的肩膀上，然后朝后退了一步，"出门在外要多加小心，把自己照顾好。"

"我会的。"我想不出还能说什么，就转身朝灯火通明的候机大厅走去。玻璃门自动向两边滑开，又在我身后自动关上。我没有回头，而且在接下来的两天里，我没有再想到威尔·扎特曼。

02

第二部分

亚特兰大

第十章

　　第一次站在尤拉莉亚路那栋房子面前的时候，我希望事情能够有一些戏剧性的发展。

　　那是星期一下午，我把租来的车停到了路边。房子的正面笼罩在树荫里，街道也很安静，不知是因为住在这个街区的孩子少，还是因为孩子们还没有放学回家。那棵高耸的榆树俯瞰着整个庭院，微风吹过，树叶沙沙作响。这棵树有多大年纪了？50岁了？75岁了？从树干的粗壮程度可以判断出来，早在史密斯一家搬来之前，这棵树就长在院子里了。我一定曾在这些枝叶下玩耍过，一定曾用我胖乎乎的小胳膊抱过树干。我等待着记忆被唤醒，期待某一块古老的记忆碎片能够挣脱束缚朝我奔来。

　　但是，什么也没发生，眼前的树就是树，房子就是房子。

　　我什么也没有感觉到。

　　我穿过草坪，上了五级石阶，来到了门廊，敲了敲门。

　　没人应答。

　　我又敲了敲门。就在我觉得房子里没人的时候，门咔嚓一声开了。

　　"有什么事吗？"一个老妇人的声音问道。在仍然拉着的安全锁链上方，我注意到一片灰白的头发。

"您好，很抱歉打扰您。我叫卡洛琳·卡申，我小的时候曾经住在这里。"

没有回答。

我从手提包里摸出一张名片，上面压印着校徽，还表明了我大学教授的身份。我早已发现显摆教授的头衔颇为有用。即使在华盛顿，虽然一个普通政府实习生拥有的实权可能都要比我的大，但教授的称号还是让人肃然起敬，好像人们只要一听到教授的称号就又回到了他们的学生时代，回到了教师代表着至高无上权威的人生阶段。

不出所料，锁链挂了下来，门一下打开了。

进屋后，那个干瘦、紧张兮兮的老妇人说自己叫南·多尔米尼，说她喜爱这座房子，因为早晨屋里阳光很好。9年前丈夫离开了她，她便买下这座房子。她误解了我吃惊的表情，连忙解释说他是个好人，我不应该把他想成一个坏人，他不过是需要一些自己的空间罢了。

我礼节性地点了点头。难道南方人总是对陌生人这么坦诚吗？"男人有时候是这样的，"我表达了自己的看法，希望这样回答能够合她的意。

显然，她对我的回答感到满意，因为南·多尔米尼把手合在了一起，似乎在说我们之间的某个分歧得到了化解。那么，她问我，我住在这里的确切时间，希望她提供什么帮助。

我回答道："34年前。"

"哦，那时谁住在这里，我可是一无所知。"

"我的父母是史密斯夫妇，布恩·史密斯和萨迪·罗森·史密斯。"我仔细观察她，希望看到迹象表明她听说过这两个人名。当时在这一片，有一段时间，这起案件一定家喻户晓。

但是，她摇了摇头。

我接着又试探着说："他们是——那是个可怕的故事。我想，他们是在这座房子里去世的。他们是被杀害的，那是20世纪70年代的事了。"

她的下巴抽动了一下，"哦，对了。老卡特太太跟我说过这事儿。好多年前了，我刚搬来的时候。说是有一个善良的家庭，一家人都被杀害了，包括一个小女孩。但是，从那时起，房子都换过好几任房主了。"

"对，就是这件事儿，那个小女孩就是我。我被——他们去世时，我受了伤，但我侥幸活了下来，从此离开了这里。"

"老天保佑。"她的一只手震颤着放到了胸口。

我们就这样默默无语地站了一会儿。

接着，我问她："刚才您提到的卡特太太，她住在这附近吗？听起来她好像认识我的父母。"

"她也许认识，不巧的是，她现在也已经离世了。去年夏天去世的，或许是前年夏天？她的侄女继承了房产。"多尔米尼太太皱了皱眉头："我想不出尤拉莉亚社区还有谁记得那么久以前的事儿。34 年啊，时间太长了。"

她同意带我在屋里四处看看，说不定我的记忆会被什么唤醒。她说得没错，34年，确实太久远了，房子已经重新装修过多次。她骄傲地指给我看，之前有位房主把屋后打通了，在厨房里放上了餐桌吃饭；她自己还把两间卧室打通了，在主浴室里装上了大浴缸。原来的食品储藏间也被改造成了洗衣室。房屋的内部结构早已面目全非。

只有那么一个瞬间，就是当我问她走廊尽头的那扇门后是什么房间时，我感到了片刻的触动。

"哦，那后面是一间阁楼，"她轻描淡写地说，"一到夏天，那里面就热得像蒸笼似的。"她打开门，昏暗中露出一截上行的楼梯。楼梯的木头都磨得很旧了，上面堆放的涂料桶有三四层高，剩下的地方摆满了各式各样干结了的涂料刷和搅拌桶。她应该是把楼梯作为储物架了，摆放着那些一时被遗忘了的家装工程的工具。然而，不知是楼梯倾斜的角度，还是尘土和木料的刺鼻气味，我似乎感受到一种莫名的触动。我闭上了眼睛，吸了一口气。记忆中有个东西一闪而过，我感觉左手那边应该有一个灯的开关，不是现在那种按键式的开关，而是老式的那种金属绳开关，拽一下才能把灯打开或关上。我朝昏暗的门后张望，那儿的确有一根金属绳开关。

但是，多尔米尼太太又把我拉回现实，"要是你想知道那上面有什么的话，我告诉你，那上面都被清空了。"她的语气并没有显得不快，"那上面现在放的全都是我的旧衣服，我是入住时要把房子里别人的东西清空的那种人。"

她把门关上了，那个瞬间稍纵即逝。

后来，我坐在租来的车里，盯着那棵榆树看。树还是那一棵树，树皮还是那树皮，树枝还是那树枝，并没有赐给我任何启示。我想起了福克纳的那句名言："过去从未消亡，它甚至从未过去。"威廉·福克纳一定深谙其道。比起其他地方的作家，南方作家对过去的沉重有着更为深刻的感受，更能抓住过去的精髓，在这一点上，甚至连普鲁斯特和乔伊斯都无法望其项背。

然而，这一次，福克纳却没有说准。

过去已然成为过去。在那座房子里，无论我曾经拥有过怎样的亲情和快乐，或者恐惧和悲哀，我都完全没有记忆了。曾经在阁楼里的楼梯上攀爬的小女孩不过就是个影子，一个虚无缥缈的影子。

第十一章

2013 年 10 月 15 日，星期二

我对《亚特兰大宪法报》报社的造访收获颇丰，但同时我也深深地受到了触动。

我原先的逻辑是，或许可以通过那几期报纸顺藤摸瓜找到几个当时认识史密斯一家的人。1979 年的报道里一定采访过史密斯一家的熟人，比如他们的朋友这样一些人。我隐约感觉到，如果能找到几个认识我父母的人，听他们讲讲我父母以前的故事，我才能给自己一个交代，才能对整个事件做个了结。要是找不到那些人的话，至少报道里也会有一些案件细节，除了让我了解我的亲生父母被杀害的原因，更让我了解他们究竟是怎样被杀害的。

然而，正如我在前面提到的，《亚特兰大宪法报》的网站只能追溯到 1990 年以后的报纸，所以，昨天离开尤拉莉亚路之后，我就拨通了报社总机的号码。像所有官僚机构一样，他们虽然声称希望跟读者加强互动，但实际上对读者充满了敌意，处处设置障碍，把读者挡在外面。我的电话被挂断了两次，无数次被转到了录音留言，最后终于有一个叫杰西卡·杨的人接起了电话。

一开始，她也不太愿意帮忙，告诉我要找 20 世纪 70 年代的报道都得花点时间，让我最好把具体查询请求写邮件发到客服邮箱 customerquestions@ajc.com，客服人员会跟我联系。考虑到刚才打个电话都那么费劲，我不信写电邮能获得我想要的答复。我跟她解释说，因为我想查询的报道有关个人隐私，所以最好能当面详细谈。

听起来，她更加不感兴趣了。每天肯定都有各色人等把电话打进新闻编辑部，声称获得了热点新闻线索，需要当面提供给他们。

我感觉她想把电话挂断，于是赶紧说道："听我说，我只在这儿停留一两天，我在乔治城大学工作，如果告诉你这个有用的话，我在那儿授课——"

"你在乔治城授课？"

"是的，我是卡洛琳·卡申教授。"

哈，又是教授这把万能钥匙，每次都起到神奇的作用。她叹了口气说，如果我明天一大早能到报社的话，她可以跟我面谈几分钟。

因此，今天上午9点，我就已经把车停在了《亚特兰大宪法报》报社所在的那幢四四方方的黑色玻璃建筑物前。让我感到奇怪的是，报社非但不位于市中心，而且隐藏在郊区那种毫无生气的建筑群之间，那里写字楼和停车场交错，像迷宫一样，现在这样的建筑群在美国随处可见。这家享誉全国的亚特兰大报社总部门口只有一个不容易看见的小标识。一时之间，我感觉来到了一个卫星发射中心，也许这儿只是报社印刷厂或者销售团队的所在地，不是新闻中心办公的场所吧。我检查了一下地址：环城中央大道，就是这儿没错。

第一眼看到走进大厅的杰西卡·杨，她的模样一点都不符合我对她的想象。照我的想象，报社的资料管理员看上去更像……嗯，更像资料管理员，穿着规规矩矩的鞋子，脖子上挂着一副眼镜，也许还穿着森女系的长裙。但是，杰西卡·杨看上去像是刚从伯克利的一家波西米亚风情咖啡馆里走出来的：她很年轻，穿着一件飘逸的嬉皮士风格的印花连衣裙，完全不适合室外秋季的天气。她还涂着蓝色的指甲油，鼻子和眉骨处都打了洞，留着一头凌乱蓬松的黑色鬈发。

从她看我的样子，我猜我也不符合她对于学者的印象。我穿着一件黑色真皮连衣裙，打底裤和细高跟靴子。黑色很符合我的心情，靴子则让我充满自信，当然，如果我正要做的这件事对着装有相应的要求，打死我也琢磨不出来。我俩互相打量了一番，握了握手，然后，她就领着我穿过了大厅。

她其实不是个资料管理员，而是新闻部的一名研究助理员，职责是帮助记者查验事实、查找来源和追查电话号码。她走得很快，一双牛仔靴子在地砖上敲得嗒嗒响，扭头对我解释说她只有几分钟时间，一到9点半，编辑会一结束，这里就要忙起来了。在走廊的尽头，她把工作牌在刷卡机上一扫，有扇门咔嚓一声就打开了。

这是一间简陋的米黄色屋子，从地板到屋顶都堆满了报纸和毫不匹配的档案柜。

杰西卡说："档案室就是这儿了，你要找的新闻是什么时候的？"

"是 1979 年秋季的新闻，应该登在 10 月或者 11 月的报纸上。我要找的人名叫布恩·史密斯，还有他的妻子，萨迪·罗森。"

"嗯，叫史密斯的人太多了，提到这个人名的报道一定不计其数，我们用布恩这个名字试试吧，还有一个名字，叫什么来着？是罗森吗？"

"对，是萨迪·罗森。"

"你要找的报道只有一篇吗？"

"我其实也不太清楚。我希望能找到几篇，它们之间可能隔了好几周时间。"

她叹了口气，转身走到一排塞满了大部头海军蓝精装书的书架前。书架的一头有两本贴着"1979"的标签，散开了的书脊都用透明胶固定着。

"这就是我们令人难以置信的高科技索引系统，"她不屑地说，伸手拽过一把万向轮转椅，扑通一声坐了下来，"理论上讲，凡是报纸上提到的人名都应该查得到。但是你要注意，这只是从理论上讲。"她开始翻阅那些发黄了的书页，看上去，这些书页似乎都是用打字机打出来的，字迹都褪成了棕红色。

杰西卡说得没错，史密斯名下的词条不计其数，但是，在索引的最后，在史密斯、萨迪·罗森和布恩词条下有一个日期，确切地说，是四个日期，旁边注有报道刊登的版面和栏目。第一个日期是 1979 年 11 月 7 日。

"成功了！"杰西卡叫道，"让我们看看报道里都写了什么。"她开始在抽屉里翻找，拎出一盒盒缩微胶卷。然后又用那双磨旧了的牛仔靴蹭着地毯，坐在转椅里就滑到了屋子的另一边。她停在了一台庞大的机器前，1979 年相关报道见报时，这台机器一定代表着当时的前沿科技。杰西卡一边心不在焉地用一只脚踢着金属柜子，一边把胶卷穿在机器上快进。几分钟过去了。你能真真切切地听到机器的呻吟声，似乎在费劲地找寻那两个被遗忘了这么久的人名。

终于，我要找的报道映入眼帘，标题简单明了：《巴克黑德一对夫妇遭枪击，遇害身亡》。她把胶片上的内容放大了一些，我俩便一起看了起来。

亚特兰大消息：一名达美航空公司飞行员及妻子周二下午在他们位于巴克黑德的家中遭枪击身亡。警方表示他们正在搜寻线索，从而确定这对夫妇遇害的原因。

　　亚特兰大警方透露，布恩·史密斯和萨迪·罗森·史密斯，两名受害人均为 26 岁，遇害时间大约为下午 3 点以后。

　　亚特兰大警察局重案组组长史蒂夫·梅多斯中尉表示："这有可能是一起由入室抢劫引发的枪杀案件。警方正全力以赴，争取早日破案。"

　　梅多斯中尉还表示，截至周二晚上，警方尚未提拿任何嫌犯归案。他呼吁民众就亚特兰大东北部桃树路南边的尤拉莉亚路枪击案向警方提供线索。

　　杰西卡咬了咬嘴唇说："你说你找这篇报道是出于个人原因，你认识他们？"

　　我的喉咙里像是塞了一团东西，哽咽着说："他们是我的父母。"

　　她的转椅猛地晃动了一下，接着，她满脸恐惧地盯着我说："是你的父母？"

　　"是的。"

　　"天哪！我非常抱歉。"

　　"没关系。我是说，显然，这并不是没关系。但我当时很小，什么都不记得了。"我咳了两声，"我是在别的地方长大的，老实说，我也是刚刚知道这一切，说来话长。"

　　"天哪！"

　　"一切都过去了。"我避开她的目光说，"总之，我想看看这起案件当时是如何报道的，你能帮我复印一份吗？"

　　"当然可以。"

　　"再帮我找找其他几篇相关报道？"

　　她找齐了提到我亲生父母的四篇报道。案发的第二天，1979 年 11 月 8 日，报纸上登了一篇跟踪报道，虽然里面没有透露更多警方调查的新进展，但是记者挖出了一些背景材料。史密斯夫妇是在北卡罗来纳大学教堂山校区上大学时谈的恋爱，他们有一个 3 岁的女儿。报道里没有提到小女孩的名字，也没有提到她后来怎么样了。后来我怎么样了。

　　第三篇报道是接下来的星期一——11 月 12 日——见报的。那天是举行葬礼的日子。记者采访了史密斯夫妇的几个邻居和朋友，但让我吃了一惊的是报纸上登出的那张照片。照片虽然有些模糊不清，但是尺寸比较大，上面有一对年轻夫妇，他们相互挽着对方的腰，站在后院的烧烤架旁。男的一手拿着食物夹，脸上露出了笑容，看上去很幸福。我没有认出他，但是，她，天哪，她。我像是面对一面魔幻镜一样感到头晕目眩，就是那种在折扣服装店试衣室里的镜子，不是让你感觉胖了10磅就是让你感觉瘦了10磅，而且你的五官也变形了，虽然你仍能认出镜子中的自己，却隐约不安地感觉那是另外一个人。

或许这样的描述听起来令人费解，简而言之就是，她看起来跟我很像。她的发型跟我的不太一样，发色比我的更深，做成了20世纪70年代霹雳娇娃式的大鬈发，那个年代，这个发型一定非常时髦。还有，她看起来可能要比我矮几英寸，但这也很难说。但是，她的眼睛、嘴巴和笑容，都跟我一模一样。她穿着抹胸紧身背心和喇叭牛仔裤，曲线毕露，身材看起来也跟我一模一样。现在随便把这张照片拿给我的哪个朋友看，他们第一眼看到照片一定会问，为什么我穿得像是要去参加一个以20世纪70年代为主题的派对一样？还有，旁边站着的那个烤牛肉饼的男的是谁？

我伸手摸了摸屏幕，轻声说道："我从来没有见过他们。"

"她跟你很像，我想应该说你长得很像她，你真的跟她很像。"

我哭了起来，开始时只是无声啜泣，后来一发不可收拾，哭得肝肠寸断。也许，直到那一刻我才明白，只在大脑里思考过的事情跟在心里面感受到的事情是有区别的。在此之前，我已经看到了自己的原始出生证明和核磁共振及X光的片子，但都没有像看到一张跟我仿佛一个模子刻出来的脸那样让我感到撕心裂肺地难受。她是我的母亲，我的血和肉，毋庸置疑。隔着30多年的时空，她第一次对我露出了笑颜。

杰西卡把我连推带拉地带进了一间会议室，给我端来了一杯咖啡。咖啡热得烫嘴，还冒着一丝人工甜味剂的糖精味道，但我还是把它喝了下去，又用纸巾擤了擤鼻子。

"你好一点了吗？"

"是的，我很抱歉。我没想到自己会哭成这样。"

"别说傻话了。"

"那张照片实在是让我猝不及防。"

"你怎么能想到呢？谁都想不到的，我也无法想象。"

杰西卡拍了拍我的腿，让我再静静地坐一会儿。她再次进来的时候，手里拿着几张复印的材料，那是我要的几篇报道。

"这里还有一则报道，"她一边说，一边把复印的材料递给我，"是在葬礼结束后过了几天登出来的，提到了一些警方办案的零星细节，有个嫌犯接受了警方的问询，后来被释放了，里面没有提到嫌犯的姓名。报道里还提到了你，也没有提你的姓名，只是说他们的女儿在枪击现场怎样受伤了，目前仍处于康复状态。"

我随手翻了翻那一沓材料。

她温和地建议道："要不你等回去后再看？"她说话总是彬彬有礼，显然，她需要去忙工作上的事了。

"好的。只是，这些报道显得有点少，不是吗？"

"你指什么？"

"当然，我知道他们只是普通人，既算不上名人，也算不上有钱人，但是整个事件就只有四则篇幅不大的报道，这未免也太少了。这起案件难道还不够轰动吗？天造地设的小夫妻和他们蹒跚学步的孩子，在住所被惨无人寰地杀害？而且是在治安良好的街区？报道数量如此之少，我觉得很诧异。"

杰西卡考虑了一下，解释说："你要知道，警方希望控制对外公布的消息数量，报纸上登出的任何消息都有可能被罪犯利用。一直以来都是这样：记者了解到的情况总是要比允许见报的内容多出很多。你再看一下日期。"她那涂着蓝色指甲油的手指轻轻敲了一下放在最上面的那则报道，"1979 年。那时警方每个月都要处理二三十起凶杀案，亚特兰大当时可是全国的凶杀案之都。"

"是吗？"我对此一无所知。

"哦，毫不夸张。你一定记得亚特兰大的那起儿童凶杀案，人们先是在树林里发现了几具儿童尸体，后来又在河里发现了几具儿童尸体，惨不忍睹。我刚来这儿工作的时候，报社做了一期案发数周年的特刊，提醒人们这起曾经发生在这里的案件。那是哪一年呢？"她竖起指头数了起来。"四年以前？没错。特别报道就赶在案发 30 周年的时候。所以，你看，那也是 1979 年。"

琢磨出这样的合理解释，她显得有点沾沾自喜，"我们找到了一些匪夷所思的资料图片，作为那篇特别报道的配图，真是让人毛骨悚然。这也就回答了你的问题。那个时候，警察一定压力重重，不堪重负。形形色色的案件堆积如山，儿童凶杀案又上了全国各地报纸的头条。警力一定都集中在侦破儿童案件上面，你父母的案子可能就没得到过多关注。"

"也许吧。"我想了想又说，"你认为报道犯罪案件的记者当时也应接不暇？因此，我父母的案子只有寥寥可数的几篇报道？"

"我是这么认为的。我们看一下报道你父母案件的记者是谁。"她找到了那篇报道，"哈！真可笑，我居然没注意到。我虽然不认识她。"她指着第一篇报道的记者署名那一行说，那是一位名叫贾妮丝·弗莱明的记者，"但是，这一位，里兰德·布雷特，我认识。他是报社的一个编辑部主任。"

"什么，你是说他现在还在报社工作吗？"

"他一直都在这儿工作。里兰德很可能现在就在六楼。"

新闻编辑室光线明亮，装修现代，让人隐约感到有点紧张。

我原以为那儿会像电影《总统班底》里《华盛顿邮报》的新闻编辑室一样，一堆破旧的办公桌挤挤挨挨地摆在一起，上面堆满了文件、咔嗒咔嗒响的打字机和威士忌酒瓶，一群胡子拉碴的记者在那儿卖命干活儿，从见不得人的渠道骗取一些新闻线索，总之，就是那种报社应该有的样子。但《亚特兰大宪法报》的新闻编辑室看上去更像是一家旅行社，或者是一所郊区银行。配色采用了令人愉悦的蓝色和橙色的组合，内墙全是玻璃，办公椅都是赫曼米勒的艾龙座椅。这里所有的东西不仅造型优美、一尘不染，而且都很符合人体工学设计。

只有里兰德·布雷特的办公室是个例外。

他似乎来自另外一个时代。他的办公桌缩在一个不通风的脏乱角落，窗户和玻璃内墙上都里三层外三层地贴满了古老的粉红电话留言条，上面的字迹都褪色了，自然光也照不进来。杰西卡敲了敲门，把我拽了进来，极其简单地把我介绍了一下："她是从乔治城来的教授，你很多年前报道过她家的事儿。"然后就消失了。我站在那儿，抱着那沓资料，不知从何说起。我究竟想从这个男人那里知道什么呢？

幸运的是，他的举止十分客气，起身招呼我往里走，给我拉过来一把椅子。我极力控制住了把椅子上的灰掸一掸再坐下的冲动。

"你来找我有什么事，漂亮女士？"布雷特个子不高，腆着肚子，一头金发掉得只剩下花白的几缕，稀疏零落地点缀在头皮上。他看起来大概有 60 岁了。他扶了扶鼻子上架着的老花眼镜，伸手从我手里拽走了那几篇报道，手不经意地从我的腿上滑过。漂亮女士？而且还摸了我的大腿？即使在南部的佐治亚州，人们现在也不能这样行事了吧？难不成他们还能这么做？我皱了皱眉，尽可能简略地解释说1979年我的亲生父母在亚特兰大被杀害了，我被人领养，刚刚了解到父母被谋杀的事情，而他就是首先在《亚特兰大宪法报》上报道这起案件的记者。

他纠正道："我应该是在《日报》上报道的这起案件，我们两个编辑部是几年前才合并的。《日报》当时是晚报，《亚特兰大宪法报》才是日报。现在让我来看看你找到的是哪篇报道。"

他摆出一副全神贯注的模样，一目十行地快速看完了前面两篇报道，抬起头说："我只能说我已经不记得这起案件了，这些年来，我报道了很多谋杀案件，真是太不幸了。你说受害者是你的亲人？"

"是的。"

"实在是太不幸了，太遗憾了。"

他又继续往下看，看到第三篇报道——就是配有照片的那篇——的时候，他的眼里有个东西忽闪了一下。"告诉你，我觉得这起案件也许我真有印象。是一对漂亮的小夫妻，罪犯一直都没落网，是吧？"

他用手指着一段一段往下看，"没错，没错。他俩有个小女孩，我猜那一定就是你了，我猜得对吗？"他的眼神跟我的对视了一下，目光就向下移动，赞赏地把我打量了一番。

哦，天哪。看来他确实是故意摸我大腿的了。"那就是我，布雷特先生。您知道怎样才能联系上那几个您采访过的人吗？您好像采访了几个邻居，还有一个据您说是萨迪·罗森·史密斯的好友。我想找他们聊聊。"

"不知道。"他挠挠脑袋，把那几缕金发抓得乱七八糟，还有一缕翘了起来，"当然，你可以去看一下那几个邻居是不是还住在原来的房子里。至于那个朋友……她叫什么名字？"

我指着第三篇报道里引用的一句话，是一个叫谢丽尔·鲁尼的女人说的。

"谢丽尔·鲁尼……这……女士，我一点也不记得了。"

"您是不是还保留着以前的笔记呢？我想那时候做笔记都是白纸黑字，还没有用电脑呢。"

他朝扔在角落里的一个纸箱看过去，那里面装的活页小笔记本都满得快散落出来了，"我确实保留着以前的记录，但没有那么久以前的了。3年前总部搬迁时，我几乎把所有东西都扔了。"

短短 3 年，他就积累了这么多杂物，我不得不佩服。"那么案件侦破的进展您还有印象吗？我非常希望了解史密斯夫妇被杀害的原因。报道里有个警察推断说可能是入室盗窃转化成了杀人灭口。"

"那也很有可能。我不记得他们牵扯到了什么是非恩怨，更没有跟人结下什么深仇大恨。"

"您采访了一位警察，他告诉您有一名疑犯接受了警方的问询。"

"我是那么报道的吗？"

我把相关段落指给布雷特看，"您看，就在这一段。但后来又把他释放了。"

"是这样，警方很有可能传唤了很多人进行问询，我确实不记得了。跟你说实话吧，我那时是个初出茅庐的小伙子，让我想想——我当时才二十四五岁，报道综合性的新闻，每天编辑决定让我报道什么，我就报道什么。我没有警方的内部渠道，他们怎么跟我说，我就怎么写。"

"但是，您提到了警方的一名中尉……"我在复印的报道上找到了他的姓名，"'史蒂夫·梅多斯，亚特兰大警察局重案组组长'，您一定采访过他。"

"我当时肯定采访过他，但那都是 34 年前的事情了。也有可能那是我从警方的通报或者新闻公告里摘引的。我也希望能跟你说，我跟重案组的头头有直接联系，我真是这么希望的，倒不是对我能有什么好处。那时，亚特兰大警局比现在还要忙乱。跟现在一样，那时他们就人手紧张，严重缺人。重案组的警员们都自顾不暇，忙得连喘息的机会也没有。梅多斯也好，其他人也好，都是一头雾水，谁也不知道你的父母是什么人杀的。"

这话说得实在是让人难以接受，我狠狠地扫了布雷特一眼。

"抱歉，但这都是实话。"

我深吸了一口气，强迫自己继续说："您的同事杰西卡"——我把头朝新闻编辑部那边歪了歪——"杰西卡说记者知道的往往比报纸上登出来的多。"

"她说得没错。但不管当时我对案件有多少了解，我早就忘得一干二净了。亲爱的，我很抱歉。"

他身体向后靠在了椅子背上，目光又在我的腿上上下游移，"告诉你怎么帮你，我马上就找一个实习生来，让他们找一找认识你爸妈的邻居的电话号码，看他们能不能找到。现在，我还有一个想法。"

我等着他说下去。

"我的想法就是，你就是一个绝妙的新闻素材，就是你本人。我们可以采访你，写一个人物近况简介，写你回到了亚特兰大，这么多年后回到老家，寻访家人的消息。这会是一篇感人的跟踪采访。"

我摇了摇头表示不行。

"你别着急，先听我讲完。也许有的读者还记得你的家人，我们老一辈的读者一定都还记得亚特兰大那个年代的事情。那真是一个可怕的年代，就是在 20 世纪 70 年代末 80 年代初，那时每隔一天就会发生一起凶杀案。要是人们知道这么多年后，其中一起案件最终有了一个幸福的结局，大家一定倍感欣慰。"

"幸福的结局？我的父母可是都死了。"

"没错，抱歉，抱歉，我不是这个意思。我刚才想说的是，在家人遭遇了如此不幸之后，你的结局还是幸福的。你当上了大学教授，而且还是个大美女。"

"不行。"我斩钉截铁地说。

"我们可以吃饭的时候再详细谈。"

"不行，谢谢您。"我用坚定的眼神让他明白我不但拒绝接受采访，也拒绝跟他一起用餐。

"悉听尊便。但你应该这么想，你父母生前的朋友也许会看到这篇采访，也许会想跟你联系，也许还有你爸爸以前的同事。谁也不知道还有什么人认识你的父母。要是报社的实习生找不到任何线索，这就是你找到认识你父母的人的最好机会了。"

他说的不无道理。我抿紧了双唇，然后说："谢谢您的建议，我会考虑的。"

从报社出来，我开车去了公墓。

里兰德·布雷特在葬礼那天发出的讣告里提到了我父母下葬的地点。阿灵顿纪念碑公园位于一个叫桑迪泉的街区，距离报社只有 10 分钟车程。公墓相当气派，装点着庄重的喷泉和精致的景观湖泊，要不是那些陵墓和墓碑，这里看起来更像是一个高档的高尔夫球场。

接待处在大门内一座低矮的大楼里，我把车停在了接待处门前。

"你好！"我跟前台的接待员打了个招呼，"我要找一个墓地。"

"把死者的名字写在这儿，"她说，"我看看有没有人有空帮你找一下。"

大约过了 5 分钟，又来了一个女的，身上穿着一套黑色的裤装，手里拿着一张有粉色标记的地图。我伸手去接地图。

"你开车来的吗？"后来的这个女的说话带着刺耳的鼻音，也许她是从纽约过来的，或者是从新泽西过来的。

"要是你跟着我走，找起来会容易一些。这里分区标识不太清楚，人们经常迷路，一绕就是一个多小时。正好我也要出去抽根烟。"

我跳进租来的轿车，跟上她的车。她在前，我在后，两辆车顺着铺设平整的路面大约行驶了 5 分钟，路的两旁都种着松树和木兰树，鸟儿在枝头歌唱，还有一对知更鸟在两辆车之间扑棱来扑棱去。终于，她把车靠边停了下来，摇下了车窗。

前方有几排墓穴，地上用排列整齐的圆石子标注区分，她指着其中的一排说道："应该就在那边。要我下车帮你找吗？"

"不用了，我能找到。谢谢，非常感谢。"

从我早上离开酒店，外面的气温就一直在升高。从车里钻出来的时候，一阵这个季节少有的暖风吹乱了我的头发，强烈的阳光从柏油路面反射过来。我脱下外套，解开围巾，把它们扔在车前座椅上，然后捧起在来的路上买的玫瑰，朝墓穴走去。

他们的墓看上去虽然简朴但维护得很好。布恩·史密斯和萨迪·罗森·史密斯夫妇并肩合葬在一块花岗岩墓碑下面。墓碑上除了他们的姓名和生卒年月，其他什么也没有，一句碑文也没有。我蹲下来，用手指轻轻抚摸他们的名字。我叫花店用粉红色的缎带为我扎了两打白玫瑰，粉红色代表的是那个曾经热爱过他们的小女孩，她用了 30 年的时间才再次回到他们身边。我把花放在墓前的草地上，站起身来。

我曾以为此刻将是我亚特兰大之行最为悲伤的时刻，我曾以为我会痛哭流涕。然而，上午在报社的时候，我已经把眼泪哭干了，此刻我只有一种被掏空的感觉，而且突然还令人尴尬地感到了饥饿。我的肚子向我发出了抗议。

我在那儿又站了一会儿，期待悲伤的情绪将我包围，但我没有感到过度的悲伤。之前照片上母亲的面容对我的打击远大于这块阳光充裕而安详的所在。几分钟后，我觉得我可以离开了。我把手指放到唇边，然后又最后一次用手指划过镌刻在冰冷石头上的我的父母的名字。

如果说我来亚特兰大是要跟过去做个了结，至此，我还无法给自己一个交代。

第十二章

我刚踏进酒店的大门，手机上就显示出布雷特的来电。我是在瑞吉酒店定的房，这家酒店富丽堂皇，奢华程度远远超出了我平常的旅行预算。这里的顾客大多是房账由公司报销的那种商务旅客，他们身上穿着定制的西装，手里举着运通白金卡，行色匆匆地穿过大堂。我在这里定房只是想善待自己一次，因为刚刚遭受了那么大的打击，我认为有理由对自己好一点。在这里，整个白天我都在处理那些让人悲伤的事情，不是去扫墓就是在读讣告。支撑我的唯一动力就是晚上能回到一家好酒店，睡上高支棉的床单。

里兰德打来电话时，我刚好把车钥匙交给了泊车员，踏进了酒店的大门。我靠在电梯旁的墙上，把手机贴近耳朵，听他采用哪一套说辞。

"把你的经历讲给读者听，我越想越觉得这是个不错的主意。"他拖着南方口音说道，"这对你也是一个绝好的机会。我下班后过去一趟怎么样？我请你喝点儿东西，我们再仔细琢磨琢磨？你住哪儿？"

不得不承认，这人不达目的是不会罢休的。对记者而言，这无疑是一项很重要的品质。但是，一想到他的腿会在酒桌下"不小心"碰到我的腿，我真心不愿意跟他坐下来一起喝酒。

"我很愿意跟您喝一杯。"我说了句假话，"但我今晚有别的安排了。"我又撒了一个谎，"我也在考虑您报道我的建议。"至少，这是一句真话。

"那好吧，真是遗憾。趁你还在考虑，我为你帮了个小忙。我为你找到了谢丽尔·鲁尼的电话号码，她是你妈妈的朋友，现在还住在这里。她是个教师，退休前在一所知名的私立学校教书。你拿笔记一下吧？"他给了我一个座机号码和家庭住址。"我猜要是我让实习生们继续努力，他们也许还能找到其他人的号码，其他老邻居和老朋友那些人的号码。当然，我们无法知道，要是把你的故事刊登出来，还有哪些人会找来联系你。"他打住了一会儿，然后轻轻地吹了声口哨，说，"不，我们不会知道。不试试的话，我们无法知道能够联系到哪些人。"

这个卑鄙小人。这简直就是在明目张胆地玩弄人。更可恨的是，他说的句句在理。

我小心翼翼地问道："您具体需要我做什么？"

听到这句话，他知道我同意了。

我还是坚决拒绝了晚上跟他见面，但他让我答应第二天早上8点跟他在酒店共进早餐。采访大约需要一个小时。

"还有一件事情我们需要达成一致，"他说，"我们需要给你拍张照片。报社的专职摄影师希望能在黄金时段拍摄，也就是在太阳快要落山的时候，那时光照效果最好。我们就在你父母的老房子前拍吧，那是哪儿来着？"

"尤拉莉亚路，离莱诺克斯很近。"我学着用亚特兰大的当地词汇来交谈。莱诺克斯广场是当地家喻户晓的一个大型购物中心。

"好极了，门牌号是多少？我们要给现在的业主打个电话，让他们了解一下我们要干什么。"

"哦，业主是一位多尔米尼太太。我昨天见到她了，她领我参观了一下屋子。"

"是吗？那她已经知道你是谁了。希望她不会介意摄影师拿她的房子做背景拍几张照片。其实，从技术角度讲，我们可以从街上拍，根本不涉及她的私人地产。但是，礼多人不怪嘛。"

"您确定需要拍照吗？"

"亲爱的，你的照片会是这篇报道最吸引人的地方。图片说明不用构思就出来了：'褐发美女，遭受着悲剧的困扰……'读者们一定会大快朵颐的。好了，你去睡个好觉，我们明天一早见。"

第十三章

写到这儿，我想再提一下手腕和脖子的病况。没有什么比听别人谈他们的病情更让人厌烦的了，因此，我没有每隔一分钟就提一下我的病情。简而言之，我的手腕几乎一直都在疼。

但我似乎已经把这种疼痛当作背景中的一种噪声，一个无时不在的麻烦，我需要学会与之共存。我猜，人们能够学会跟几乎任何一种东西共存。一只手开车并不难，单手洗头稍稍有点儿难度，切牛排或者其他需要用到刀叉的食物时，吃相不太好看，但还是可以做到的。对我来讲，唯一一件必须用两只手才能做的事情就是打字，然而在这件事上，我显然非常走运。打字对大多数人而言是导致腕管综合征的罪魁祸首，但是对我毫无影响。我可以敲上一整天键盘而不感到疼痛加重。

至于脖子，那儿已经不疼了。其实，这么说不太准确，那里的疼痛并没有停止，但是那种热辣辣的震颤消退了，就像是一只野兽疲倦了，决定暂时休息一下那样。我要记住的是，脖子必须保持不动，一转头就会疼，特别是朝右转的时候，因此我注意不这么做。必须朝左右看的时候，我就把上半身整个转过去。这样或许让我看起来像是一个戴着隐形护颈支架的耄耋老人，但确实管用。

周二那天的黄昏时分，我身体上最为迫切的不适感就是饥饿。五天没正经吃一顿饭看来是我的极限了。于是，我打了客房服务电话，点了很多食物，简直够一家四口人吃了。然后，我坐下来打了几个电话。首先，我给妈妈打了一个电话，告诉她萨迪·罗森跟我长得像孪生姐妹一样。不用她说我就知道，这一定让她非常难过。我想她并不是感到嫉妒，确切地说，她更多的是一种被遗忘、被排除在外的感觉。于是，我把去报社的经历轻描淡写地一笔带过，重点讲了讲去墓地的经历，讲了墓地有多么美丽，多么安静。我告诉她我在墓前献了花，抚摸了他们镌刻在花岗岩墓碑上的名字。她又提出要坐飞机过来陪我，我觉得她都提过一百遍了。

她恳求道："就是去那儿陪陪你。"我可爱的妈妈。我非常想同意让她来，但是她来的话，我就要放缓行程，而且我感觉此行是必须由我独自完成的朝拜。我安慰她说我挺好的，告诉她明天就能把这边的事情结束，周四上午也许就能飞回华盛顿。

接着，我给马丁发了条信息。最后，我鼓足勇气拨通了里兰德给的谢丽尔·鲁尼的电话。还是没有人接，只有一个听起来很舒服的男人的语音录音，让我给瑞克和谢丽尔留言。天哪，我要从哪儿说起呢？我挂断了电话，想了一会儿，又拨通了电话，留了一条简短的口信，包括我的姓名和电话号码，还有打电话的缘由是想打听她以前的一个朋友。

客房服务送餐时，我让侍应生把吃的全都摆在茶几上。不仅如此，他还摆上了两张浆过的餐巾和两套餐具，情有可原地认为我不可能准备一个人来独享这么多食物。摆开来的食物看起来很可笑，有凯撒沙拉、番茄罗勒汤、新鲜水果、一篮热面包、一份薯条配菜、一块馅饼，还有一个吉士汉堡。确切地说，是一个霸气的培根双层吉士大汉堡，里面还放了很多芥末酱，油汪汪的让人垂涎。我狼吞虎咽地把它吞下了肚，后悔没点上两份，只能把其他点来的食物风卷残云般吃完了。食物很美味，吃起来一点也不像硬纸板。

考虑到最近发生的这些事情，我吃起饭来还能如此有滋有味，这听起来是不是显得我有点麻木不仁？再考虑到我亚特兰大之行的惨淡缘由，这样说的确显得我冷酷无情，显得我对逝者不够尊重。我拿出杰西卡复印给我的那张照片，仔细研究了一番。我的亲生父母看起来幸福极了，笑容满面地在烤架前翻烤牛肉饼。阳光倾泻在他们身上，母亲似乎正在用手赶走眼旁的烟尘。他们身后的桌子上，你可以看出装有芥末酱和蛋黄酱的瓶瓶罐罐和一大盘小圆面包。突然，我会心地笑了起来。这一定就是我一整天都惦记着吉士汉堡的原因。我上午看到这张照片后，炭火烤牛肉的暗示就不知不觉地潜入了我的潜意识。

现在想起来，我才觉得这一切都很滑稽。从小到大，我们卡申一家从来都不吃汉堡。托尼和马丁喜欢吃牛排和烧烤鸡肉，毋庸置疑，妈妈也是，爸爸喜欢吃炖菜。但是，布恩·史密斯和萨迪·罗森·史密斯夫妇显然都喜欢吃吉士汉堡，还把这个偏好遗传给了他们的独生女儿。虽然这么想傻得可笑，但我觉得就这样跟他们建立起了联系，跨越了几十年的光阴，跨越了他们的亡故和一切本该发生的事情。我相信要是他们现在能看到我，看我在舔手指上的油，他们不会觉得我对他们不敬，相反，他们会希望我为他们吃上一两个汉堡。

过了一个小时，爬上床睡觉的时候，我还在一个人傻笑。舒舒服服地躺在高支棉的被子里，我很快就进入了梦乡。

第十四章

2013 年 10 月 16 日，星期三

从星期三开始，事情就接踵而至，让我应接不暇。

里兰德·布雷特准时来到酒店，跟我共进早餐。平心而论，他做的访谈既仔细又全面。他让我带来了收养材料的复印件，证明我曾经名叫卡洛琳·史密斯，是布恩·史密斯和萨迪·罗森·史密斯的女儿。他把材料翻来覆去地仔细研究了一番，直到满意为止。然后问了我一些关于工作、爱好以及华盛顿的家人的问题。我喜欢什么体育运动呢？（呵呵，没有。）我喜欢听哪种类型的音乐呢？（古典、嘻哈、空中铁匠乐队。除了乡村音乐，几乎所有类型都喜欢。）里兰德之前一定做了很多功课，在乔治城大学的官网上仔细地查询了有关我的信息。他希望了解我是怎样学的法语，多长时间去一次巴黎。我感觉他是希望让我慢慢进入状态，先问我一些不痛不痒的问题，等我放松了戒备，再切入主题，提出实质性的问题。因此，直到菜上桌时，我们还没触及 1979 年发生的事情。

真是难以置信，我怎么又感觉饥肠辘辘了。我点了份招牌红薯煎饼，配上了波旁酱、甜核桃仁和一份香肠。

我的胃口让里兰德对我刮目相看。"我看你胃口很好。"他贪婪地看着我和我的煎饼，说道，"我喜欢胃口好的女人。"

天哪，又来了。我皱起了眉头，说道："里兰德，为了防止让你产生误会，我

需要说清楚……我们现在有正事要谈，好吗？我来这里是为了帮你完成那篇报道。仅此而已。"

他装出一脸无辜的样子，"是的，这是当然。我来这里也是完成我的工作。不过，这项工作的内容包括此刻跟一个漂亮的女人一起共进早餐。这算不上是罪过，是吧？"

"对。"我咬牙切齿地说道。

"这正好帮我们切入了正题。你结婚了吗？"

"求你了。"

"我这么问只是为了写好这篇报道！"我正准备推开椅子径自离开，他窃笑道，"冷静一下，宝贝。我又不咬人。只是跟你开个玩笑，一个小玩笑而已。要不然，整个采访会很沉闷的，这你不得不承认吧。"

我怒气冲冲地说道："不管我承不承认，这本来就是个沉闷的事。"

"确实如此。现在，吃口煎饼吧，然后，我想听你说说为什么过了这么多年你突然决定要回到亚特兰大来。"

我气呼呼地看着他，但还是按他说的做了。得知我直到最近才知道亲生父母是被谋杀的时，他看起来吃了一惊。

"在那以前你以为他们是怎么去世的呢？是出了车祸还是什么其他原因？"

"不是，你没听明白我的意思。我从来没听说过他们，我不知道我是收养的。"

"我的老天，你的父母——我是说卡申夫妇——他们从来没告诉过你吗？"

"是的。他们认为最好是——让我想想我爸是怎么说的，最好是'不要无事生非'。直到上个星期四，我才听说了布恩·史密斯和萨迪·罗森·史密斯这两个人。"

里兰德惊讶地瞪大了眼睛。

"这的确……让我吃了一惊。"

"我觉得也是。"他摇了摇头接着说，"难以想象。他们说过为什么决定现在告诉你吗？"

我知道肯定会谈到这一步。聊到现在，我们一直都小心翼翼地避开了那颗子弹。里兰德·布雷特还不知道有子弹这回事。一想到要谈论我的脖子，我就感到极不自在。即使在其他场合，我也不喜欢成为人们注意的焦点。想到我现在即将吐露的一切最终都会见报……即使比我更为外向的人都要犹豫不决了吧。但是，去他的吧，我们已经谈到这一步了。把事情公诸于众看起来确实也会为我提供一个好机会，让我接触那些曾经熟悉我的家人的人。于是，我就跟里兰德讲到了我的腕管综合征，讲到了核磁共振检查，讲到了最后在 X 光片上发现的物体。他大吃一惊，手中的叉子都掉了下来，"难道说那颗子弹还在你体内？"

我点了点头。

"一颗子弹？有颗子弹？从你父母被枪杀的那天一直到现在？"

我又点了点头，"这颗子弹显然一直都在我脖子里，34 年了，从来没有影响过我，表面也看不到疤痕。"

"万能的主。"他在笔记本上奋笔疾书，"你能确定吗？你有 X 光片的拷贝吗？"

"在我手机里。有必要的话，可以给你看一下。"

"万能的主，"他又说了一遍，"不可思议的事情我听得也不算少了，但这是我听到的最难以置信的事情了。"他连珠炮似的向我发问，希望重新建构起子弹被发现的确切过程，这时，我的手机响了起来。

我低头看了一眼，是威尔·扎特曼，从他办公室打来的。他应该是想让我确认一下跟那个神经外科医生的预约。我把他的电话转到语音信箱，回头再打给他。

我转向里兰德，说道："不好意思，我们刚才说到哪儿了？"

"要我说啊，我还有好几个问题。干脆我开车载你去新闻编辑室吧？我们到那儿先把访谈做完，然后……"

"我去不了。这里结束后，我要到谢丽尔·鲁尼家去。"

"哦。那个电话号码能打通？"

"嗯哼。今天早晨她给我回了一个电话，就在我下楼见你之前。我觉得她根本不敢相信我对她说的话。这事似乎给了她很大的打击，她听起来甚至比你现在显得还要震惊。"

"我的天，你长得太像她了，眼睛一模一样。你一点也不像布恩。"

谢丽尔·鲁尼坐在起居室的另外一边，远远地打量着我。她家的房子是一座紧凑的、粉刷成灰色的小楼，屋后就是查塔呼奇河。她之前在电话里告诉了我到这里来的路线。"我本来还想着要看一下你的身份证件再让你进来。现在这个世道，变态的人太多了。但看到你从车道上走过来的时候，我就觉得没有必要了，就好像看到萨迪·罗森本人走过来一样。"

"他们两个你都认识？我是说我的亲生父母你都认识？"

"你的亲生父母？"她把头侧到一边，想了想说，"是的，我猜你现在就只能称他们为亲生父母了。对了，瞧我这记性，把待客礼节都忘了，给你来杯咖啡好吗？"

"不用了，谢谢。"

"真的不用吗？我刚煮了一壶。"

"我不太喜欢喝咖啡，但如果不给你添麻烦的话，我想喝点茶。"

她麻利地走开了，几分钟后便端着一个托盘走了进来。托盘里放着一碟饼干、一杯热气腾腾的咖啡和一个水晶高脚水杯，水杯里有冰块和浅棕色的液体。我小心地抿了一口，是冰茶。我听说过这种习惯，说南方人不管外面多么寒冷也一样对冰茶不离不弃。

我放下水杯，看着她的眼睛说："报纸上说你是我的亲生……我的母亲的好朋友，你是怎么认识她的？"

"我们以前住在他们的隔壁。我们是 1974 年搬过去的，在那儿住了 20 多年，一直住到买这栋房子之前。"她伸出手示意了一下我们所在的这间屋子，"尤拉莉亚路上的房子非常适合年轻夫妇在那儿安家落户，属于起步阶段的房子，但是现在那里的房价已经涨得离谱了。你知道吗，在靠勒劳克斯大街那边有一栋房子卖了 160 万美元。真是让人不敢相信。我们第一次在那儿买房的时候只花了 5.5 万美元。"

我摇了摇头，"那条路挺漂亮的。这也就是说，在史密斯夫妇搬过去之前，你们就已经住在那里了，对吗？"

"是的，我们很高兴隔壁搬来了一对年轻的夫妇。我们四个成了好朋友。等到你和约翰出生后，我和你妈妈几乎每天上午都待在一起。"

我努力跟上她思维的节奏，问道："约翰？是你的儿子？"

她指了指沙发旁桌子上的相框，照片上是一个矮胖的男子，穿着高尔夫球衫和卡其布裤子。"我家老大，你比他大，但只大他几个月。你们蹒跚学步的时候是好伙伴。你不记得他了？"

"那些年里发生的事情，我恐怕都不记得了。"

"我们在厨房里立了个游戏围栏，里面放满了球和其他玩具，你们就在里面一起玩。我就和萨迪·罗森一起喝咖啡、烤点心。你的妈妈老是把东西烤焦，我对你说，她对烤焦东西很有天分。她经常把面团揉开后，放进烤箱里，然后开始聊天，随即把烤东西的事忘到了九霄云外。不一会儿，你家厨房就浓烟滚滚了。"谢丽尔笑了，"我们总是一起散步，没完没了地散步。那个时候，带个孩子在家也没太多别的事情可做。那时可没有现在年轻妈妈们带孩子去参加的游玩小组和金宝贝早教课堂。"

我不放过她说的每一个词，"她是个什么样的人呢？我是说，她的性格是安静，还是风趣，还是……"

"是的，她很风趣，但一点也不安静。她总是聚会的灵魂人物，布恩是严肃、稳重的那个。他们性格互补，我猜所有夫妇都是这样。"

"听起来像我父亲。"

"但长相上不像。你的容貌跟你妈妈真是太像了，惊人地像。她是个很漂亮、很漂亮的女生，迷蒙的眼神、光滑的嘴唇。我们在外面推着婴儿车散步的时候，就是穿着家居便服在屋前屋后走走，你就看到那些开车路过的男人扭头朝这边看。萨迪就笑着跟他们招手。"

说到这里，谢丽尔的脸上闪过一丝不快。她不是个美女，看起来年轻时也不漂亮。现在她已经人过中年，嘴角布满了干枯的褶皱，头发染过，看上去有些枯槁。但是，我察觉到的那个表情应该不是嫉妒吧？都过了这么多年，不会再感觉嫉妒了吧。

"她听起来像是个不服管的人，我是这么觉得的。我觉得她肯定争强好胜，连结婚之前的名字还保留着。"

谢丽尔看起来有点困惑，她说："不是的，她用了史密斯这个姓。"

"对，但是是萨迪·罗森·史密斯，就像希拉里·罗德曼·克林顿一样。20世纪70年代那个时候在佐治亚州，这样做肯定相当前卫了。"

"不是，不是这样的，这跟希拉里·罗德曼不是一回事。萨迪·罗森是她的名字，就像……玛丽·贝乐，或是乔治亚·路丝一样，这一带很多女孩都用双名，现在还是这样。"

"哦，好长的名字。"

她耸了耸肩，"你仔细一想的话，萨迪·罗森这个名字和伊丽莎白这个名字的音节一样多。但没有人认为伊丽莎白是个很长的名字。"

我们一时陷入了沉默。

"现在知道了这些事情，你肯定很难过。"过了一会儿，她先打破了沉默。今天早上，我已经在电话里大致告诉了她我所知道的事情以及我是什么时候知道的。我没有提到关于子弹的细节。

"虽然感觉有点奇怪，但能见到你我还是很高兴。我很希望了解史密斯夫妇，我的父母——我是说卡申夫妇——好像知道的不多。报纸上关于整个事件的报道又语焉不详。我看到上面一开始发了四篇报道，然后就突然只字不提了。"

她点了点头。

"警察肯定找你谈过。他们是不是忽略过什么？我是说，就你所知，他们曾经得到过什么有价值的线索吗？"

"他们跟瑞克和我谈过两次。那天我们没有听到或看到任何异常的事情。我们把所有知道的都告诉警察了。但说实话，我觉得亚特兰大警方对这个案子没有全力以赴。他们从一开始就认定这是一起入室盗窃案，认为闯入者被你父母发现后开了枪，但他们也一直没有抓住罪犯。"

"我不明白怎么会这样。一个窃贼闯了进来，杀了两个人，警察就这样……置之不理。"

"好吧，这是一起不同寻常的案件。没有实物证据，至少我猜测是没有。屋子里没有外人的指纹，也没有发现杀人凶器，他们只有一个目击证人。"

"他们有一个目击证人？"

"当然了，亲爱的。就是你。"

第十五章

在我离开前，谢丽尔·鲁尼将一对金耳环塞到我的手里，"这是你妈妈的。这是她留给我唯一的东西。这么多年来，这对耳环一直在我的首饰盒里放着——睹物思人太让我伤心了，所以我从来没有戴过这对耳环。"

这是一对很大的圆环，做工很细致，有点吉普赛风格，精致的同时又有些花哨，不是我愿意戴的那种。但话说回来，我也不是生活在 20 世纪 70 年代的年轻时髦女性。

"那个年代，这样的耳环是最时尚的。"谢丽尔似乎猜透了我的心思，"这是我找你妈妈借来戴的，我那天要去参加一个聚会，也是这副耳环在我这儿的唯一原因。你父母被害后，整栋房子都成了犯罪现场，警察把所有地方都圈起来了。我没有办法进屋去取几样属于她的其他东西。后来，有一天，搬家的来了，所有东西都被装到箱子里搬走了，房子也卖了。"

"谢谢你还保留着耳环。"

"她有很多漂亮的首饰和衣服。她那样的身材，穿什么都好看。她有一件绿色外套，非常时髦，配着绿色的小山羊皮靴子……"谢丽尔感伤地笑了，"你肯定也会欣赏她的品位的。"

我点了点头。

"我当时也想去看望你，也想跟你保持联系。你妈妈一定也希望我这么做。但在那之后，医生不让我看望你。你在重症监护室待了好几个星期。另外，我猜警察在那段时间里肯定也找你问过一些问题。"

"你知不知道我——我说看见了什么？我告诉警方什么有用的线索了吗？"

她摇了摇头，说道："我一无所知。你不记得了吗？"

"不记得了，一点也不记得了。"

"也许这样最好，卡洛琳，因为你当时太小了，还只是个幼儿。我这样说并没有别的什么意思，你确实是唯一的目击证人，但天知道你看到了什么，或是没看到什么。"她轻轻地拍了拍我的肩膀，"不管怎样，又过了段时间，社会福利机构就介入了。我再听到的消息就是你被收养了，有了一个新家庭。从那以后，就再也没有你的消息了，你就好像被拐走了一样。我希望他们对你不错，我是说那对收养你的夫妇。"

"他们对我很好。"想到他们对我的爱，我的声音哽咽了，"他们是最可亲的人。没有哪个家庭能给我更多的爱了。"

"听你这么说，我感到很开心。"谢丽尔又把手放在了我的肩膀上，"天可怜见，见到你，让我回忆起许多过去的事情，想到你现在比萨迪·罗森和布恩被害时的年龄还要大。你爸爸是那么好的一个人，这对他太不公平了。"

"这对他们俩都不公平。"

她眨了眨眼，然后点点头。送我出门的时候，她的眼里噙着泪。但是除了眼泪，我还能感觉到一点别的什么东西。又是那一丝嫉妒之情？还是别的什么情绪？我分辨不清，只能感觉到在表面之下，有股酸涩的暗流在翻涌。

谢丽尔·鲁尼的话中有什么东西让我感到隐隐不安，某个东西或某个细节总是让人觉得不对劲，但我说不出来那是什么。就像猫咪拍毛线球一样，我越是想抓住它，它越是难以靠近。

我把车又停回到尤拉莉亚路上，等着见《亚特兰大宪法报》的摄影师。我现在不但不想拍照了，而且已经开始后悔当初做出的决定，我就不该同意让此事见报。这样做感觉有点庸俗，好像我是在利用很久以前的一个悲剧来博得15分钟出风头的机会。虽然这绝非事实，但人们还是会做出自己的评判。我掏出粉盒，重新又涂了点口红。要是我的两个哥哥看到我坐在这里涂脂抹粉，为的是拍摄一张照片，配在里兰德·布雷特正在键盘上撰稿的那篇报道旁（报道想必扣人心弦，标题为"脖子里有颗子弹，褐发美女一筹莫展！"），他们肯定有话可说了。唯一不确定的是他们是会大惊失色还是会捧腹大笑。

我看了看表，摄影师已经迟到了。他一再坚持五点见面，说这样我们就有充足的时间做好准备工作，不错过光线最好的黄金摄影时段。我决定再等 15 分钟，如果他还不来的话，我就撤了。几辆车轰隆隆地从我的车旁开过，街对面有两个男孩在院子里你一脚我一脚地踢球。小一些的那个孩子总是接不住球，球就滚到离街很近的危险地方。那个大一点的孩子每次都是赶紧跑过去，在球越过路缘之前接住它。

我靠在驾驶座的椅背上，脑海里浮现出年轻的谢丽尔·鲁尼和我母亲下午推着婴儿车绕着这个街区散步的情景。她们会聊些什么呢？想象中，萨迪·罗森穿着谢丽尔描述过的那件时髦的绿色外套和小羊皮靴子。现在想来，这些是我希望从父母那里继承的。

我一下坐直了。对，这些东西都到哪儿去了？外套、靴子和那些据说很漂亮的衣服都到哪儿去了？谢丽尔说所有的东西都被装进箱子运走了，但是都运到哪儿去了呢？衣服肯定在很久以前就捐给了慈善机构，书和零碎的小物件应该也一样。但除此之外，应该还有我母亲的珠宝首饰啊。我用手指摆弄着那副精致的黄金耳环，寻思她曾经用什么样的项链和手镯来搭配。想到这里，我又想起他们的婚戒又到哪儿去了呢？这些是都随他们下葬了，还是都被卖了？他们肯定还有车，他们也许还有人身保险。一连好几分钟，我的思绪都围绕着这个思路飞速运转。突然，我的目光转到了面前的这栋砖结构房子上，房子曾经属于布恩·史密斯和萨迪·罗森·史密斯，但房子卖了之后，钱到哪儿去了呢？

我之前从没考虑过有没有遗产的问题。一是因为没有迹象表明史密斯夫妇很有钱；二是因为我也不那么缺钱。但这确实是个需要提出的问题。通常情况下，夫妻双方都是在各自的遗嘱里把财产留给另外一方。如果两个人都不幸去世，财产将遗留给他们活着的孩子，而我就是史密斯夫妇幸存的女儿。我父母的财产到底是怎样处置的呢？如果一对夫妻被杀害时，他们的继承人只有 3 岁，后来她被人养大，对她的过去一无所知，甚至连原来的姓氏也没有保留，这种情况下，到底会发生什么？

至于要从哪里入手调查这些情况，我一点头绪也没有。但我知道有个人也许知道，那就是《亚特兰大宪法报》的研究员杰西卡·杨。她的工作就是追踪查询各种消息和各类人物。更重要的是，她对亚特兰大了如指掌。

我拿起电话，拨通了她的号码。

"没这么巧吧？"一接起电话，她就说道，"我刚要打给你。我正准备拿起电话，你的号码就出现在来电显示上。既然联系上你了，我想知道法兰妮的'妮'有女字旁还是没有女字旁？"

"不好意思，你说的是？"

"你妈妈，卡申夫人。法兰妮的'妮'是怎么写来着？"

"哦，是女字旁的'妮'，你为什么要问？"

"里兰德要我确认一下你的信息。"我听到电话那头传来敲击键盘的声音，能想象出涂着蓝色指甲油的指甲在键盘上舞动的样子。"另外有关那颗子弹的部分，他写得还是不够清晰。你是先做的核磁共振还是 X 光？"

"先做的核磁共振。但是请听我说——"

"我就知道！"她尖叫道，"你以为他能把细节写清楚，但他可能只顾盯着你的胸看，忘记把事件发生的时间顺序理清楚了。"

我一时哑口无言，只说了一声："哇噢。"

"抱歉，对不起，不好意思，我不是那个意思。严格说来，他是我的老板。但你是个女人，一个充满活力的女人，这就足够让你成为里兰德意义上的'捕猎对象'。妈的！我也不是那个意思。"

"他，嗯，为他工作一定很有趣吧。"

敲字的声音停止了。"他不会真去骚扰你吧，对吗？他做采访的时候不会这么做吧？"

"他骚扰了，只不过用的是一种不痛不痒的方式。"

"那个杂种。他老婆真可怜。但里兰德确实总是这样，他的那些小伎俩都无关痛痒，不至于真的把人惹火。"电话里又传来敲击键盘的声音，"还有几个问题。关于你从 1979 年以来就没回过亚特兰大这一点，他弄对了吗？"

"没错。不过请你稍等一下，我也有一个问题要问你。有没有什么办法能够找到我的亲生父母的社会安全号？"

"我觉得肯定有。但你为什么要找他们的社安号呢？"

"我的车现在停在他们以前的房子前面，我坐在车里等你们报社的摄影师。顺便说一下，他已经迟到了。我刚才突然间想起来这房子原来是史密斯夫妇的财产。他们去世后，这房子肯定被卖掉了，但我不知道卖房子的钱去哪儿了。"

"噢哦。"我的话似乎激起了杰西卡的兴趣，"这种事情很合我的胃口。你是认为应该有一笔钱存在你的名下，这些年来利滚利息滚息金额应该不小了，是吧？"

"我可不是因为贪财而提出这个问题的。我主要是想知道他们的财产都到哪儿去了。你也明白，我就是想知道有没有可能找到一些他们的个人物品，那些东西对我来讲可能很有意义。"

"明白，明白。你可以去查一下房屋的产权证，看看是谁替你父母卖的房子。我觉得富尔顿郡会保留那些记录的。"

我还真没想到这一点，"你知道怎样联系他们吗？"

"当然。这样吧，我先帮里兰德完成这篇报道。我明天早上的第一项工作，就是帮你打探这个事。"

我松了口气，"那太好了，我会付你报酬的。还有，我希望你能暂时帮我保密，不要跟里兰德提及此事。"

"没问题。你就等着我的消息吧。这事儿一定很有趣，很有水门事件的感觉。"

"水门事件的感觉？"

"对啊。水门事件就是这样，只要找到钱的动向就能顺藤摸瓜发现线索。"

等我接到威尔·扎特曼打来的电话时，他已经怒不可遏了。他问道："你难道从来都不接电话吗？还是只是不接我的电话？"

"我不是故意不接你的电话。今天一整天我都在不停地到处跑，本来准备晚上给你打过去的——"

"卡洛琳，我给你发了两条信息你都没回。我有点担心你是不是出了什么事。"

"我没事，我很好。我——"

"不是的，事实上，你不是没事。这也是我一直想联系上你的原因，或者说部分原因吧。"他清了清嗓子，"我跟神经外科医生盖勒特说好了，他答应周五下午挤出时间见你。这样可以吧？你还是计划明天飞回华盛顿吧？"

"毫无疑问。"

"好的。我也把你的 X 光片和核磁共振的片子给一名骨科医生看了，他跟我是医学院上学时的老朋友。他也认为当年医生决定不取出那颗子弹肯定是因为子弹紧紧地嵌在脖子里面，紧贴着周围的很多重要神经。"

"有道理。"

"但他的问题是，如果那颗子弹发生了位移会导致什么样的结果？他认为你手腕的疼痛几乎肯定与此有关。但你的症状是几个月前才出现的，这就意味着现在有什么东西压迫到它了，以前却没有。你们家有骨质疏松症的病史吗？"

"威尔，看在上帝的分上，不说别人，至少你应该知道，我对我家人的病史一无所知。"

他吸了口气，说道："当然。对不起。我之所以这么问是因为，随着年龄的增长，我们的身体也会发生变化。脊柱开始萎缩，大部分人每过 10 年，身高就会缩短半英寸。这种现象一般在人不到 40 岁的时候就开始了。你的确切年龄是多少？"

"还没老到脊柱弯曲的岁数。多谢你了。"

"你不说的话，我可以把你的病历调出来看。"

"37 岁。"我不情愿地说道。

"这样说的话，你虽然还年轻，但也接近脊柱发生变化的年龄了。你可以把椎间盘想象成脊锥之间充满润滑液的衬垫。随着年龄的增长，润滑液越来越少，它们也越来越薄，就像房子压在地基上那样。"

"哦，你描述得可真美妙。我的身体，就像一座濒临坍塌的老旧房子……"

"我不是这个意思。你的身体可以用很多词来形容，但我脑海里出现的可不是老旧和坍塌这样的字眼。"

我听出了他的意思。我感到脸在发烧，我脸红了。

过了好大一会儿，他接着说："这样说不太合适，我向你道歉。我不知道刚才是怎么想的。"他又清了清嗓子，这次更为用力，"刚才说到哪儿了？我——哦，对了。我要说的是如果你的脊柱开始萎缩，即使只有一毫米，也是一个需要我们重视的问题。我们需要立刻着手处理。我那个医学院的哥们建议你做一个 360 度全方位的 X 光检查，这样我们就能更清楚地看到那里是怎么回事。你明天的航班几点抵达？"

"我还不确定。我要等到晚上才能确定下来。"

"你订机票了吗？"他疑惑地问道。

"订了，但我订的是可改期机票。订票时，我还不确定需要在这里待多长时间。"

"你确认机票后，可以把具体行程发邮件告诉我吗？"

"为什么？"这次换成我疑惑地问他了。

威尔严肃地说道："卡洛琳，这事儿可不是开玩笑的。你的脖子里埋着一块金属。你的症状表明这块金属的位置可能发生了变化。我不想吓唬你，但你不能再把这个事情往后拖了。你明白了吗？你也许会面临瘫痪的风险。"

"哦，"我小声说道。

他放缓了语气说："我想说的是，一旦过了某个时间点，听之任之的风险将超过手术的风险。而且我认为，我们可能已经逼近这个时间点了。"

第十六章

照片刊登在《亚特兰大宪法报》的头版，很是吸引眼球。

那天我等了半个小时，摄影师才嘎吱一声把车停在了我的面前，嘴里还在骂着糟糕的路况和错误的导航。他忽地拿出相机，在多尔米尼太太门前的草坪上匆匆忙忙地为我选取了一个位置，嘴里一直骂骂咧咧个不停。但是他时间找得恰到好处，整张照片都笼罩在落日金色的余晖里。我的嘴唇尤其突出，好像是白皙皮肤上的一道猩红的口子。拍摄的角度让我看起来比实际瘦小一些，甚至让我显得有些纤弱娇小。你还没看图片说明，就已经感受到图片的效果了：卡洛琳·卡申站在 3 岁前和父母一起住过的房子前……在报纸的其他版面，他们还刊登了 X 光片的图片。图片经过了裁剪，突出了在我脖子里熠熠发光的那颗子弹。

里兰德讲述了我重返亚特兰大的历程，文章读起来有种超现实的感觉。他是按照时间顺序报道的，基本事实或多或少也正确无误，然而文章好像跟我毫不相干。我想知道名人在看到时尚杂志上自己的专访时，是否也有同样的感觉。文章也没有什么可以挑毛病的地方，但就像是在读别人的经历。

不管怎么说，里兰德·布雷特说得没错，文章产生的效应立竿见影。有两个人打来了电话。第一个电话是通过酒店的总机直接接到了我的床头。

"你好，是卡洛琳吗？"一个低沉的声音问道。

086

"您是？"

"我是伊桑·辛克莱。我是你爸爸生前的朋友。"

"哦，您好！"

"不好意思，这么早就给你打电话。我在看早晨报纸上你的照片，我吃了一惊。"

"不用担心，但我可以冒昧问一下，您是怎么问到我的电话的？"我对里兰德很恼火，事先不征得我的同意，他没有权利把我的住处告诉别人。

然而，事实是辛克莱自己找到的我。"我猜得很准。文章中提到你在瑞吉酒店用早餐时接受了采访。这可不像是《亚特兰大宪法报》记者经常光顾的地方，因此我推断这一定是你住的酒店。"

"哦，是这样。"

"我一直都想知道你后来究竟怎么样了。警察不愿向你家人的朋友透露任何消息。得知你一切都好，我就放心了。"

"谢谢您。您是怎么认识布恩·史密斯的？"

"我们是网球球友，在同一个阿尔塔球队打球，阿尔塔是这里的网球联赛。"

"我不知道他还打网球。"

"哦，他打网球。布恩网球打得相当好，在教会山上大学的时候还在校队打呢。以前我们下班后喜欢晚上出去打几球。后来我们还联手打过一段时间双打呢。"

"您也认识萨迪·罗森吗？"

"当然了，令人羡慕的一对，他俩都因为你骄傲。听我说，要是你有时间的话，我想跟你见个面。不知道你打算在亚特兰大住几天？"

"其实我今天就要飞回华盛顿了。"

"真高兴你还没走。我就住在布鲁克海文。一起吃个早餐吧？我一个小时就能赶到你住的酒店。"

伊桑·辛克莱穿过餐厅的样子让人感觉餐厅是他开的。他身材高大魁梧，步伐轻盈优雅，一看就是那种每周都花固定时间在网球场上锻炼的人。辛克莱穿着深色的西装，袖扣闪闪发光，跟瑞吉酒店那些匆匆吃完早餐的商务旅客的形象十分吻合。

"非常感谢你答应跟我见面。"他的两只大手抓住了我的两只手，用力握了一下，然后才坐了下来，"早上看到那篇报道的时候，我简直不敢相信自己的眼睛。我通常都是等到了健身房在那儿看报纸。家里订的那份是我太太贝琪看的。今天早上她起得早，出去遛狗了，我下楼的时候，报纸的头版已经铺开在厨房的台面上了。我大吃了一惊。"

他把白色亚麻餐巾铺在了膝上。近距离观察，他比刚才从远处看起来老了一些，花白的头发，脸型高贵，但肤色黝黑，皱纹很深。他应该有65岁了，或者更老一些。他也坐在那儿观察我。

"你跟她长得非常像。"

我点了点头，"其他人也这么说。"

"真的很像，你跟她笑起来一模一样。但她比你要瘦小一些，属于娇小型的身材。"他上下打量着我，但目光并不是里兰德那样色眯眯的，他的眼神里没有什么贪欲。"看到你的样子，对我是个不小的震动。你知道，我在你的脸上看到了萨迪·罗森的影子。我跟她并不是很熟，而且那是很久很久以前的事了，但你们真像是一个模子刻出来的。"

服务员跑了过来，"早上好，先生、女士，"他对我挤了挤眼，"今天早晨，您想吃点儿什么？还是您喜欢的红薯煎饼吗？"老天，这些高端酒店的服务员真是没话说。这个可怜的人儿昨天怎么说也为几十位顾客点了餐，今天他还记得我昨天点的早餐。

"不了，谢谢你。今天就来一份酸奶和水果吧。嗯……要不再给我配一份培根。"

"好的。"他鞠了个躬，"先生，您呢？我推荐意式龙虾蛋饼，配有小土豆和新鲜的辣根——"

辛克莱连菜单都没瞅上一眼，就挥手把服务员打发走了，"我要两个鸡蛋，清炒。一个全麦贝果，烤热，不加黄油，配拉差香甜辣椒酱。"

"拉差什么？不好意思，麻烦您再说一遍。"

"拉差香甜辣椒酱，厨房肯定有。谢谢。"辛克莱转过身对我笑了一下说，"这样能把鸡蛋的鲜味突显出来。"

"哦，我有时间一定要尝一尝。"

"讲到吃的，我想起来了，为什么我看你觉得面熟。你长得像妈妈，这毫无疑问，但你还有一点像那个美食节目的主持人。那个英国女人，虽然她看起来像个意大利人，总是用嘴舔手指头上的糖霜的那个主持人。"

"奈杰拉·劳森。"

"对，就是她！"

"我在想她究竟长什么样。不知道您这么说是在夸我呢，还是在损我？"

"哦，当然是夸你。每次镜头拉近，停留在她舔糖霜的动作上都是有目的的。贝琪喜欢看她的节目。但我估计你的工作跟迷人的奈杰拉所从事的全然不同。你是个教授，对吧？教法国文学？"

"没错，在华盛顿的一所高校里。您呢？您是飞行员吗？"

"飞行员？"他显得有些不解，"哦，你是说，因为布恩是飞行员？不是，我们不是同事。我是个律师，主要接证券索赔、证券交易仲裁这一类的案子，是做诉讼这一块业务的，其实就是打官司，不是做公司法务的。"

"我知道诉讼律师是做什么的。我爸爸，还有一个哥哥都是律师。"

"你爸爸？"他不解地看了我一眼。

"我爸爸指的是那个把我养大的人，托马斯·卡申。"

"那是，那是。那篇报道给我的感觉是，你似乎不太记得布恩·史密斯和萨迪·罗森·史密斯了。"

"很不幸，我一点都不记得了。"

"我猜那是因为你当时太小了。"

"我以为回到这里来能勾起我对他们的回忆，看看当年的老房子什么的。"

"你想起什么来了吗？"

"还没有。报社存档的报纸上有我父母以前的一张照片，看到照片，用你的话说，对我是个不小的震动，但我并不能认出他们。"

"嗯，我家里也许还有几张你爸爸的照片，等周末我找时间翻翻以前的影集，也许有几张我俩穿着白色网球服的照片。找到的话，我寄给你。"

"那真是太感谢了。"

"那颗子弹怎么样了？"他压低了声音问道，"你真不知道子弹在你体内吗？"

我摇了摇头，确实不知道。

"可怜的孩子。"他隔着餐桌伸过手来拍了拍我的手，"都过这么久了才知道这事儿，真是难为你了。那张 X 光片简直令人难以置信。医生没办法做手术把子弹取出来吗？"

"医生还不太确定。"

　　"哦，要是你还想再找个医生看看，我有一个老朋友叫迈克，是东南部数一数二的神经外科医生，现在到埃墨里大学去了，我可以介绍你们俩认识。"

　　"谢谢您。"

　　"你只要说一声就行，一点都不麻烦。不是一流的医生，你不要听他们的。但我猜你在华盛顿的医生应该差不到哪儿去。"

　　"也不是，"我搪塞道，"我着急来这里，着急弄明白到底发生过哪些事情，还没来得及仔细考虑子弹的事儿。"伊桑·辛克莱看起来是个热心的人，但我还不想跟他讨论我的病情或是我的私生活。我自己把这些弄明白就很伤脑筋了。

　　辛克莱坚持要让他来埋单。送我出餐厅的时候，他把名片塞到我手里，让我保证跟他保持联系。"我不用博客和脸书那些联系方式。但要是你需要什么，不管是什么，给我打电话就行了。我的手机号码也在上面。能帮上布恩·史密斯女儿的忙让我觉得很荣幸。"

　　我于是坐电梯上楼回房间收拾行李。

　　我预订了下午从亚特兰大回华盛顿的航班。我需要赶回去，因为约好了明天要去见神经外科医生，而且法语系的奥布琼夫人也写来电邮，询问我是否还愿意上排在周五上午的课。她的语气很礼貌，但是毋庸置疑，我的答复必须是肯定的。我回复了邮件，确认周五上午会去上课。

　　我盼着回家，继续过我正常的生活。我想念校园的日常工作，想念我泡在图书馆的时间。而且在这里，我能做的事情也都做完了。我仍然无法和过去做个了结，无论了结究竟意味着什么。但是，今天早晨坐在辛克莱先生对面吃早餐时，一边一勺一勺吃着酸奶，一边听他吹嘘我的亲生父亲如何反手握拍打得一手好球时，我却出奇地感到欣慰。显然，布恩的握拍方式很独特，握拍的位置偏高，手都快碰到拍面了。辛克莱发誓那看上去跟一个喝醉的人模仿吉他演奏的动作一模一样。但这种握拍方式打出来的上旋球威力很大，每次都让对手防不胜防。我喜欢听这样的细节，倒不是因为我对布恩的握拍方式感兴趣，而是这样让我感觉他更加真实。之前谢丽尔·鲁尼提到萨迪·罗森总是把曲奇饼烤焦的时候，我也有同样的感觉。能够见到几个曾经熟悉史密斯夫妇的朋友对我是一种宽慰，他们眼中的史密斯夫妇是不失风趣、不够完美的正常人，而不仅仅是一出悲剧的受害者。

　　我开始思考，希望找到一种方式来纪念我的亲生父母。或许可以向他们曾经捐助的慈善机构捐一笔款？要是他们有任何形式的遗产，一旦找到，我可以捐到那个慈善机构。谢丽尔也许知道萨迪·罗森是否从事某项社会活动。知道下一步该怎么做，我的心情愉悦起来。过去的 7 天我不知是怎么挨过来的，真是痛苦异常。但是，最糟糕的阶段也许已经过去了。

我把最后一件毛衣扔进行李箱的时候竟然哼起了《甜蜜情绪》。需要振作精神的时候，空中铁匠乐队的音乐再合适不过了。史蒂芬·泰勒的号叫太有感染力了。这支歌首发是在什么时候？我敢肯定是在 20 世纪 70 年代中期。那时，电台一定不停地播放这首歌，布恩·史密斯和萨迪·罗森·史密斯很可能有这张专辑的卡带。也许，在开派对的时候，他们还放过这张专辑，布恩真的在模仿吉他演奏，萨迪·罗森的舞跳得很欢快，那对吉普赛风格的金耳环都从她耳朵上飞了出来。想到这样的画面，我站在那儿傻笑了起来。

这时，我的手机响了。

这次打电话来的是里兰德·布雷特。很多人看了关于我的报道都给报社打来了电话。

里兰德跟我汇报道："有几个是真正的疯子，当然，在新闻这一行干了 40 年，这不足为奇。有个女的说她能通灵，可以帮你跟坟墓里的父母交流。"

"哈哈，这主意不错。"

"就是。想赢彩票也是个不错的主意，但那不过是痴人说梦，对吧？听着，有这么个家伙，说他叫比默·比斯利。"

"比默·比斯利？"

"亲爱的，先别笑。在佐治亚这个名字算不上奇特，他的中间名很可能还是布巴。好了，他说他是个警察，说 1979 年的时候在亚特兰大警局重案组供职。"

"他为什么要打电话？"

"他说你爸妈的案子是他经手的。我让杰西卡去查了一下他的背景，他说的是实话。"

"那么，他像是知道相关情况吗？"

"那我就不清楚了，他想跟你当面谈谈，让我给你捎个口信。"

我看了一眼时钟，去机场前，我还有一两个小时，本来是打算回几个电话，然后去散会儿步的。

"也许我可以跟他见面。"

"当然，为什么不呢？这样吧，你到报社来跟他见面吧？对你们两人来说，这个地方很合适，属于中立国领土。我可以帮你们找一个安静的会议室，完事儿后我带你去吃饭。"

"千万不要。因为到时候我要直接前往机场，赶我的航班。"

"那你还是来这儿跟他见面吧。"里兰德听上去挺失望，"或许跟你谈完后，他会同意接受一个采访，也许能提供一些后续报道的材料。"

一小时以后，我便和比默·比斯利面对面地坐在一间小会议室里。

他是个非裔美国人，上了年纪，可能 70 多岁了，剃得很短的花白头发紧贴着头皮。岁月无情，他的腰变粗了，背也驼了，但是他灰色的双眼仍然清澈有神。比默·比斯利有一种气定神闲的气质，你能感觉到他这一生阅尽人间世相，面对人类的任何邪恶堕落，他都能处变不惊。

我们最终说服了里兰德让我们单独谈谈，等他离开屋子，我们把门关上后，比斯利说："我来这儿是想告诉您两件事。"

"我洗耳恭听。"

"首先，没能给您一个公道，我很抱歉。您和家人遭遇了这么大的不幸，理应获得公正的待遇，应该还给您一个公道。我们尽力了，但还是让您失望了，我让您失望了。"

"我相信你们一定是尽力了。"

他举起手示意我不要说话，"请听我讲完。要是你像我一样在执法部门干了一辈子，你就学会了将你目睹到的邪恶遗忘。你学会了把它们遗忘在办公室，遗忘在脑后。这是让你面对新的一天的唯一办法。然而，有一些案子——你把它们放在这里。"他把手摁在心口，继续说道，"这么多年来我一直放不下这起案子，一直希望有机会能见到您，当面对您说一声对不起，恳求您的宽恕。"

我的泪水一下涌了出来。我真的很感动，"谢谢您，您来这儿说出这些话真是太有勇气了。"

"我还是不够勇敢。真希望我能够在 30 年前把这些话说出来。"

"嗯，您现在说出来，我还是很感激。"

一时间我们谁也没有说话，就那样静静地坐着。后来，我坐直了身子，问道："我能问您一个问题吗？"

"问吧。"

"我确实有个疑惑……一起那样的案件怎么能够就这么不了了之呢？两人被谋杀，一个孩子被枪击中，这是怎样一起恶性案件啊。但是新闻给人的感觉是你们就那样放手不再追究了。"

他有点畏缩。

"我知道这么说显得很没礼貌。"

"不，您完全有权这么问。我们没有放手不管，但您必须明白当时全市的情况。"他皱了皱眉，换了个姿势坐着，"您听说过一个名叫马克·泰特曼的人吗？"

我摇了摇头。

"我猜他的名字已经被历史遗忘了。他是个医生，从其他地方来亚特兰大开会。他被一伙抢他钱包的匪徒开枪打死，案件就发生在您父母被害的前几个月。"

我等着他继续往下说。

"那天夜里是我当班。我们去格雷迪医院找他太太了解情况，这时主刀医生出来告诉她马克已经死了。那天是他们的结婚纪念日，他们结婚11年了，这也是那天夜里他俩离开酒店去外面吃饭的原因。"

比斯利朝左右两边摆了摆头，神情悲伤，"马克·泰特曼的死引起了轩然大波，因为他是个有钱的白人，大家都担心消息一旦传出去，全市的展会业务都会受到影响。后来也确实受到了影响。从那以后，大家都宁愿选择去休斯顿或者去迈阿密。但让我记忆最深刻的是，泰特曼是那一年亚特兰大市第112个被杀害的人。第112个啊。而他是在6月份被杀害的，卡申女士。112个人已经被杀害，而炎热的夏天还没到来。您听得明白我在说什么吗？我们当时要应对的是几乎每天一起新的谋杀案。"

我想起了杰西卡·杨之前说的话："有人告诉我说，那时候亚特兰大的谋杀犯案率是美国所有城市中最高的。"

"是的，甚至比底特律还要高。没有人知道原因。而且，就在那时，你以为情况已经糟得不能再糟了，被勒死的男孩尸体却一具接一具地开始出现。"

"那起儿童谋杀案？"

"是的，女士。当时的局面已经糟糕透顶，此外，又出现了一个真正意义上的连环杀手，在城市里四处流窜作案，杀害黑人孩子，把他们的尸体扔进树林和小河里。你都不敢想象。人们谈虎色变，都不敢让孩子在自家门口骑车。市政官员却指责我们，老州长都站出来谴责我们，说警察应该'少一点张牙舞爪，多一点正义担当。'他的原话，我永远都忘不了。"

一丝愤怒闪过比斯利的灰色眼睛，"最糟的是，桑德斯州长说得一点都没错。有一些黑人警察——不是所有黑人警察，但确实有一些，他们开始窃窃私语，说这是三K党 ①干的，是三K党杀害了那些孩子。有很多白人警察直接就辞职不干了。法院也火上浇油，命令我们冻结招聘，说警察局奉行种族主义，我们这一段时间必须全面停止聘用新警员。您都能想到这样做是多么于事无补啊。"

他吐了一口气，靠在了椅背上，"我说得太多了。我本不想跟您讲述亚特兰大警局的可悲历史，但您问我为什么我们把您家的案子放到了一边，这是我唯一能想到的回答。"

"您的意思是，简而言之，当时整个城市的治安状况极差，有太多谋杀案件需要侦破，而你们又人手不足。"

"让我为警局说句话，我们确实努力了。您家的案子不仅让我印象深刻，也给很多人留下了深刻印象。一对年轻夫妇在年幼女儿的眼前被血腥枪杀了。这种案子即使是在1979年那个时期也不多见。而且，我也不想这么说，但事实是你们都是白人，这就意味着案件会得到更多人的关注。但是，现场没有什么破案的线索，没有作案凶器，也没有目击者。"

"除了我。"

"除了您。但我猜您并不记得当时的情景了，而且我认为您那时年纪太小，根本也不理解您所看到的一切。"

我迟疑了一下，因为我不确定是否真想知道下面一个问题的答案。但是，这也许是我问这个问题的唯一机会了。"您能为我描述一下当时到底发生了什么吗？你们能够重建的犯罪现场是怎样的？我希望知道他们到底是怎么死的。"

"嗯。您确定想知道？"

"我是这么想的。"

---

① 三K党（Ku Klux Klan，缩写为K.K.K.），是美国一个奉行白人至上和歧视有色族裔主义运动的民间排外团体，是美国种族主义的代表性组织。

"您脑海中一旦出现了那个画面，就很难再让它消失。您的父母死得很惨。您大概知道发生了什么，对吧？最好不要再究其细节了。"

我又迟疑了一下，还是打定了主意，"我还是希望了解一下。"

他那对灰色的眼睛盯着我的眼睛把我研究了一会儿，"那好吧。我猜到您可能会问这个问题。开车来这儿之前，我把以前的案件报告又翻看了一遍，把我对案件的记忆唤醒。"

"有可能的话，我非常想要一份报告的复印件。"

"可以，但我没带在身上，回头我可以为您复印一份。"

我咬了咬嘴唇，然后提示了他一下，"我从报纸上了解到他们是在厨房里被杀害的，时间是靠近傍晚的时候。"

"是的。邻居听到喧闹声后打电话报的警。现场没有外人闯入的迹象。急救人员不得不踹开门进去。他们发现你们三个人都倒在地上。"

"但是，警察赶到的时候，他们——我的父母已经死了？"

"他们应该是当场死亡的，从伤口也看得出来，尸检结果也是一致的。他们没有遭受太多痛苦，及早解脱了。"

"真是奇怪，"我嗫嚅道，"为什么是我活下来，他们却死了。我是说，如果我们是同时被击中的，被同一把枪射出的三颗子弹击中的话。你会觉得结果恰恰相反才对，因为我是相对弱小者。难道是——难道是因为伤口的位置？"

比斯利看了看我，"我一见面时就跟您说，我来是想告诉您两件事。"

"对，您是这么说的。"

"我们就要谈到第二件事了。"他的脸上呈现出一种严酷的毅然决然的表情，"您确信您想听吗？"

"是的。"

"那么我就要一步一步地告诉您整个犯罪的过程，告诉您我们认为犯罪是怎么实施的。然后，我再就我所知道的来回答您的问题。"

"当然。好的。"

"我们认为您父亲是第一个被击中的。这是根据案发现场他倒在地板上的姿势判定的。考虑到男人总是要站出来保护他的家人，这也很容易理解。他一定是将自己置身于枪和您还有您母亲之间。因此，持枪者第一个击中了他。"

我打了个哆嗦，接着吸了一口气让自己镇定下来，然后点头示意比斯利继续讲下去。

"您父亲，您或许已经知道了，被击中了头部，是近距离开的枪，射击距离不超过 10 英尺。子弹打穿了脑袋，从后脑勺钻了出来，打到了门框上，陷进了木头里。但是匪徒后来把子弹挖出来带走了。他砍的地方，木头都裂成了碎片。"

我皱起了眉头，"这听起来可不像是什么窃贼的随意所为。"

"您是指什么？"

"当时的新闻报道称，里兰德·布雷特写的那几篇报道称，"我朝着会议室紧闭的门和门外的新闻编辑部示意说，"他援引了一个警察说他认为枪击案是一个意外事故，是入室盗窃犯不得已而为之的。但是，窃贼难道不是应该感到恐慌而迅速逃离现场吗？"

"不会还待在那里把子弹从木头门框里挖出来？"比斯利帮我把话说完了，"没错，这很蹊跷。但是也有的人就是很古怪，他们做的事情无法按常理来理解。"

"不管怎样，你们最终也没有找到那颗子弹。"

"我们从未找到。"

"还有我母亲，子弹击中了她的胸口？"

"是的。"他小心翼翼地说，"她也是要保护您。她把您推到了身后。"

泪水一下又涌入了眼帘。我努力让说话的声音保持平稳，但我做不到，"所以……您的意思是……什么，是说那人开枪打中了她后，把她推到一边，准备朝我开枪是吗？什么人会这么做呀？什么人会在开枪杀死两个人后，又把第三颗子弹对准了一个手无寸铁的 3 岁孩子？"

"不是这样的，卡申女士。"比斯利朝前坐了坐，握住了我颤抖的双手，"没有第三颗子弹了。击中您母亲的那颗子弹也从她的身体里穿了过去。"

"我不——我不明白。"

"您没有死是因为子弹击中您的时候，速度已经减缓了，您母亲确实保护住了您，是她让子弹的速度减缓了。"

我眨巴眨巴眼睛，不解地看着他。

过了一会儿我才回过神来，才明白他说的话的确切含义。我的双手一下抬到了脖子上，我要用手把子弹挖出来。

第十七章

在动物王国里，为了保护幼虎，母虎会誓死战斗。

她能够打败比她体形大四倍的动物，会攻击甚至杀死公虎。她一旦觉察到虎崽面临威胁，就会大声吼叫，然后两耳平展，露出獠牙，张开血盆大口。这副凶猛咆哮的样子是胆敢猎食虎崽的猛兽在临死前看到的最后一幕。

人类的母亲也有相同的本能。大多数人都在冥冥之中相信，为了保护我们，我们的母亲也会像母虎那样奋不顾身，为了我们的生命不惜付出她们自己的生命。但抽象地相信母亲会为你阻挡子弹是一回事，而得知她真的为你阻挡过子弹则完全是另外一回事。

比斯利不得不将我的两只胳膊紧紧地压在我身体的两侧，防止我把脖子上的皮肉撕开。他的年龄至少是我的两倍，但他还是很壮实，我根本不是他的对手。挣扎了一分钟后，我无力地瘫倒在桌子上。

子弹在脖子里跳动，一股灼热的脉流穿过我的脖子和肩膀。这真是匪夷所思：竟然是同一颗子弹！它穿过萨迪·罗森的胸部、穿过她的心脏，然后击中了我。

"我想把它扯出来。"我低声说道。

"我知道。"比斯利扶着我站着，叫我注意调整呼吸，先大口大口地进行浅呼吸。

等到呼吸慢慢平缓下来，能够说话时，我问道："那就是您要告诉我的第二件事吗？求求您告诉我，没有第三件事了，我觉得我无法承受更多了。"

"那就是最坏的消息了。"他递给我一块手帕，我擤了擤鼻子。

"谢谢您。我很抱歉，真是不好意思，刚才像着了魔一样。"

"您不用感到抱歉。"

"每次当我以为已经听到了最坏消息的时候，总是会出现新情况给我当头一棒。我脖子里的子弹就是杀害我母亲的那颗子弹？这——这——我都不知道该怎么描述。"

"这让人感觉毛骨悚然。"

"毛骨悚然。是的，确实让人觉得毛骨悚然。"我打了个激灵。这时，疼痛也开始冲击我的手腕。我把右胳膊紧紧地抱在胸前，蜷缩着的身体看起来如同一只折了翅膀的鸟。

"卡申女士，"他侧着看了我一眼说道，"我有个问题必须要问您。回到亚特兰大有没有触发您的记忆？比如看到了你们过去的老房子？或者听到我描述案发当天的很多细节？"

"没有，什么都没有回忆起来。我原本也是抱着这样的希望回来的。"

"反正很可能也不会被采纳。我的意思是说，在法庭上，即使您确实想起来什么相关的事。但我还是必须问一声。"

我的脑海里突然闪过一个念头。我问道："您是当时询问过我的警探之一吗？就是在我被枪打伤以后。"

"是的。"他的声音听起来不动声色，非常平静，"您当时伤心欲绝，就那么一丁点儿大，全身都裹着纱布。医生不想让我们靠近您，但我们有工作要做。我不是亲自跟您说话，他们请来了一位儿童心理学家，这位女士接受过专门培训，很擅长跟受过创伤的儿童打交道。他们允许我们几个在一旁观察。"

"那——我都说什么了？"

"哦，您什么也不愿意说。您是个比婴儿大不了多少的幼儿，那时还不太会说话。我没听过您说一个字。但我们希望您也许记得那个家伙长什么样。心理医生给您看了一些照片，您指了指其中的一张。她把照片打乱后再给您看，您还是指了指那一张。但过了两天，我们把照片摆成一排，您却没有指认他，也没有指认任何其他人。"

我想了一会儿,问道:"你们怎么知道要拿哪些照片给我看呢?我的意思是,照片是随机拿给我看的吗?还是你们已经有了一个嫌疑人?"

"我们有几个嫌疑人。我们讯问了一个曾经给您父母清理排水沟的男子。他说不清楚那天下午他在哪儿。我们后来发现他那天在酒吧喝了个烂醉,不愿让他老婆知道。"比斯利耸了耸肩,继续说道,"还有一个人更像是疑犯,这家伙在你们家那个街区周边犯下了几起入室盗窃案。他从坎特雷尔路的一座房子里偷走了一些银器和珠宝,我们抓住他的时候,他正在销赃。"

"随机盗窃理论。"

"没错,而且涉及珠宝失窃。都知道你妈妈有一条最喜欢的项链,从来都舍不得从脖子上摘下来。但这条项链不见了,再也没有找到。可是……也没有证据表明那个在坎特雷尔路上盗窃的家伙曾经到你家去过。"

我不解地摇了摇头,问道:"那我挑出来的是谁的照片?"

"我们还有——我们还有一个邻居做的一份陈述,让我们怀疑一个人。"

"哪个邻居?是鲁尼一家吗?"

比斯利拧紧了眉头,认真地想了一会儿后说:"我不记得她的名字了,是个老师,就住在隔壁。"

"那就是谢丽尔·鲁尼。我昨天见过她。"

他似乎有所警惕,问道:"那她说什么了吗?"

"她根本没提什么嫌疑人!她只是聊了聊原来那个街区是什么样子的,我的妈妈是个什么样的人,她还给了我一对萨迪·罗森以前的耳环。"

"呃。好吧,她认为——很抱歉,也许这又要给您带来一次打击——她认为您的妈妈那段时间发生了婚外情,她觉得我们应该讯问那个男的。于是,我们就讯问了那个人。我们觉得案件也许能从这里获得突破,因为您指着的就是他的照片,但我们并没有办法证实是他。"

我努力消化这条最新的信息,"是真的吗?她当时真有婚外情?"

"谁知道呢?"比斯利耸耸肩说道,"那个男的否认有这回事,我们也没发现任何证据。所以也许有这么回事,也许没有这么回事。也许那个邻居只是不喜欢您的妈妈,也许她就是出于嫉妒心理。无意冒犯,但女人的报复心有时很强。"

"报纸上说警察逮捕了一个嫌犯,但又把他释放了。那是——"

"没有，没有，我们没有逮捕过任何人。我们讯问了他之后就让他走了，他有不在犯罪现场的证明，无懈可击。我们也没有任何物证，一点也没有。我们不能扣留他。"

回到报社大楼外的停车场的时候，外面正下着凄冷的雨。我把外套套在头上，就朝那辆马自达轿车冲了过去。等我上气不接下气地爬进车里的时候，身上已经淋湿了。我打开了车里的暖气和挡风玻璃上的雨刷。雨刷又旧又破，每次扫过玻璃时都发出吱吱呀呀的声音。每隔两秒，雨刷在玻璃上扫过，我就可以瞥见外面灰蒙蒙的世界，接着雨水又冲下来，世界又是模糊一片。我强迫自己盯着雨刷看，把它当成一个节拍器。我对自己说：稳住，深呼吸，一切都会过去的。我甚至用意念让脖子里一跳一跳的疼痛也跟上雨刷的节拍。扫刷、跳疼、呼吸。什么也别想。扫刷、跳疼、呼吸。

我不知道就那样坐了多久，两眼就直直地盯着水汽迷蒙的车窗。我知道，要是还想在航班起飞之前赶到机场的话，我必须马上踩一脚油门，但我实在无法攒足力气把车开起来。等脖子里的疼痛逐渐缓和到可以忍受的程度的时候，我从驾驶座转过身去，拿到手机，拨通了马丁的电话。

"老妹！你怎么样了？你在哪儿？还在亚特兰大？"他的声音听上去那么正常、那么轻松，似乎来自于另一个世界。

"是的。"我机械地说道，"还在亚特兰大。我——"

"我能请你给妈妈打个电话吗？她现在整天都是提心吊胆的，还说你昨天没给她打电话。"

"好的，我会给她打的。这里发生了很多事。"

"我是说真的，老妹，给她打个电话。听着，我能待会儿再打给你吗？有个投资商在另一条电话线上等着我接听呢，我们要在本周内达成一笔交易。"

"马丁。"我把电话紧紧地贴在耳朵上，说道，"把他的电话挂了，跟我说话。"

"好的，但他是从阿布扎比打来的。我们正在调整他在曼哈顿的资产结构。我说的可是上亿美元资产的写字楼——"

"你知道我根本不懂你在说什么。求你了。"我的声音哽咽了，"我需要——需要你告诉我怎么办。"

马丁是个典型的长兄，对我这样的请求，他无法拒绝。对托尼和我，他总是表现出一种家长似的责任感。但同时，跟这种责任感貌似轻松共存的是，他通过取笑、折磨我们获得的乐趣（对托尼，马丁则是时不时地直接上手把他揍一顿）。我能想象出他此刻的样子：挺起胸膛，正做好准备进入"让我告诉你怎么解决问题"的兄长模式。

只是我现在面临的问题很难解决。

我跟他讲了比默·比斯利告诉我的事情以及我了解到的其他情况，他就默默地听着我说。

"哇噢。"听我说完后，他喃喃自语道。

"是的。"

"这太离奇了，你脖子里的子弹竟然就是那颗——"他一时语塞，"这太恐怖了。这是……天哪，我都不知道这是怎么回事。"

"我听说了这件事后，也是这么说的。"

"你想没想过也许你可以把子弹取出来？你是准备去外科医生那里检查吧，对吗？"

"我应该明天就去那里，是威尔安排的。"

"谁是威尔？"

"就是我的日常医生。"

"我们都可以直呼其名了，是吗？"马丁疑惑地问道，"他多大了？"

"我不知道，40 岁左右吧。"

"结婚了吗？"

"马丁，看在上帝的分上！"

"我再问一遍，他结婚了吗？"

"我觉得没结。"

"我就知道。接下来，你会告诉我他喜欢穿黑色的紧身牛仔裤，而且还一根接一根地抽吉坦尼斯牌的香烟。你都是从哪儿找到这些家伙的？"

"你真风趣。如果你是在逗我开心，那么，说这些毫不奏效。"

"我一点也没开玩笑，绝没有那个意思。但我就是想知道，'Sprockets'医生是否已经请你去迪吧跳过舞了？"

我不由自主地笑了起来，说道："相信我吧，他不是穿紧身牛仔裤的那个类型。"

"或者我应该叫他'节食'医生？"

"马丁！他开吉普车，爱听约翰尼·卡什的歌。"

"啊哈！那就是说你已经坐过他的车了？坐前座还是后座？"

"你还听不听我说话？"我气得吼了起来，"我没跟他谈恋爱。我是在认真地跟你讨论一个严肃的话题——"

"好吧。想知道我认为你应该怎么做吗？"

"我现在后悔问你了。但是好吧，请讲。"

"我认为你应该一屁股坐上飞机马上飞回来，去见那个外科医生，就是'Sprockets'医生帮你牵线的那个。如果是我的话，我就把手术做了再去亚特兰大，但先不说这些了吧。现在你先到医生那里去，约个手术时间，把子弹取出来。但在此之前，看在上帝的分上，给妈妈打个电话吧。"

我叹了口气，说道："我知道。只是——我原来以为我在这边的事情已经做完了，但突然又觉得还有一些事情要做。你想想看：从今天早上醒来到现在，我对父母的了解比我过去34年里了解到的都要多。"

"你应该说，对你的亲生父母。"

"我的什么？"

"你的亲生父母，而不是说你的父母。因为你的父母是我们的爸妈。"

"当然。"我语气缓和了一些，"是我的亲生父母，我说的就是这个意思。但这似乎正好凸显出我想表达的想法。我想说的是，我活到现在一直都以为我们一起度过了一个充满诗意的、美好的童年……"

"我们的童年确实如此，总体来说。"

"不对。那是你们的童年。我想你应该承认，我的童年其实比你们的悲惨一些。"

"但是等一下，怎么——"

"你能不能闭上嘴听我说会儿，不要总是反驳我？我是说我一直都认为自己在华盛顿度过了完美的童年，但后来却发现那其实只是个幻觉。然后，我来到亚特兰大，然后——然后我猜我又建构起了另外一幅图景：我的亲生父母好像是从故事书里走出来的一对儿，年轻漂亮，相亲相爱，但在青春年华就被悲惨地谋杀了。然而现在看起来，这也是不符合实际的图景。"

"为什么不符合？就因为萨迪·罗森或许有过一段婚外情？"

"是的。"

"但即使她的确有，谁又会在乎呢？即使她不是个天使，又有谁会在乎呢？我不想把话说得难听，但我的意思是，现在这还重要吗？"

他说得对，但我还是感到心烦意乱。我搜肠刮肚地寻找恰当的词语，想说出来让他理解我的感受，"那个警察——比斯利——他说萨迪·罗森把我推到身后，说看起来她好像想保护我一样。"

"是的，听起来她是在保护你。"

"对，但如果这是因为她引狼入室，是她自己把危险带回家来的呢？你能理解我的意思吗，马丁？"

"我不太明白。"

"那个邻居告诉警察，说她对我爸不忠，警察应该传讯那个跟她上床的男人。后来，我指认出的就是那个家伙的照片。同一个人！如果这是真的，如果这真跟枪击案有任何联系——当然，她确实保护了我，"我痛苦地说道，"这就好比一只母鹰把一条活生生的毒蛇带到自己的巢中，然后又要保护自己的孩子不被蛇咬。"

第十八章

看到我再次出现在她家门前，谢丽尔·鲁尼显得有些惊讶。

给马丁打过电话后，我看了看手表，算了一下时间，如果立即去机场的话，我还有可能赶上飞机。理智告诉我应该这么做。我哥说得没错：我需要赶回去，去看医生，把脖子里的问题解决，让过去成为过去。但我做不到这样，现在还做不到。于是，我把车从报社的停车场倒出来，车头转向谢丽尔家的方向，踩下了油门。

我在车里往华盛顿打了两个电话。第一个电话是打给我妈，告诉她我还活着。第二个电话打给了威尔·扎特曼，告诉他我还是不坐今天下午的航班回去了。他的反应有点不符合他一贯的性格。他啥也没说，既没有表示反对，也没有问我原因，只是问了问我最近感觉怎么样，需不需要再开一些止痛药。我还没来得及说再见，他就把电话挂断了。真是奇怪，我怀疑自己对他的意图估计错了，但是那天他那样抚摸了我的头发，对我的身材做出了那样的评价，我曾确信他对我另有所图。然而，今天我感觉他对我毫无兴趣。

谢丽尔·鲁尼的态度正好相反，一看是我，她的脸上就露出了喜色。

"卡洛琳！"她一下把我拉进了屋，把雨关在了外面，"进来，进来。你都快湿透了。"她倒退了一步，打量了我一番，"我真没想到能再见到你，我以为你都回去了。我去煮一壶咖啡来，哦，对了，你爱喝茶，对吧？"

"谢丽尔,别张罗那些喝的了。过来坐一会儿吧。"我把她拉回客厅里,昨天她就是在这间屋子接待我的。

"你看到今天早上的报道了吗?"

她点点头。

"显然有很多人都看到了这篇报道。有一个人提到了一些我以前不知道的有关萨迪·罗森的事情,一些不太好的事情。他告诉我,在她被杀害之前,可能还维持着一段婚外情。"

谢丽尔一下僵住了,"谁告诉你的?"

"一个办案的警察。他说是你提供的消息,是你告诉警方的。这是真的吗?"

她怪异地盯着我,"这重要吗?为什么现在还要把这事儿提出来?"

"因为我问他有没有发现什么嫌疑犯。那么,这是真的了?"

她撇着嘴,显然十分恼火,"我不明白一个警察为什么要把这些事再抖落出来讲。他为什么要玷污一个女儿对她妈妈的印象?你想知道真相?萨迪·罗森美丽、风趣,也非常爱你。我跟你讲的都是真话,卡洛琳,我真觉得你知道这些就够了。"

我伸出手拍了拍她的膝盖,"谢谢你这么为我考虑。但我还是想了解完整的经过,想知道所有的事情,哪怕是不好的事情。"

谢丽尔对着屋子的一角盯了很长时间,"哦,我真不知道该不该这么做。"她喃喃自语道。

"你看,你自己都说了,这些现在也许都无关紧要了。既然我来了,既然我问到你了,我觉得你应该给我一个答案。"

又过了几秒钟,谢丽尔开口了,"我认识你妈妈是在她结婚以后,但是她这一类女人,我倒见过,你肯定也见过。你只要跟她聊上 5 分钟就能猜到她肯定是毕业舞会上的皇后,肯定是姐妹联谊会中最漂亮的那个,在她选中你爸爸之前,肯定有很多男孩单膝下跪向她求过婚。她有那种气质,你懂吗?有种神秘感。"

我点点头。

"要是你想听实话的话,她愿意跟我交朋友,确实让我受宠若惊。我是说,那当然只是因为我们是隔壁邻居。她最好的朋友还是大学联谊会的那帮姐妹,但她们大多住在卡罗莱纳州北部,只有她在这儿,被孩子绑在家里。"

"所以,就有这么个男人——"我打断她的话,希望她快点儿往下讲。

"但是，她好像无法消停，"谢丽尔继续说道，没有理会我说的话，"她习惯了让男人围着她转，就像蜂蜜招引苍蝇一样。我们四个人——瑞克和我，还有你的父母——我们一起出去参加派对的时候，她就在那儿一边跳舞一边跟男人们打情骂俏、卖弄风骚。到派对结束时，除非全场所有男人都对她动了心，否则，哪怕只剩下一个男人对她无动于衷，她也不会高兴。我告诉你，斯嘉丽·奥哈拉也比不上她。"

"她那时太年轻了。"

"但她已经结婚生子，有丈夫也有孩子，应该懂事儿了。"谢丽尔长叹了一口气，"萨迪·罗森确实很爱你，真的很爱你。她怀你的时候心情也很好。她就想要个女孩儿。她不怎么会做饭，也不怎么会做衣服，但老天知道，她居然为你俩一人缝制了一件连衣裙，用的是红白格子的棉布，腰间还有漂亮的红蝴蝶结，是亲子母女装，这样你们看起来就是可爱的一对儿。那个时候她还不知道怀的是男孩还是女孩！她就是想要一个女孩，萨迪·罗森总是心想事成。"

谢丽尔的话音里有股明显的酸劲儿，"你不知道吧？她的身材立马就恢复了原状。我也不知道确切是从什么时候开始的，但是是在你出生之后，大约就是你蹒跚学步的时候，她就开始跟坦克眉来眼去的了。"

"坦克？"

"他是高中时代的橄榄球明星，绝招就是像坦克一样从对手身上翻滚过去，我猜后来这个绰号就叫开了。"谢丽尔把眼睛向上一翻，"以前，他跟萨迪·罗森两人总是旁若无人地打情骂俏，我敢肯定坦克的老婆都气疯了。但是，突然，过了一段时间，我注意到，萨迪·罗森开始对他不理不睬。我们一起出去的时候，她也不愿跟他说话，甚至都不看他一眼。"

"所以，你猜他俩之间一定有事儿。"

"她好像把这种事当成是一场游戏，"谢丽尔唾弃道，"她觉得婚外情很好玩，她好像不明白这样做是……错误的，不明白她这样伤害到了别人。"

这就是我从她话音里听出来的那股酸劲儿吧。谢丽尔曾看着我妈劈腿，对此她并不认同。也许她觉得有必要保护我和我爸，也许她是出于嫉妒，就像比默·比斯利说的那样。

"但你是否确定他俩之间有事儿，不单单是打情骂俏。"我有点逼着她往下说。

"亲爱的，他俩都爱上了对方。虽然他们很谨慎，但有时我看到坦克的车停在你家的车道上。他把车停在最里面，从街面上就看不到他的车了，但我家楼上的窗户正对着你父母的后院。"

我的眼前出现了这样的画面：谢丽尔站在窗前，怒容满面地盯着邻居家的车道。我尽量不去想萨迪·罗森在卧室里怎样翻云覆雨，我却躺在婴儿房的摇床里熟睡的画面。"你有他的照片吗？我想看看他长什么样。"

"也许在那儿能找到，"谢丽尔耸耸肩说，"我们的旧影集都装起来放到储藏室了。我一直说要把它们找出来呢。"

我把手指紧紧地按在嘴唇上，想了一会儿，问道："那么布恩呢？他知道吗？"

"我不是百分百确信，但我想他还蒙在鼓里。我看见坦克的车停在你家的时候都是你爸爸飞的航线要在外面哪儿过夜的时候。萨迪·罗森也绝口不提此事。她从不跟人谈这件事，甚至包括我在内，直到有一天她不想继续下去了。"

"不想继续下去了？你是说，她想结束这段婚外情？"

谢丽尔点了点头，"是的，她终于想明白了，决定要跟你爸爸重归于好。这确实是她说的。"

我感到一阵轻松。得知我妈最终或许会忠于布恩对我而言很重要，虽然我说不上来这是为什么。也许是我想要相信，最后他们过上了幸福的生活吧。

然后，谢丽尔又说："她吓坏了，这就是她跟我讲的原因，她已经吓得六神无主了。"

"吓坏了？被什么吓坏了？"

"被坦克！他希望他俩一起逃走，希望她离开布恩，他也打算离开他太太，然后他俩一起私奔。但是萨迪·罗森不愿意这么做。她固执起来谁也没办法。当她决定跟坦克一刀两断，再也不跟他有任何瓜葛，他干脆就一不做二不休了。"

"他要干什么？把他俩的事告诉布恩，以此为要挟？"

"哦，比这还要糟糕。他打了她，就像他的绰号叫的那样，他长得人高马大。"

"他竟然打了她？"

"事情落到这步田地，她才最终把一切都告诉了我。她来到我家，坐在厨房里，不停地哭啊哭啊。她不知道该怎么做。我对她说，她是引狼入室，这毫不夸张。"谢丽尔唇间挤出一丝苦笑——"她是自酿苦酒，现在必须自己把它喝下去。但是她很害怕。"

我感到恶心。

"我后来常常想，我当时是否应该采取一些行动，是否应该把这事儿告诉什么人。但是，我想连萨迪·罗森自己都没有料到坦克真的会伤害她。"

我不解地皱起了眉头，"你说坦克打了她，听起来坦克那样已经对她造成了伤害。"

"坦克说会杀了她。"谢丽尔轻声说道，"坦克说他要是得不到她，就要杀了她。接着，她就被杀害了。"眼泪顺着谢丽尔的脸颊往下掉，"她被杀害了，我知道坦克兑现了自己所说的话。"

第十九章

围绕亚特兰大市区有一条环形高速公路，它起到的作用跟华盛顿的环城高速公路一样，把城市的核心区域同周围的郊区分隔开来。在亚特兰大，这条路称作 I-285号公路，当地人称它为"边界路"。这是三天前我在赫兹租车柜台取车时听说的，租车业务员建议我高峰时段要像躲避瘟疫一样避开边界路。

他提醒我说："简直他妈的难以置信，十六车道的高速公路也会堵车，但事实就是这样。最好从佐治亚 400 号公路走，否则你会被永远堵在让大脑麻痹的车流里，恨不得能割腕自杀才好。"

我记住了他的建议，尽量避免从这条路走。

但就在我开车离开谢丽尔·鲁尼家的时候，我注意到一个路牌上有 I-285 入口匝道的标识，一时冲动，我就把车开了进去。坦白说，能让大脑麻痹的车流正是我此刻需要的。任何能让大脑麻痹的东西此刻都很吸引我。我竭尽全力不去想刚才听到的一切。我驶入了匝道，汇入水泄不通的车流，果不其然，这一路车辆行驶极其缓慢。

等我顺着边界路绕了一整圈后——在交通晚高峰的车流里行驶了两个小时，我的大脑渐渐清醒起来。我觉得我受够了，受够了这场捕风捉影的游戏。我可以去找这个坦克，跟他面对面地问清楚，问他 1979 年的那一天到底发生了什么事。但这么做又有什么益处呢？又不能让布恩·史密斯和萨迪·罗森·史密斯起死回生。他们的遭遇——以及我的遭遇，寥寥数语是无法描述的。看到照片上萨迪·罗森的面容时我很震惊，虽然我需要很长时间才能从震惊中恢复过来，但是对一个样子跟你长得像却没有给你任何记忆的人而言，你能感受到的悲痛也就这么些了。够了，我该回去了。

黄昏降临了。我又绕着市区转了将近一圈，车需要加油，我也需要喝点什么了。

我习惯性地又把车开回了瑞吉酒店。上午我已经交回了房间钥匙，发现伊桑·辛克莱帮我把入住期间所有的账都结了。三个晚上的房账，还有（想到他看到了这张账单，我有点局促不安）我点了一堆吉士汉堡什么的巨额客房服务叫餐账单。我们早上一起吃完早餐后，他一定又折了回来，把信用卡交给了餐厅经理埋单。他还在前台给我留了一张手写的便条：

卡洛琳：

　　见到你真的很高兴。希望你不要介意我这么做，要是下次再有机会来亚特兰大，我和贝琪想请你一起吃个饭。我愿意这样认为，布恩正以某种方式关注着你，他知道朋友们会对他的乖女儿加以关照。

你最真挚的，
伊桑

真是个好人，难怪布恩喜欢他。承蒙他的关照，此次行程我只花费了预算的一个零头。我可以再在这里待上一个晚上，喘口气，明天一大早就飞回华盛顿。

我从马自达车里钻出来，顺着酒店石板铺成的车道走进大堂。高雅的酒店大堂里非常安静，只有寥寥几个人影在那里转来转去，不知哪里有架钢琴传来叮叮咚咚的音乐。一个看着面熟的门童快步走过来接过我手中的行李箱。我朝前台走去。猛然，我愣住了，简直不敢相信我的眼睛，心跳也开始加快。

站在电梯旁的不是别人，正是威尔·扎特曼。

我们站在那儿对视了好一会儿。

接着，威尔举起手来对我招了招手。

我穿过大堂来到他站着的地方，"你在这儿干什么？"

"嘿，卡洛琳，见到你也很高兴。"他微笑着，等着我问候他。

但我可没有心情跟他嘘寒问暖，"你在这儿干什么？"我又问了一遍。

"我很担心，电话里听起来你的心情很差。"

"是吗？好吧，今天过得糟透了，我真没想到——我打电话给你的时候，你似乎对我说的不怎么感兴趣。"

"我没有不感兴趣。"他的声音听起来不容置疑，但同时又有点羞涩，"我在想让你回华盛顿的唯一方式是否就是我来这儿亲自把你拽回去。"

"你来这儿把我拽回去？也就是说，今天下午你跳上一架飞机就来了？"

"约好了明天去见医生，卡洛琳，你必须如期赴约。或者，让我在这里帮你联系一位当地的医生。"

我瞪直了眼睛，努力理解他说的话，"你是怎么找到我的？"

"你自己告诉我你住在哪儿的，你不记得了吗？我下午确实联系过你，告诉你我要来。要是你能，哪怕只是偶尔接一次电话，你就知道我来了。"

"但是我早上已经从瑞吉退房了。你怎么知道我还会回来？连我自己都是几分钟前才决定在这儿住的。"

他耸耸肩说："那只能说我猜得很准。你还能去哪儿呢？"

"好吧。你能来真是太好了。但你难道没有工作吗？没有病人需要见吗？"

这话似乎把威尔得罪了。"听着，如果你希望我现在掉头就回去，直接说出来就好了。"

"那倒不是，我只是——"

"其实，关心病人就是我的工作，"他怒气冲冲地接着说，"也许你会惊奇地发现，要是他们照我说的做，病情就会有很大的改善。举一个不恰当的例子，当我好不容易帮病人约到了华盛顿一个最为知名的外科医生，病人要是能如期赴约，对大家都有好处。而不是，比如说，让我感到难堪，或者无视我的医嘱，或者就还是一副，说白了，无所谓的样子。"

我举起双手说道："说得对！"

"再来回答你一开始问的问题。星期五我不安排病人，这一天我用来写病历。星期四下午我也不安排病人。但是还要感谢你对我行医的关心。"

"好了，好了，我道歉。"

他向后退了一步，胳膊交叉抱在胸前，脸上带着有些生气又有些委屈的神情看着我，"另外一件我通常不会做的事情就是坐着飞机到处去找那些不遵医嘱的病人。但是你……你听起来似乎遇到了麻烦。我觉得我负有责任。"

"你负有责任？为什么？这一切和你有什么——"

"我诊断失误，对你说把手腕套上夹板就没事儿了。对你手腕的疼痛，我本来应该考虑得更周全一些，几个月前就应该让你去做核磁共振检查了。即使你拿医疗事故起诉我，我也不会怪你。但我还是想纠正错误，所以我就来了。"

"所以你就来了。"

我们面对面尴尬地站在那儿。他是不是希望我谢谢他？伸出手来跟他握握手？或是倾身过去跟他拥抱一下？这样的会面显然超出了常规医患关系的范畴，但如果我们不是医生与患者的关系，那我们到底是什么关系呢？我们之间的空气似乎凝固了起来，一切尽在不言中。

"你饿了吗？"

"我太饿了，"我说，沉默终于被打破了，我感到庆幸。而且，我确实很饿。自从早上伊桑·辛克莱请我吃过早餐后，一直到现在我都没吃东西。"去喝一杯也可以。"

他四下看了看，问道："酒吧在哪儿呢？"

"我也不太清楚。楼上有家餐厅，但是……其实，这三天我一直都在酒店吃饭，外面的餐厅一家也没去过，我这几天吃的都是客房服务点的餐。我们现在出去吃怎么样？"

前台迎宾员迅速把我们打量了一番，推荐了两家附近的餐厅。一家是间高端的寿司屋，另一家是一处牛排馆。每推荐一个客人去，他可能都能拿到一点回扣。当我坚持表示我们不想去高档场所，我最想要的就是一扎冰玛格丽特鸡尾酒时，他终于松口告诉了我们一个叫作"佐治亚烤肉"的餐厅。

"一定要点墨西哥辣椒卷，"他说，"听我的准没错。"

一刻钟后，我们觉得相信他似乎就是个错误。

"佐治亚烤肉"是我见过的最不吸引顾客的餐厅了。餐厅缩在一排简陋商店的角落里，挤在一家干洗店和一个停车场之间，脏兮兮的灰泥外墙上用霓虹灯拼出餐厅的招牌。没有窗户，也看不见里面是什么样子，甚至看不出餐厅是否还在营业。

"这看起来不太对，"我说，看了一眼字条上迎宾员写给我们的餐厅名，"他是怎么想的？这看起来糟透了。"

"是啊，"威尔表示赞同，"要是里面也和外面一样糟糕的话，我们还是去那家牛排馆吧。"

威尔推开了门，我们就站在门口朝里看。等到眼睛适应了餐厅内部的昏暗，我们决定留下来了。餐厅里面坐满了人，一面墙前卧着一张苦艾色的吧台，墙面都刷成了奶油黄褐色，到处都点着蜡烛。空气中弥漫着烤肉和新鲜墨西哥薄饼的味道。很难想象还有什么比这跟脏兮兮外观的对比更为强烈的了。

我们在吧台前找了两个位子坐下来。我脱了外套，把餐厅扫视了一番。

"看起来你们都不会拒绝来一两杯玛格丽特吧。"吧台服务员看了我们一眼。

"你可说到我心里去了。"

"你们还用餐吗？需要拿菜单给你们看吗？还是希望我给你们推荐？"他把两个玻璃酒杯的杯口抹上盐，"龙虾馅玉米卷饼是我们最受欢迎的菜品。"

"来一份，"威尔说。

"我应该说明一下，这道菜确实最受欢迎，但只有星期四晚上例外。我相信你们一定发现今天就是星期四，那么你们一定要点招牌牛仔虾。"

"是吗？"我说，"可我不怎么喜欢吃虾。"

"肥美多汁的嫩虾在粗砂石上烤熟，配上培根、菜豆和菠菜——"

"我收回刚才说的话，只要配菜是培根我就爱吃。"

"明智的选择。"

"哦，还有墨西哥辣椒什么来着？我们必点的是什么菜来着？"我看着威尔，"是墨西哥辣椒煎饼吗？"

"是辣椒卷。"吧台服务员端来了我们的酒，说，"这根本不用你说。"

我的心情逐渐好转。不可小觑一大杯玛格丽特和即将到来的美食的作用。我两大口就咕嘟咕嘟地把杯子喝了个底朝天，示意服务员再来一杯。

威尔吃惊地扬起眉毛，"我猜你确实是想喝一杯。"

"我说过了，今天我过得糟透了。"

"只要不喝裸麦威士忌就没事儿。我倒想把你扛在肩膀上送回家。"

我假装生气地皱起了眉头。威尔个子很高，肩膀宽阔，把我扛在肩膀上带走应该毫不费事。今晚他穿着驼色的羊绒衫和李维斯的微喇牛仔裤，帅得让人心烦意乱。

"我能问你一个私人问题吗？"我问他。

"当然，问吧。"

"你有没有买过黑色紧身牛仔裤？"

"紧身牛仔裤？你指的是在商场里逛街的十几岁女孩穿的那种？"

我笑了起来，"我想是吧。"

"嗯，没买过。恐怕我的衣柜里找不出这样一条牛仔裤。你为什么问这个问题？"

我借着龙舌兰的酒劲，对他嫣然一笑，说道："没有原因。"

他满脸疑惑地看了我一眼，接着清了清喉咙说："听着，卡洛琳。我也不怕这么说让自己难堪，你能听我说句话吗？之前我这样说确实是认真的。如果你希望我今晚就此走开，永远也不再打扰你，我会照做。你明白吗？我最不希望做的就是让你难办，特别是现在你还有那么多事需要应对。天知道，我自己的生活也已经够复杂的了，不想再添乱了。但是我……我真的很喜欢你。真的。已经有一段时间了。"他的眼睛直视着我的眼睛，"我愿意帮你，要是你让我帮的话。"

我感到内心有个地方一下变软了。

"我也愿意你帮我。而且我……我很高兴你飞过来了。"我还没来得及思考，这些话就脱口而出，而且居然都是实话，这让我很诧异。我的脸颊开始发热，赶紧低头盯着沿酒杯杯口滑动的手指，用嘴舔掉上面沾着的盐。

"你脸红了。"

"我没有。"

他用手抹了一下嘴巴，竭力掩饰住嘴角露出的微笑，"好吧，我们还是换个话题吧。想跟我讲讲你这糟糕的一天都发生了哪些事儿吗？"

"噢，这一天发生了很多事情，简直不知道我是怎么熬过来的。"我叹了一口气，说，"早上我还没起床，电话就响了，先是一个男的，说以前是跟我爸爸一起打网球的球友。我是说跟布恩·史密斯。然后又有一个警察打来电话——"

"等一下，等一下。这些人为什么给你打电话？他们怎么知道——"

"因为报纸上的报道。"

威尔一脸茫然。

"《亚特兰大宪法报》写了一个人物专访，报道的是我回到亚特兰大这件事，刊登在今天的头版。"

"你上了今天报纸的头版？真的吗？"

"是真的。"

"天哪，我从机场报架旁走过时一定没注意看。"

"好吧，但是每一个亚特兰大人好像都看到了。"我向威尔讲述了跟比默·比斯利在报社见面的经过，以及从比斯利那里了解到的谋杀案案发当天的情况。最后，我讲到了比斯利告诉我的那颗子弹的由来。

威尔的脸一下变得煞白，他摸了摸我的手说："听到这些你一定很不好受。"

"是的，我——我当时恨不得立刻用手把子弹抠出来，现在还忍不住要这么做。"我感到一阵战栗，"我不怪你。"

我俩一动不动地坐着。突然，威尔倒吸了一口气说道："再跟我说一遍，那个警察问你是否能感觉到子弹在你脖子里的时候，他到底想知道什么？"

"我猜他也就是随口一问吧。"我蹙起眉头，努力回想，"比斯利跟我一起走下楼，他问我子弹那里还疼不疼，我有没有打听过用什么办法做手术把它取出来。"威尔严厉地看了我一眼，说："你知道他为什么要问这个问题吗？听起来他这么多年来一直都被你的案子困扰着，不曾释怀，难怪他想见你。"

"你都在说些什么？"

"他告诉你现场没找到物证，对吧？难道你不认为警察想找到子弹？他们也许能顺藤摸瓜查出枪支的型号，甚至还能识别出实际作案的凶器。虽然我并不了解警察是怎么破案的，但是比斯利说击中你父亲的子弹不见了，对吧？另一颗子弹警察又无法拿到，因为那颗子弹被缝在了一个受伤的小女孩的身体里。卡洛琳，就是你的身体。你脖子里的子弹就是案件的物证。"

不知为什么，我就是没有想到这一点。子弹先穿过了萨迪·罗森的血肉之躯，我一直都在想着这个恐怖的场景，没去想子弹可以作为物证这个可能的用途。

我问威尔："你认为那是比斯利想跟我见面的原因？他想看看是否有可能把子弹取出来？"

威尔耸耸肩，说："我也不清楚。但是假如你是他，你翻开早晨的报纸，看见困扰了你整个职业生涯的案子出现在报纸的头版，你会怎么做？他说不定咖啡都喝呛出来了。他当然有问题想问你。报道里提到子弹仍然安然无恙地待在你的脖子里吗？"

我胆怯地说："是的，他们登出了 X 光片的图片。"

"那也登在报纸上了？"威尔大惊失色。

"他们想证明我不是在瞎编乱造！"

"好吧，好吧。"他深深地吸了一口气说，"谈到你关心的问题，我不知道亚特兰大警方有没有警力，或者说有没有兴趣，再重新侦查一起搁置了 30 多年的案子。但是比斯利要是不问问的话，他就算不上是一个合格的警察，对吧？"

"他还问我回到这里有没有唤醒我的记忆。"

"就是，换了我站在他的角度，我也想知道这个问题的答案。"

"我告诉他没有。"

"一点也没有吗？看到你家以前的房子也没有唤醒你的一些记忆吗？"

我摇了摇头，"有那么一瞬间，我觉得我记起来一个电灯开关的位置，那儿确实就有一个开关，是在通往阁楼的楼梯间里。但是关于我的家人，或者他们是怎么死的，我什么也没想起来。"

"其实我倒感到庆幸，庆幸你不用把那天的事情再经历一遍。"我右边的胳膊一直放在吧台上，这时威尔也把他的胳膊靠着我的放在了吧台上，我们的胳膊并没有真正接触，但是他的皮肤擦到我的皮肤之处，我的汗毛都竖了起来，好像触了电一般。

"你的手腕怎么样了？"

"还是那样。"我感到说话变得困难。

"我看到你绕着圈，就像这样按压这里。这样感觉好一点吗？"他的手指压着我手腕内侧的白皙肌肤慢慢地绕了一个圈。

我点点头，闭上了眼睛，整个屋子都晃了起来。

他的手指继续绕着圈，按压得更用力了。

我的呼吸变得急促起来，"你不是我喜欢的类型。"

"太不幸了。"手指又绕了一圈，"不管你长得怎么样，也不是我喜欢的类型。"

我忽闪着睁开了眼睛，"我不是？为什么？"

"嗯，首先，对一个即使一丝不挂也能让金属探测仪启动的女人，我通常都敬而远之。"

我笑了。

他也笑了。

他伸开腿，直到跟我的腿紧紧靠在了一起，髋顶着髋，膝盖靠着膝盖。我能感觉到李维斯牛仔裤里包裹着的结实肌肉，能感觉到从他皮肤里面散发出来的热气。

后来，在停车场的一个昏暗角落里，他把我靠在某个出口处的墙上，一只手温柔地托住我的脖子，另一只手隔着我的衬衫在我身上同样缓缓地绕着圈，在我的乳头周围绕着圈。他一点也不着急，动作很慢，而且越来越慢。他的指头绕着圈，打着旋，挑逗着我，直到我感到眩晕，直到我听到自己的呻吟声，直到我身体开始震颤，多少天来第一次，不是在脖子的附近。

第二十章

2013 年 10 月 18 日，星期五

"早上好，夫人。"早餐时，认识我的那个服务员跟我们打了个招呼。他带着一副不安的神情看着我和威尔，似乎不知道如何是好。我看了一眼时间，还不到 7 点。也许餐厅还没开始营业？威尔半小时前就把我从床上拽了起来，毅然决然地表示我们必须赶到机场，说服航空公司让我们坐早一点的航班回去。我答应他的条件是先吃一顿可口的早餐。

服务员最后终于来了，示意我们跟他走，把我们领到隐蔽在一盆巨大绿植后面的餐桌前。他动作夸张地把菜单放到我们跟前，说道："现在好了。厨房刚开始备餐，先来一杯鲜榨橙汁？今天您是偏向要酸奶还是偏向要红薯煎饼？"

我笑了起来。这个服务员已经记住了我早餐的偏好，我却连他叫什么也不知道。我在心里记着待会儿要多给一点小费。"还是煎饼吧。你的记忆力好得令人吃惊。"

"谢谢。我还记得您喜欢煎饼配上香肠？"

小费一定要给得丰厚一些，"你记得没错，谢谢。"

"很好。那您的，呃，这位朋友呢？"他的脸上又露出了那副不安的神情。

"给我来一份咖啡和吐司就好了，吐司要全麦的。"威尔对他说。

服务员点了点头，又扫了我一眼，欲言又止。接着，他好像不由自主地说道："您还有其他朋友要来和你们共进早餐吗？"

过了好几秒，我才领会到这句话的意思。即使是瑞吉这样的豪华酒店也要在这个世界上最古老的职业里分一勺羹。我已经连续三个早晨挽着三个不同的男人款款走进餐厅。而且今天早晨，我和威尔都焕发出一种凌乱的神采，显而易见我俩将夜晚用于了享受美好的性爱，而没有用于睡觉。那个可怜的服务员很可能把我当成了一个高级妓女，她提供的服务还包括一个古怪的仪式：事后让她的顾客为她买煎饼。

"你还有其他朋友？"威尔等服务员走开之后问道。

"不用管他们。"

威尔抬了抬眉，没说话就又低下眉，开口问的却是："你的脖子怎么样了？"

"还好。"这算是实话。

"手腕呢？"

我上下甩了甩手腕，说："还是那样，疼。"

他从餐桌对面伸过手来，抬起我的右胳膊查看，手指跟我的手指交叉握在一起，把我的手腕掰着朝一个方向旋转，然后又朝另一方向旋转。我感到无数细小的针戳着似的疼痛。

"嗷，我都跟你说了，疼死我了。"

"我就是检查一下你手腕的动作范围。"他把手从我的手里抽走，把我的胳膊放回到餐桌上，然后慢慢地绕着圈按压我的手腕内侧，"我猜这样你感觉好一点。"

"嗯，别再这样了，要不然我们又要到楼上去了。"

"在那里你可以再向我展示一下你身体其他部位惊人的动作范围。"

我用不疼的那只手使劲打了他一下，"嘘！"

"抱歉。"他说，看起来一点儿歉意也没有，"那么，让我们想想，我们能谈谈……"他的手指轻轻敲击着桌面，"其实，我们必须赶回华盛顿真是太煞风景了。我一直都想找个时间去特纳球场参观一下。"

"那是哪儿？"

"勇士队，你这个小傻瓜。是勇士队的主场赛场。勇士队可是亚特兰大的棒球队。"

我忍着没打哈欠，"他们很强，是吗？"

威尔来劲儿了，"是的，还不赖。刚刚打赢了分区赛。"

"他们打赢了今年的世界系列大赛吗？"我问道，纯粹是为了说话而说话。

"他们打赢了今年的世界系列大赛？"威尔重复道，身体向后一倒，瞪起眼睛看着我，一副难以置信的表情，"告诉我你刚才没问这个问题。世界系列大赛还没开始呢，要到下周才开始。今天晚上红雀队在圣路易斯对战道奇队。明天就是美国联盟队的比赛，红袜队要在波士顿对战老虎队，这场比赛可是万众瞩目，你怎么会一无所知？"

"难道棒球不是夏季的运动吗？现在不应该是休赛期吗？"这次我忍不住打了一个哈欠。棒球、约翰尼·卡什。这些让面前这个男人神采飞扬的话题却让我感到无聊透顶，这样的话题不知还有多少。

威尔目瞪口呆地看着我，好像我是刚刚在此着陆的火星人，"你真的是美国人吗？还是他们在让你进法语系之前给你洗过脑了，让你发誓，我也不知道，只爱好吃奶酪比赛？或是蜗牛赛跑？"

"法国人的足球踢得特别好。还有网球、一级方程式赛车，还有……让我想想，还有 Pétanque ①。"

"Pétanque 是个什么东西？"

"就是，你知道，就像 boules ②一样，有几个金属小球，你把它们抛滚到一个叫 cochonnet 的木头球旁边，离得越近越好。"

威尔哼了一声说道："我承认错了，这听起来还真是扣人心弦。"

"哦，你简直不可理喻。"

"听着，我们一起收看世界系列大赛怎么样？作为对你的特殊待遇，就像补救性质的教育服务一样。开场赛在星期三，我负责给你解说，教你棒球赛的比赛规则。"

"哇哦，这听起来……引人入胜。"多年以来不定时地，我的两个哥哥总是想向我普及棒球运动。他俩共用一套国民队的季票，国民队是华盛顿特区的球队，极受欢迎。每隔一段时间，每当我随着时间的流逝恰好忘掉了看完一场九局的棒球赛有多么痛苦的时候，他俩就说服我一起去看球。托尼负责买啤酒，马丁则负责为我做解说，一遍又一遍不厌其烦地为我解释一个球员的击球率和他的上垒率之间的不同。而我提醒他说我连左外野和右外野还分不清呢。我获得的唯一有用的信息就是在 109 路段有"本的辣椒碗 ③"饭店的流动食品站，那儿卖的半熏肠辣热狗让人垂涎。

---

① 法语，即"滚地球"。

② 法语，即"圆球"。

③ Ben's Chili Bowl，美国华盛顿州热狗餐厅，以美式辣椒半熏热狗知名。

"那星期三可就说好了。"威尔等着我的回答。

"当然，说定了。但可别去什么酒吧看球赛，到你家看吧？"

"不好，还是去你家吧。"

"一言为定。"这样更好，我可以做饭。虽然还是得看棒球赛，但至少我们可以吃到可口的饭菜。

"我要把记分卡带去，教你怎样记住所有的得分。"

"你就顺杆子爬吧。"

他咧开嘴笑了，推着桌子站了起来，"为了不再烦你，我能离开一会儿吗？我有几条语音信息需要回复，马上就回来。"

我目送着他走开，稍稍松了口气。我想要一个人静一静，理一理自己的思绪。我到底在这儿干什么？跟威尔·扎特曼？看在老天的分上，凌晨跟我的医生在亚特兰大的一家酒店里一边吃早点一边打情骂俏？我显然丧失了理智。在刚刚过去的24小时里，截然相反的多种情感汇聚到了我体内：我一会儿哭得伤心欲绝，一会儿又狼吞虎咽地吃着墨西哥辣椒卷，咯咯笑得像个少女。除了疼痛，我不太确定我还有什么感觉。我还需要时间来消化吸收昨天了解到的事情。

还有跟威尔的事。他确实不是我喜欢的类型，但这似乎并没阻止我被他吸引。威尔，难道就是华盛顿那个一丝不苟、殷勤周到的医生？那个人，我可以抵制诱惑。但是这个让我捉摸不透的男人，一念之间就飞来亚特兰大，让我整夜不能安睡——好吧，他让我着迷。我目不转睛地看着他穿过餐厅，全神贯注地打着电话。他穿的还是昨天的李维斯牛仔裤和羊绒衫。在一些有意思的部位，牛仔裤裹得很紧，或许我还是喜欢微喇的裤型。现在谈恋爱显然不合时宜，我的整个世界刚刚发生了翻天覆地的变化，但是对于男女之间的缘分，没有谁能用理智和逻辑来解释。威尔从餐厅的另一边注意到我的视线，就冲我眨了眨眼，伸出手指向我表示马上电话就讲完了。

我也冲他眨了眨眼。我已经有一段时间没有对任何人产生迷恋的感觉了。你会认为我到了这个年龄已经不会再做这样的傻事儿了。到了37岁，我的反应应该不再像一个十几岁的少女，而应该更像一个即将进入不惑之年的理智女人。

我却高兴地发现事实并非如此。

03

第三部分

华盛顿

第二十一章

西布利医院窗明几净，设施先进，楼前还有一大片修剪整齐的草坪。就是这种地方让你庆幸自己生活在 21 世纪的美国。虽说谁都不想被重病缠上，谁都不愿受伤，但一旦发生这种事情，知道用金钱能买到的最优质的医疗就在这条街上，还是一件令人宽慰的事情。

我从来没来过西布利。电梯把我带到五楼，走廊里铺着地毯，整洁肃静。密闭的空间充斥着消毒水和浮尘混合在一起的味道，仿佛空气已被循环了很多次，上一次有人想起来打开窗户换换气一定是好几年前的事了。我找到神经外科，候诊室里光线昏暗，色彩以蓝和绿为主，隐约有种海洋的感觉，应该是想起到舒缓神经的作用。3 点整，一个穿着医护服、身材粗壮的护士叫到我的名字，对我进行了常规的检查，称体重（虽然狂吃了一通吉士汉堡，体重却并没有增加）、量血压、测体温。

"好了。"她把测血压的袖带从我胳膊上摘了下来，示意我从检查台上下来，"我们去把 CT 做了，盖勒特医生看检查结果的时候，你就可以歇一会儿了。"

我抬起头，吃惊地问道："做 CT？我确实需要做吗？"

"是的，夫人，显然你需要做。"说着，她已经把通向过道的门打开了。

"但是……请等一下。我已经做过核磁共振检查了。"

"CT 检查不一样，用的是 X 光。"

"我也拍过 X 光片了。"

"跟那个也不一样，你没做过。这个检查，你平躺着被推进机器，然后拍很多很多片子，一层一层地拍。医生把片子一张一张摞起来，我们能看见你整个头脑的三维图像。很酷，你一会儿就明白了。"

我有一种抓狂的感觉。整个下午的时间都要泡汤了，可我还有一大堆信件在家里需要处理，更不用说还有一堆堆的脏衣服要洗，冰箱里也空空如也。"这个检查需要多长时间？"

"你会喜欢的。"

"我可不这么认为。"我叫道。

"30 秒。"

"30 秒？"

"新式机器，我跟你说过了，很酷。"

预估的 30 秒，当然指的只是 CT 扫描所需要的时间。对检查结果进行诊断所需要的时间则是另外一回事。护士说我是贴着紧急优先标记的病例，但是一直等到下午 5 点半，我把一本 *Vogue* 杂志一页不漏地看了一遍，给我妈打了个电话，还在网上下单从西夫韦超市买了一些日用品和食物，马歇尔·盖勒特才踱着步走了进来。

盖勒特医生身材细瘦，但精神矍铄，有 50 来岁，坐下时，屁股只挨着高脚凳的边缘。他的眼睛是那种超凡脱俗的蓝色，像老鹰一样炯炯有神。这双眼睛把我仔细端详了一番。但他最引人注意的地方是他的那双手，手上的动作一刻也不停歇。说话的时候，他的手顺着大腿上下舞动，一会儿又伸进口袋里，掏出一支笔，在手指关节间灵活地翻转，而他自己似乎并没有意识到手上的这些小动作。我简直无法把眼睛从他的手上移开，也许这些手指很快就要拿起手术刀切开我的脖子。

"扎特曼医生坚持让我立刻见你。"

"他有时候是这么固执。"

老鹰眼睛继续盯着我，"我必须承认这是一个不寻常的病例。子弹击中脑袋的幸存率最高也不会超过几千分之一。"

我点了点头，我还能说什么呢？

"不寻常之处在于你的脑干竟然没有受伤。我这儿有你的病历。"他翻开膝盖上一个紫色的文件夹，我瞥见里面有《亚特兰大宪法报》昨天登出的我的专访。他的准备工作做得相当充分。"头颅计算机断层扫描表明没有神经损害。异物位于枕骨大孔左侧下面——"

我抬起手说："能请您说得明白一些吗？"

"抱歉。子弹长 1.3 厘米，约半英寸，位于脊髓跟大脑连接处的开口下面，就在这儿。"我们旁边的墙上挂着一面观片灯，盖勒特医生伸手摁下开关，不一会儿，我见过的最清晰的影像显现了出来，我的头颅、牙齿和子弹轮廓分明，子弹还是同样闪着白光。

"我们不清楚的是为什么都过了这么多年了，子弹的位置才开始改变，如果子弹确实发生了位移的话。"

"威尔认为我的脊椎出现了压缩。"

"威尔？"

"我是说扎特曼医生。"我让头发散落下来，掩饰住红得发烫的脸。

"嗯，这倒是说得通。不管怎样，你的症状明确表明子弹出现了位移，因此有必要尽快手术。"

"那么，您的建议是马上做手术把它取出来？但是他们对我说子弹周围全是神经和血管。"我对着观片灯屏皱起了眉头，"即使我这个普通人也能看出来子弹跟我的脊椎贴得很近。"

"近得不能再近了。"他表示赞同，在我听来他的语气有点过于愉快，"卡申女士，说实话，对于这种枪伤，无论采取哪种方案都面临同样大的风险，包括不采取行动，听之任之。"他把笔夹到耳朵后面，手指做了几个伸屈的动作，"我总是喜欢比较个案。你的情况确实难以定夺。刚才我讲了，你幸存下来并像正常人一样生活的概率可能是——可能只有——五千分之一。但是，也有记载表明有人被枪击中了脖子或头颅却活了下来。我找来了几个最近的例子，可能会对我们有所启发。"

他从文件夹中抽出一张照片，上面是几个十几岁的男孩，穿着黄色的运动衣，在一个灌木丛生的场地踢球。"这是一个足球队？我不太明白您的意思。"

"请听我慢慢讲，这是我最喜欢的一个案例。这是在 6 月份，就是刚刚过去的这个夏天，发生的事情。这些孩子是在波斯尼亚的一个球场踢球。就在这个球场上，一个不幸的守门员突然抱怨说头疼。报道引用了一份萨拉热窝的报纸说，守门员还是坚持到比赛结束，但是，下面是我引用的原文：'他很快就抱怨说胳膊不能屈伸，说话困难。他被送到一家医院，医生吃惊地发现他的头盖骨里有一颗 9 毫米的子弹。'"

"幸运的是，他现在好了。"盖勒特医生把报道递给我看，"他们把子弹取出来了。下面是我最喜欢的情节：当地警方逮捕了一位在附近参加婚礼的宾客。这个客人当时就是想对天鸣枪来庆祝婚礼。他们在足球场上找到了另外 12 颗散落的流弹。差一点就把整支足球队都消灭了。上帝对巴尔干人真是青睐有加。"

我礼节性地笑了笑，把报纸递还给他。

他把报纸塞回文件夹里，突然又停下来说道："等等，我收回刚才的话，那还不是最有意思的情节。你听这个踢球的说，'准确起见，卡塔利卡被子弹击中头部后只有一次失球。'只有一次失球！你能想到吗？"盖勒特医生一副自得其乐的样子。

我努力把谈话内容再拉回到我的处境："当然，那跟我的情况迥然不同——"

"那是，那是。"盖勒特清了清嗓子说，"你看消息的来源：新西兰雅虎新闻，也许不是准确医学报道的典范。我找到的大部分病例都存在这个问题，不是来自中国的边远山区，就是来自里约热内卢的贫民窟，无法验证它们的真实性。但是，这个例子。"他又在文件夹里翻了翻，"这个例子很有意思。"

他面前的那页纸上有两张黑白图片，跟我脑部 CT 的影像有着惊人的相似。在整齐的椎骨顶端有一颗白得发亮的子弹，清清楚楚，明确无误。

盖勒特说："《新英格兰医学期刊》可是相当有威望的医学期刊了。3 年前，这个人去了莫斯科的一家心脏病诊所，他 85 岁了，有心脏病需要治疗。医生发现他体内有个奇怪的东西，就问他是什么。患者透露，在他 3 岁的时候，哥哥不小心用手枪击中了他。"

"3 岁？跟我被枪击时的年龄一样。"

"嗯哼。还有跟你一样的是，他也没有表现出任何临床症状，放射影像也看不出神经损伤的迹象。他是个工程师，功成名就，拿过苏联国家奖。脖子里一直有颗子弹，就这样生活了……多长时间？82 年。"

"那他们把子弹取出来了吗？"

"没有。因为对他似乎毫无影响。"

　　我在椅子上不安地变换了一个姿势，说："但是您认为我应该把子弹取出来。"

　　"好吧，让我简单跟你解释一下。"他的手指沿着我俩之间桌子的边缘不停地来回滑动，"你和那个俄罗斯工程师之间有一个重要的不同。他那颗子弹不影响他，而你那颗困扰着你。还有，你年纪轻，身体健康，适合手术。"

　　他跟我详细描述了手术的步骤，一次手术，手术时间 4 到 5 个小时。我要求他告诉我一些手术细节以及最好和最坏的情况。我们又谈了 30 分钟。

　　就在我起身准备离开时，我问了那个让医生难以回答的问题：如果同样的事发生在他身上的话，他会怎么做？如果发生在他女儿身上，或者发生在他妻子身上呢？

　　马歇尔·盖勒特直言不讳："是我的话，我会想把子弹取出来。"

　　"我知道您会这么回答。"

　　"不好意思，让你预计到了。你知道人们都怎么说吗，外科医生一遇到问题就想动手术。我们接受的就是这种训练。但是，是卡申女士吧？你这个病例的额外优势在于，手术也是正确的选择。"

　　我看着他的眼睛，又看看他的双手。我觉得自己已经做出了决定。

　　"子弹是原封不动地取出来吧？我可以留着它吗？"

　　他感到意外，"你想留作纪念？"

　　我想到了比默·比斯利，想到了尤拉莉亚路上的那栋小房子，以及房子里曾经上演的惊心一幕。今天上午我在飞机上睡觉的时候，梦到了萨迪·罗森，梦到了她的微笑，她在旧报纸上泛黄的照片里对着我笑，笑容跟我很像。

　　我说："有点这个意思吧。"

第二十二章

2013 年 10 月 20 日，星期日

我独自度过了周末。

前段时间，我的生活陷入了放任自流的状态，现在我全力以赴，努力将一切恢复到之前那样井然有序。我把信件分了类，为绿植浇了水，付清了账单。我还去洗了车，取回了干洗的衣物。我跟威尔互相发了几条轻浮的"我想你"这样的短信。星期六我给他打了电话，但他并没有到我这里来，我却觉得这样也挺好。内向的人就是这样，一旦跟人接触多了，就觉得烦了，即使是自己喜欢的人也不例外。我不知道威尔是察觉到了，还是他工作很忙。在亚特兰大接触了那么多以前不认识的人之后，我庆幸能够远离人群，有时间独处。

唯一的例外——这也是我一直认为跟他们比跟其他人更亲密的一个原因——就是我的父母。他们不像其他人那样让我感到厌倦。星期天下午我开车过去，像往常一样从厨房的门进了屋。我妈做着饭，我爸靠着灶台，一边用手挠着亨特的后脑勺，一边聊着正在读的勒卡雷的小说。他们似乎拿定了主意要装作什么事也没发生过一样，他们这样做为的是维持我们之前的生活节奏，我能理解。在这种若无其事的表象背后是一股不顾一切、几乎可以触摸到的爱的暖流。我能在他们的眼睛里看到他们想大声说出来的话：你是我们的女儿，这是你的家，一切都没有改变。

我看着我妈往沸腾的锅里撒了一大堆盐。然后她环顾左右，伸出手来。什么也

不用说，我就把胡椒瓶递给了她。要是你看一个人做饭看了 30 年，在她自己还没想到接下来要加什么调料的时候，你就知道她想要什么了。我妈对着锅皱了皱眉，又搅拌了一下，闻了闻，显得有些犹豫。豆蔻，我递给了她。厨房里弥漫着鸡肉在黄油中煎至焦黄的香味，令人垂涎。我再一次感到惊叹：每天晚上都做这样的饭菜，她怎么还能将身材保持得这么苗条。她已经 74 岁了，但从后面看过去，你会把她错当成一个少女。她的动作敏捷而迅速，像一只蹦蹦跳跳在啄食的麻雀，时刻保持着警惕，跟我的动作截然不同。以前我从来没想过这些。她又伸出手。辣椒粉。

我一边吃着鸡肉和饺子，一边避重就轻地把我的亚特兰大之行向他们描述了一番。他们已经知道了我的主要行程。我还告诉他们我去了趟西布利医院，提到了马歇尔·盖勒特，告诉他们我打算做手术的决定。他们似乎觉得这样做理所当然。看来我是唯一一个需要时间来接受这种安排的人。

我妈最担心的是手术时间的安排：手术和术后康复跟我的生日聚餐冲突吗？我的生日是下个月底。对卡申一家而言，过生日可不是件小事。我的哥哥和他们的妻子，还有我的侄子和侄女都必须悉数到场。

"你认为我们应该提前举办生日聚会吗？"我妈问道，"我需要提前订购食品。我要在餐桌上给大家一个惊喜。"如果这 20 年来的生日聚餐可供参考的话，餐桌上的惊喜指的就是烤土豆配烧烤丁字牛排。我妈是个优秀的厨师，但是烹调饭菜极少另辟蹊径。制作创意菜单不是她的强项。

我爸说："我去买几瓶梅洛红酒来配牛排。"

"汤姆 ①！我想给大家一个惊喜。"

我爸隔着餐桌冲我眨了眨眼睛，说："换个话题吧。我在石头溪公园发现了一条新辟的跑道，一圈 4 英里，下次你一定要跟我一起去跑一跑。"

他嘴上是这么说的。

言外之意却是：我爱你，我会照顾你，我很抱歉。

---

① 汤姆是托马斯的昵称。

第二十三章

"我还以为你不会给我打电话呢。"

"我还以为您都等了 34 年了，再多等两三天也无妨呢。"

比默·比斯利在电话那头呵呵地笑了，"说得不错。你最近怎么样？"

"还行，总的来说。我一直都在考虑。"从父母那里开车回家的路上，我在心里把这些事情来来回回地反复考虑了一番，一进家门就拨通了比斯利的电话，"我准备去做手术把子弹取出来。"

"你当然要这么做啦。"

"为什么每个人都这么说呢？我可能会因此瘫痪。事实上，做手术的风险比听之任之的风险大多了。"

"我不清楚做手术存在哪些风险，"他的语气还是那样四平八稳，"我就是在想，换作我的话，知道了子弹的来历，我必定不得安身。"

一点不错。比斯利把我的理由表述得很到位，比我今晚跟家人一起吃饭时说得透彻。你可以从医学的角度分析利弊，哪怕论辩到脸都变青了也改变不了这个事实：我脖子里的那一小块金属是害死我亲生母亲的罪魁祸首，我不可能置之不理。

"主刀医生说他会尽量将子弹完整地取出来。所以，我就在想，也许您想看一下。"

"你是说，作为证据？"

"这我应该问您。警方会感兴趣吗？我是说，这是很久以前的案件了。"

"确实如此。除非已经做出判决，否则谋杀案是不能结案的。警方一直都希望获取新的证据。警察局有一个悬案组，专门处理悬案。"

"那么诉讼时效有什么限制吗？"

"没有限制，谋杀案是没有时效限制的。"

"具体怎么操作呢？"我好奇地问，"子弹对办案有什么用呢？"

"他们会对子弹进行各种检测，测量子弹的大小、重量什么的。理想情况下，他们有跟子弹做对比的东西，比方讲，从嫌犯处缴获的枪支，或者从案发现场找到的另一颗子弹。"

"但是你们没有找到，对吧？你说过击中布恩·史密斯的子弹被人从门框里挖走了，你们一直都没找到。"

"不错。我现在说的是最理想的状况。优秀的弹道专家还可以从子弹外观上得出一些结论，通过查看子弹上独特的纹路，也许可以知道子弹是哪种类型的枪发射出来的。"

"我猜这应该有助于破案。"

"确实。但是，卡申女士……"他有些犹豫地问道，"您的期望值是什么？这么说让我很为难，但是1979年的时候我都没能抓到杀害你父母的凶手，那时刚刚立案，我们有一批人马全力以赴地办案。我想提醒你，不要抱太大希望，不要期待案件能有多大进展。"

"哦，这个我知道。我不指望突然就能把什么人捉拿归案。"

"嗯哼。那也不一定。谁也不知道会有什么结果。我会打一两个电话，问问这起案件的卷宗现在何处。"

"现在何处？"

"没猜错的话，这些卷宗多年以前就已经转走了。"

"你是说东西有可能被扔掉了？"

"准确地说，应该是放错地方了。"

我用那只不疼的手捋了捋头发，"还有一件事。你逮捕的那个嫌犯。不是逮捕的，是问讯的。谢丽尔·鲁尼说他还在世，还给了我他的地址。"

比斯利叹了口气说道："她还是这么说吗？"

"我想你是不是应该找他谈谈。"

"为什么？"

"谢丽尔确信是他干的。她告诉我——"

比斯利的语气变得严肃起来，"卡申女士，我很抱歉，你妈妈以前的邻居让你怒火中烧，这也不能怪你，天知道，这么多年过去了，你才偶然发现还有这摊子烂事儿。但是，不是他干的。那个嫌犯，就是谢丽尔让我们问讯的那个，不是他干的。他有不在场的证明，那天不可能去尤拉莉亚路。我们毫无证据证明是他干的。除了谢丽尔这么说，我们毫无证据。"

"我给了你们证据呀。我指认了他的照片。"

电话里传来比斯利无可奈何的咂嘴声，"是的，女士，你是指认了他。但紧接着你就指向了一个棒棒糖和你的洋娃娃。我需要更可靠的证人，这是我的观点。你当时才3岁，还是个幼儿。整个佐治亚州也找不到这样一个检察官，会根据一个3岁孩子的证词就把一起谋杀案定罪结案，更不用说是一个吓得连话都不愿说的孩子了。"

第二十四章

2013 年 10 月 21 日，星期一

早上我醒得很早，走着去了萨克斯比咖啡屋。这不是我吃早餐喜欢去的地方——这个殊荣属于普蓬法式面包房，但是这家咖啡屋位于我从家去图书馆的必经之路上。对乔治城大学半数以上的学生而言，这也是一条必经之路。所以，每天不到 10 点，推搡着前来买拿铁和巧克力玛芬的学生把队都排到了门外。但是，早上6 点的时候，萨克斯比刚刚开门营业，整个餐厅都归我一个人独有。我占了个靠窗的座位，买了一大杯大吉岭红茶，就坐下来开始工作。

对于发我工资让我整天读书，让我沉浸在另一个国度另一个世纪的文学作品之中的工作，我总是有种挥之不去的惊奇感。这种安身立命的方式真是快乐得令人愤慨。我坐在那里批改试卷一直改到将近 9 点。然后，我把眼镜推到头上，抬起头来。手机响了，屏幕上显示的是一个亚特兰大号码，区号是 404。

"你好？"

"亲爱的卡洛琳。"《亚特兰大宪法报》主编那油嘴滑舌的声音钻进了我的耳朵，"我必须告诉你，你一离开我们，这座城市就黯然失色了，好像有盏灯熄灭了一样。"

"你好，里兰德。"

奇怪的是他开始哼唱一首歌曲。我把电话贴紧耳朵，竭力想分辨出他哼的是什么歌。"别跟我说你哼的是尼尔·戴蒙德的歌。"

"一定有很多人对你唱他的歌。"

"谢啦，没有。很长时间以来这还是第一次。"

"我一直坐在这儿梦想找到一种方法把你吸引回来。"他拖着南方口音说，"我们上次没找到机会一起去喝酒。"

"里兰德，我们永远都找不到这种机会的。你找我有事吗？"

"有几条口信需要转达给你。很多人给报社打来电话，都是看了那篇报道的人。有个人说他是你爸爸在达美航空的同事。一个女的，好像是叫苏茜，从北卡打电话来说她跟萨迪·罗森是大学姐妹会的姐妹。我说过会转告给你。我会把他们的联系方式都发给你。"

"谢谢，那太好了，稍等。"我把手机音量调大了一些。就在我埋头阅卷的时候，萨克斯比已经人满为患了。头顶的天花板上传来蕾哈娜的吼叫；三个咖啡师围着嘶嘶作响的意式咖啡机跑前跑后。整个足球校队都聚到了这里，都穿着成套的灰色和海军蓝的短裤和印着校队标语的运动衫：2012 年大东区冠军——吼呀队①，决一死战。

"你在哪儿？"

"在一家咖啡屋里忙工作呢。"

"听起来更像是在参加星期六晚上的兄弟联谊会。言归正传吧，我跟谢丽尔·鲁尼聊过了。"

"是吗？"我坐直了身子，"为什么？"

"后续报道。读者很感兴趣，上周四的报道反响很大。我说过吧，登报是个好主意。"

"哦，不要。求你了。我不想再出现在报纸上了。"

"这次就是一个简短的消息，而且应该不登在头版。"

"但是哪儿有后续呢？没有新进展呀。"

"你知道，就是'众人拾柴火焰高'这一类题材。我们会提到所有认识史密斯夫妇的人，大家得知你还活着而且过得很好时有多么欣慰。我会引用鲁尼的原话，说你长得跟妈妈像一个模子刻出来的一样。她看见你走到她家门口的时候，简直不敢相信她自己的眼睛，她说的是'像是看见了灵魂附体'。"

"关于案件的调查情况，她说了什么吗？谈到是谁杀害了我的父母吗？"

---

① Bleed Hoya Blue，乔治城大学运动代表队参加大学联赛的队名，队服代表色是灰色、蓝色，吉祥物是斗牛犬。

"没有。"他说这个词的时候把音拖得很长,"怎么了?她有什么需要说的吗?"

"我不清楚,就是随便问一句。"看来谢丽尔并没有对里兰德·布雷特提到我妈的婚外情。我应该对她心存感激,否则报纸头版一定会大张旗鼓地登出萨迪·罗森·史密斯隐秘的感情生活。

"大家也很关注那颗子弹。你是准备做手术还是就随它留在体内。"

我有点犹豫,想不出什么理由不坦诚相告,"我定了下周手术,就在华盛顿,祝我好运吧。"

"我会送你一大束鲜花,祝你早日康复。定了哪天吗?"

"下周三,30 号。"

"你确定手术前不想来亚特兰大跟我喝一杯吗?"

"再见,里兰德。"

"到时候,我会把报道的网络链接发给你。再见,大美女。"

我挂断电话,四下里扫视了一番。头顶上的音箱在蕾哈娜之后开始放电台司令的歌。空气里有一丝贝果烤焦了的味道。足球队员们在角落里站着围成了一圈,狼吞虎咽地吃着香蕉和超大个的肉桂卷。

我收拾好试卷,离开了咖啡桌。15 分钟后,我要去见奥布琼夫人。

说我害怕跟奥布琼夫人见面,远不足以表达我此时的忐忑。

即使是去谈论愉快的事情,跟伊莲·奥布琼见面,我也是战战兢兢。不用说,接下来我们见面要谈的事情并不愉快。她坐在办公室里等我,像往常一样穿着打扮都无可挑剔:优雅的红唇、系在肩膀上的真丝围巾,还有耳朵和脖子上的珍珠首饰。乔治城大学法语系的系主任并不是传统意义上的美人。她身材精瘦,下颌骨的线条粗硬,看起来很严厉;但是她很优雅,有法国女人到了一定年龄特有的风姿。做到这样需要金钱做后盾,而且我怀疑这也需要每周去一次美发厅,需要使用各种神奇的护肤霜,需要喝各种神奇的保健品。还有最为重要的是,这需要严格控制体重。我猜她那鲜红的双唇一定很久都没尝过吉士汉堡的味道了。

"Alors, Caroline, ma pauvre [①]。我相信你这一周一定经历了很多事情。"她抬起两条修剪精致的眉毛,"你在亚特兰大的发现超出了你的预期吧。"

---

① 法语,意为"哎呀,卡洛琳,我的小可怜"。

的确如她所言。

"我感到震惊。Tout à fait affreux①，对你脖子里的子弹。我很难过。"

奥布琼夫人从不跟我讨论各自的私生活，除了偶尔礼节性地询问我暑期的度假计划，她从来都不过问我工作之外的生活。我们只是同事，不是朋友。所以当她的声音里透露出发自内心的关心，我感到惊讶，趁机说道："为了把子弹取出来，我去西布利医院见了一个外科医生。他希望下周可以手术，下个星期三。他说手术后我需要在家静养至少 10 天才能去上班。"

"10 天？"

"恐怕是的。我知道时间选得不好，正好是学期中间。我本来想等到圣诞节放假再去做手术，但是医生说越快越好。"

她不以为意地摆了摆手说："Oui, oui, bien sûr②。没事儿。"

"真没事儿？"我没听错吧？

"Pas de problème③。其实我已经跟罗伯特说过了。"罗伯特是我的研究生，能力很强，上个星期已经替我上过两次课了，"他能在我的督导下替你把这学期的课都上了。这样你就可以好好休养了。"

"哦，那倒不必了。用不着几天我就可以回来——"

"这样安排更合适。Vraiment④。大家的计划都不被打断。"

"确实不需要这样安排。我 11 月中旬就能返校，而且我也想上课。我要为那些学生负责。"

"而我要为法语系教学工作的顺利开展负责。"她的笑容清楚地向我表明这件事已经没有讨论的余地了，"你肯定也知道每隔一周就换一个教授对你的学生也没有什么好处。"

"对他们当然没有好处。但是我们说的并不是每隔一周就换一个教授，我们说的不过就是 10 天——"

"那要以你手术一切顺利为前提，而且是在你不需要额外休养时间的情况下。Franchement⑤，10 天只是个乐观的预测。"她把两只脚交叉并在一起，细瘦的脚

---

① 法语，意为"真是太可怕了"。
② 法语，意为"是的，是的，当然了"。
③ 法语，意为"没问题"。
④ 法语，意为"真的"。
⑤ 法语，意为"老实说"。

踝上中规中矩地裹着米色加压弹力袜，这是她对年龄罕见的妥协，"上个星期，罗伯特的课上得很好。他很高兴能帮上忙，也会遵照你的教学大纲上课。"

我坐在那里，强忍着心中的不悦。她怎么能把我的课交给罗伯特上？而且都不跟我商量一下？她真能就这样把我赶走，不让我上课？

"你的工资还跟平时一样。我查了记录，你好像从来没请过一天病假，已经积累了好几周带薪就医假，所以工资发放不存在任何问题。"

"我关心的不是工资的问题——"

"那就这么定了。"她不容置疑地打断我，"就把这当作学术休假吧。你好好休养，过完寒假再健健康康地回来上课。"

真是难以相信，"马上就这么办吗？"

"是的，这可能是最好的安排了。你直接跟罗伯特交接一下。好了，手术后每天都有人去照看你吗？"

"我的家人就住在附近。"我咬着牙嘟哝道。

"Très bien①。我也会去探望你的。你知道吗，我们住得很近。我和让－皮埃尔就住在 R 街上。"

这可好了。我的老板要来串门喝咖啡，这可正是我所需要的。我一直觉得探望病人的社会习俗很难理解。一个人生病的时候，肯定感觉不舒服，模样也不好看。究竟为什么人们会认为他希望别人来探望他？会认为他就想扮演主人的角色跟客人聊天？我都能想象出那时的场景：奥布琼夫人一身华丽的爱马仕，香喷喷的新鲜可人；我却穿着睡衣，病痛缠身，精神不振。

我挤出一个勉强的笑容，起身准备离开。

奥布琼夫人目送着我穿过办公室，"我看到了亚特兰大报纸上的那篇报道。我在网上找到的。你父母的谋杀案一直没破案吧。"

"是的。"我的手停在了门把手上，"没破案。"

"警方希望跟你面谈吗？我的意思是正式面谈。"

"我不知道。我那时太小了，什么也不记得。"

"但是你脖子里的子弹可能就是证据呀，n'est-ce pas②？"她那两条精致的眉毛一挑，"Merde. Quel bordel. C'est dingue。"

---

① 法语，意为"太好了"。

② 法语，意为"不是吗"，反问语气。

我一时间有点瞠目结舌。奥布琼夫人刚刚用了一个粗俗的字眼，翻译过来的大致意思是："靠，该死，都什么乱七八糟的事儿啊！"

"伊莲？"我从来没有直呼其名，但这一刻似乎到了开始这么做的时候了，"你刚才是说——"

"要是他们能找到一些证据不是最好了吗？这么多年过去之后，J'espère qu'ils arrêtent le salaud①。"

天哪，别再提这事儿了。然而，她说得没错。我也希望他们能将那个杂种捉拿归案。

吃午饭的时候，马歇尔·盖勒特从医院打来电话，"没必要紧张，但我想告诉你周末这里发生了一起安全事件。"

"哦，好的。是什么事件？"

"是一起非法闯入事件。昨天上午有人闯入了医务楼。大楼保卫处还在调查，能确定的是有人撬开了我们办公室的门锁。"

为什么有人要闯入医生的办公室，我很难想出合理的解释，"您认为是有人想偷处方药吗？或者是想偷麻醉药？"

"不排除这种可能。你可能已经注意到了，大楼一层有个药房。楼里各种医药的样品和库存都锁在各处的橱柜里。值得庆幸的是，我们办公室里的电脑都没有被黑过的迹象。但我还是让助理们给患者打了电话，让他们留意信用卡上的可疑款项。为了收取医药费，电脑里留着他们的信用卡信息。"

"好的，谢谢提醒。"

盖勒特医生咳了一声，"我亲自打电话给你是因为……呃……还有一件奇怪的事。你的病历好像不见了。"

"我的病历？"

"就是那个紫色的文件夹，我用来记录你的病情的。不是你把它带走了吧？"

"没有，我没带走。"

"这真是太奇怪了。我确定把它放在了办公桌上，准备今天再来审阅跟进一下。别担心，你的检验结果线上都有备份，我可以重建一份病历。"

---

① 法语，意为"我希望他们能逮住那个浑蛋"。

"可能是哪个护士把病历归档了吧？"

"她们都说没有。她们都知道不能乱动我办公桌上的材料。不管怎么说，很抱歉打扰到你。过几天我会再跟你联系，下周的手术安排一切照旧。"

我坐在那儿想了想说："要是找到了我的病历，请您告诉我一声。"

"一定。"

"要是他们抓住了闯入者，您也能告诉我一声吗？"

"当然啦，要是你想知道的话。保卫处认为车库出口处的监控拍到他了，是个身材魁梧的家伙，长着一头深色的鬈发。但是看不到他的正脸。"

当天晚上回到家，我踢掉了脚上的鞋，瘫倒在沙发上。很难确定这一天中发生的哪件事最让我感到不安。是有人非法闯入了盖勒特医生的办公室，我的病历不翼而飞的消息？还是发现我那德高望重的老板说起脏话来比马赛的码头工人更厉害？

奥布琼夫人命令我休假，不得不承认她的判断极有可能是正确的，这同时也让我闷闷不乐。我现在是病痛缠身，手腕的疼痛一刻不停地折磨着我，脖子里的抽痛虽然时有时无，但是一旦疼起来更为恐怖。即使手术一切顺利，我也需要好几周时间恢复。而且不可否认的是，我的情绪也坏到了极点。

我上了楼，来到卧室，换上了一条旧牛仔裤和一件柔软的鸽子灰色开衫。这时前门传来了敲门声。我皱起了眉头。是哪个哥哥在下班回家的路上顺道进来喝一杯吗？我从窗户朝外望去，以为能看到托尼或马丁满头金发的脑袋。

敲门的是威尔·扎特曼。

自从上周五我俩在里根机场分手之后，我一直都没有见到他。我抓起一把梳子梳了梳头就跑去把门打开了。我俩谁都没有马上说话，就那样隔着几步的距离面对面站着，我站在门厅里，就在门里面，威尔还是站在门前的台阶上，双手插在裤袋里，脸上还是那副混合着些许羞涩和些许叛逆的神情，跟上次他在亚特兰大酒店大堂里不期而至时的神情一模一样。

"这真是个惊喜。要是知道你要来，我就不穿成这样了。"我把包在褪了色的牛仔裤外的线衫裹紧了一些，"我正准备开瓶酒，要是你想进来——"

"要是知道我来的话你就不穿成这样了？要是知道我会来？"

"嗯，是的，我会穿上——"

"看一下你的手机。"

"看我的手机？"

"看一下。"

"哦，我知道了，你给我打过电话了。"

"打了两次，不到一个小时我就打了两次。我想问今晚能不能请你一起吃饭。卡洛琳，我可以对天发誓，我们也许应该换一种更加现代化、更加可靠的联系方式，比如说，信鸽传书？"

"好了，好了，我道歉。"

"或者使用烟幕信号？"

"因为我上课时把手机铃声关了，然后又总是忘记把——"

"莫尔斯码怎么样？那一定很有趣。"他忍不住笑了起来，"或者使用手旗旗语，用那种红黄两色的旗子，就像他们摇着向火车传递信号的手旗一样。海军在海上是不是也还在使用手旗旗语？"

"我要把门摔在你脸上。你要是再不进来，我就把手旗砸在你脑袋上。"

我伸手抓住了他西服上的口袋边，把他拽进了门。关上门后，门厅里一片黑暗。他的衣服上冒出一股 10 月的凉气，我又闻到了他的气味，是我现在已经熟悉了的肥皂和他家里那只温热宠物混合在一起的气味。我觉得他可能要吻我，突然就感到一阵不曾料想到的羞涩。

然而，威尔弯下腰来却只是把额头贴在了我的额头上，轻声耳语道："我想让你有自己的空间，我知道这个周末你需要一个人静一静。但是我控制不了自己，一心想要见到你。"

我们就站在那儿，头贴着头，一句话也不说，直到我呼吸的节奏变得跟他的一样缓慢。他的手指在黑暗中触到了我的手指，于是他的手就顺着我的胳膊往上爬，绕着圈，挑逗着我，在我柔软光滑的肘弯处停留。好像用了 100 年的时间威尔的手才爬上了我的肩膀，抚摸我的喉咙，然后是我的下巴。他的拇指和下端厚厚的肉垫压在了我的嘴上，重重地压着，直压到我嘴唇充血。在他的触摸下，我的嘴唇肿胀起来，浑身不住地颤抖。

"你这个漂亮女人。"他对着我轻轻耳语。

威尔·扎特曼不是我心仪的类型，但他确实让我着迷。

第二十五章

我还没吃早餐，我的亲生父母可能还留下了遗产的消息就传过来了。

"早上好，你醒了吗？说话方便吗？"杰西卡·杨的嗓音很尖。

"方便，我正在烤土司。"事实上，我正把鸡蛋敲开准备做煎蛋卷，里面打算放上口利左香肠。昨晚我和威尔都没顾上吃晚饭，我们共度良宵的方式多种多样。醒来的时候，威尔已经走了。

"你起得真早，已经在上班了吗？"

"谢天谢地，我还没去上班。你肯定没在报社工作过，10 点前没人会去上班。这就像是记者之间的协定，虽然不明说出来，但大家都一致遵守。"她咯咯地笑着，"但是我正在笔记本电脑上看关于你的报道，写得不错。"

关于我的报道？"你指的是里兰德·布雷特写的后续报道吗？这么快就写好了？"

"报道登在今天都市版的首页。里兰德虽说是个老色鬼，但写稿子速度很快。"

"杰西卡！"

"不好意思，但我说的都是实话。里兰德确实是个大色狼，新闻稿也确实写得不错。"她大声地擤了一下鼻子，"抱歉。看起来你的父母确实是好人。自从上周第 篇报道见报后，人们就不停地往报社打电话，说了 些关于他们的好话，也转达了对你的美好祝愿。里兰德在今天的报道里也引用了一些。"

"他跟我讲过要引用一些人的话。接完电话我就去看一下。"

"好的。不管怎么说,里面还是写了一些后续发展的。我一直都在调查钱的事,你的钱的事。"

"不是我的钱,是我亲生父母的钱,不管有没有都是他们的钱。"

"其实这事儿还挺诡秘的。公墓不愿意透露任何消息,只告诉了我你父母下葬的日期和坟墓的位置。"

"这我知道,我已经到那儿去看过了。"

"虽然找到的可能性不大,但我还是希望能在哪个地方找到你家的档案材料,那里面也许能找到谁买下了他们的宅地、哪家银行开具的支票这样一类信息。但是现在看起来这些东西好像多少年前就被扔掉了,而且也不会留在公共记录里。好消息是,关于布恩·史密斯和萨迪·罗森·史密斯的社安号,我有了一些进展。"

"对,关于他们的——"

"听着,"她说,完全不理会我,"通过官方渠道的话,找到一个死者的社安号需要好几周时间,还要付 29 美元,并填写一张表格。我这儿有一张。稍等。"我听到翻找纸张窸窸窣窣的声音,然后有一个重物掉到地板上的声音,似乎是一本书。"该死。"她又拿起了电话,"我的文件归档系统亟待改进,都乱成一团了。好了,表格编号是 711,'索要已过世个人社会安全记录的申请表'。你把表邮寄过去,然后再等上四到六个星期的时间才能收到答复。"

"杰西卡——"

"但是,因为我是一名明星研究员,"她故弄虚玄地停顿了一下——"我觉得不用等到周末,我就能拿到社安号。那个傻帽公共事务女专员还教训了我一通,说什么查号不能够加急,我必须按顺序来那些废话。但是我越过了她——"

"我已经找到社安号了。"

"你什么?"

"我找到社安号了。在族谱网上。"

"是吗?"杰西卡怔住了,"每个人的社安号都在那里面?"

"嗯,至少死人的社安号在里面。我父母的社安号一搜就出来了。你花 5 分钟也能找到。社安局有一个叫'死亡主文件'的目录。名称很吓人,但是很有用。从 1875 年到现在,凡是上报到政府的死者,里面都列出来了。"

"天哪，我感觉像个傻瓜一样。"

"那倒不是。周末我手头正好有时间，我把州里的记录也找到了。佐治亚卫生厅记录了从1919年到1998年之间所有的死亡。我已经找他们索要了原始死亡证明的复印件。"

"太好了。"杰西卡说，一副兴味索然的语气。

"但是还有一件事，我这儿做不了。"

"房产记录，对吗？"她又兴奋了起来，"我刚才正要说到这件事呢。我在上面已经耗费好几天时间了，因为这在网上搜索不到。数据库只能查到1980年以后的记录。但目前看来，今天中午我应该没什么安排，我打算开车去一趟富尔顿郡法院，显然，他们有记录，我是说真正白纸黑字的记录，就存放在契约和档案室里。"

"记录里面会有……什么？能知道谁买了我父母的房子？购房的价格？"

"里面有产权证。我希望能了解谁替你父母把房子卖了。我有尤拉莉亚路上那块地的编号，所以，应该很容易就查得到。"接着，她两手一拍说道，"你猜，我到了那儿以后，还要去哪里？"

"嗯，不知道。"

"遗嘱认证法庭！"她情不自禁地欢呼道，"那正好也在同一幢政府大楼里。要是你父母立了遗嘱的话——暂且假设他们是做事有条理、负责任的公民，而且他们确实立了遗嘱，那么他们的遗嘱就应该存那里。而且，遗嘱属于公共记录，太妙了吧？我们直接走去找他们要就行。这是我昨天才从一个时政编辑那里听说的。"

我放下手里的茶杯，把她说的话考虑了一下，"我本来以为遗嘱是……隐私呢。我是说我的遗嘱肯定是我个人的事情，陌生人不可能大摇大摆地走进哪个政府办公室，拿起我的遗嘱就看。"

"是的，但你还没去世，不是吗？你的遗嘱也没有被认证过。"

"好吧，但死人不也有权利——"

"不对。'死者没有权利，也不会遭受冤情。'"杰西卡背诵道，"我引用的是——呃，他叫什么来着？一个英国法官说的。我们在新闻学校里学的就是这些。人都死了，你还怎么诽谤他呢？"

"嗯，但是你可以看他的遗嘱。"

"一点没错！"

"好吧，要是就像你说的那样，如果我们真的可以看到布恩·史密斯和萨迪·罗森·史密斯的遗嘱，我们也许能琢磨出来那栋房子是怎么处置的。还有，为什么他们一点东西都没有留给我。"

"要是能把你父母的遗嘱弄到手的话，我们就有事可做了。"

手机再次响起，这次的交谈，言辞更为激烈。

"你再也不能什么话都对记者说了。"比默·比斯利用命令的口气说道，"下次那个里兰德再给你打电话的话，你就跟他拜拜，让他直接来找我。"

"乐意至极。但这是为什么呢？我做错了什么吗？"

"没有，女士。今天早上刊登的那篇报道很不错。但是从警方的角度看，接下来就别再跟他们沟通了。媒体的作用已经发挥过了。"

"要不是借助媒体的话，你也不会知道我回亚特兰大了。"

"那倒不错。我承认媒体的报道能产生意想不到的效果。比如，帮助勾起人们的回忆。但是你同时必须记住，无论什么，一旦见报，那就什么人都能看到。因此，有关证据的消息最好还是别让其他人知道。"

"你的意思是，凡是涉及那颗子弹以及把它取出来的计划，我就要守口如瓶？"

"我的意思就是我刚才讲的，有关证据的消息最好还是别让其他人知道。"

"提到证据，有件事我得告诉你。"我就把病历在盖勒特医生办公室里失窃的事情讲述了一遍。

听我讲完后，他说："我不知道该怎么去解释这件事。这有可能跟案件有关系，也有可能跟案件什么关系都没有。但是，就像我意识到了一样，我相信你也意识到了，你脖子里的那颗子弹有可能会让某些人感兴趣。所以还是聪明一点。把门锁好，不认识的人千万别开门，可以的话也不要单独出门。"他犹豫了一下，又说，"我猜现在应该是时候告诉你了，这边已经正式开始重新调查这起案件了。"

"不会吧！真的吗？"

"这也是媒体擅长做的另外一件事情，给我们施压。既然新闻报道了这起案件，既然有发现新证据的可能，重新调查也是势在必行。他们已经做出决定了，要把所有的旧档案都重新再梳理一遍。"

"天哪。"我不由得紧紧握住了手机。

"我们也要跟你进行一次正式面谈，就是把你我已经谈过的一些事情再说一遍做个记录。我可以到场旁听，要是你希望我这么做的话。"

"但提问我的不是你？"

"可能是现在的悬案组组长，他人不错，你需要一个年富力强的警探。我已经有一段时间不负责案件的调查了，已经有好几年都是在兼职办案了。但考虑到我对这起案件的了解，以及我已经跟你联系过的事实，我已经同意专职调查这起案件，看我是否能发现一些年轻人忽略的线索。"

"听你这么说，我很高兴。"

"我也很高兴。但我还要重申的是，对重新调查你的期望值不要太高。拜托。所谓重新调查不过就是我跟一两个初级警探把旧档案重新再看一遍。34 年前那里面就找不到答案，现在能否找到，我个人表示怀疑。"

"但是你自己也说了，现在有新证据了。如果我脖子里面的子弹——"

"如果你脖子里面的子弹能够完好无损地取出来的话，如果检验结果理想的话，那样，我们也许能取得一些进展。车到山前必有路，我们还是拭目以待吧。"

"好吧。"我深深地吸了一口气，"好吧。"

"卡申女士，"他的语气稍微温和了一些，"也有可能杀害你父母的凶手如今自己都已经死了。"

"我知道。但是你一定……你一定认为至少还有一线破案的希望，否则，你怎么会愿意承担这项工作呢？"

迟疑了好一会儿，比斯利说："让我用一个案例来间接回答你的问题吧。今年春天，我们指控了一名强奸犯，那个恶棍名叫丹尼尔·韦德。确切地说，他至少作案五起，另外可能跟 20 多起强奸案有关。他曾被称为'维修工'，因为他假装成干活的维修人员，在女性住的公寓里袭击她们。有一个受害女性，那个恶棍从她家门缝底下泼了一些水进去，然后敲门说是要检查哪儿漏水。"

"这太可怕了。"

"确实。案件的有趣之处却在于，这些强奸的罪行都是将近 30 年前犯下的，在 20 世纪 80 年代中期的时候。虽然不如你那起案件发生得早，但也差不太多。"

"发生了什么变化？为什么现在可以指控他了？"

"DNA 证据。30 年前没有全国联网的数据库。好几位受害者通过强奸取证获取的 DNA 都表明是同一个罪犯，但我们只有他的 DNA 信息，却找不到匹配的人。5 月份的时候，突然就跟韦德这个恶棍匹配上了。"

"所以你们逮捕了他？"

"没必要了。"比斯利疲倦地说，"他已经在肯塔基的联邦监狱里了。是因为跟强奸罪毫无关联的抢劫罪而被关进去的，至少要被囚禁到 2021 年。到那个时候，我们再把他引渡到佐治亚州定罪。"

我没说话。

"虽然无论怎么说，这都不能算作童话式的结尾，但我跟你提到这起案件是因为过了这么多年，这些受害者至少得到一个了结。"

"了结。"我把这个词在舌头上反复玩味，"我不是不尊重这些女性，我相信她们都遭遇了可怕的经历，但我不知道是否有了结这一回事。至少在我这起案件里没有。我是眼睁睁地看着我的父母被杀害了。"我的嗓音变沙哑了，"即使有千分之一的可能，过了这么长时间，你们终于设法抓住了杀害我父母的凶手，那也不可能把他们带回到我身边。"

"这当然是不可能的。这个世界上没有哪种力量可以把你的家人带回到你身边。但是你混淆了两个不同的概念。了结不是让你的亲人起死回生，而是让受害者感觉到正义得到了伸张。"

"我猜是吧。"

比斯利重重地叹了一口气，"我知道这一切来得太迟了，况且还远远不够。但面对这样的案件，像你家这样的案件，我们现在的目标就只能是伸张正义。"

第二十六章

杰西卡·杨在富尔顿郡法院挖到了宝。

她不出 10 分钟就找出了尤拉莉亚路上那栋房屋的房产证,上面标明了我的亲生父母在 1975 年花了 4.53 万美元买下了这栋房子。4 年后,也就是在 1979 年 11 月,这栋房子卖了 9.95 万美元。那个时候,这样的回报相当可观了,特别是对刚从大学毕业的一对年轻夫妇来讲。我为他们感到一阵自豪。就在一切被无情地从他们手中夺走之前,他们已经为家庭未来的美好生活打下了坚实的基础。

布恩·史密斯和萨迪·罗森·史密斯的遗嘱也同样轻而易举就找到了。档案室的工作人员只需要杰西卡提供他俩的全名和死亡的年份。

当天下午杰西卡给我打电话的时候说:"找到了!你猜我热得发烫的手上拿着的是什么?全都刚刚复印好并钉在了一起。他们那儿所有的遗嘱都一字排开摆放在敞开的架子上,就装在白色的塑料活页夹里摆在那儿。"

他俩的遗嘱直截了当、一目了然,每份都是两页纸,没有复杂的财产需要处置。两份遗嘱的内容也一模一样,布恩把所有财产都留给萨迪·罗森,萨迪·罗森把所有财产都留给布恩。如果他俩谁也没有先于谁离世,那他们的女儿,卡洛琳·史密斯,就是他俩财产的唯一受益人。

我屏住了呼吸。在两个我曾经爱过然后遗忘了的人几十年前起草的文字里听到我的姓名，这种感觉非常奇怪。

我让杰西卡在电话里把我父亲的遗嘱从头到尾读了一遍，其中有三个细节吸引了我的注意。第一个细节是我父母财产执行人的名字，我的父母委托他来执行他俩的遗愿。他们指定的是同一个人：北卡罗来纳州夏洛特市的埃弗雷特·A.萨瑟兰先生。我从没听说过这个人。

第二个细节是一个存款账户号码。

第三个细节很有意思，遗嘱里还提到了一个保险箱。

保险箱和存款账户都存在一个名叫佐治亚信托公司的地方。

"信托公司？"我问道，"公司总部是在亚特兰大吗？"

"以前在。现在提起来，可能还是在这儿。但是跟所有南部的大银行一样，这些年来也是在不停地合并，名称也变来变去。就在给你打电话之前，我做了一些调查。1985年的时候，佐治亚信托公司跟佛罗里达一家银行合并了。后来他们又收购了田纳西州的一家银行，接着又收购了其他一些资产。他们全部联合起来，在20世纪90年代中期的时候，把公司名称改为了太阳信托。"

"哦，华盛顿这儿也有太阳信托的银行。我常去的西夫韦超市里就有一个。"我努力克制住自己的兴奋，"我想——我猜我们可以马上给他们打个电话，对吧？看看有谁知道以前这些休眠账户的记录都保存在哪儿。"

"对。我不知道这个过程会有多么复杂。但我猜他们需要查看遗嘱，也许还要看你父母的死亡证明以及我们能找到的其他一些材料。至于保险箱……这有点儿意思。34年都没动过这个保险箱了，我不知道箱子还在不在了。就是说，按规定银行是否必须把箱子保留下来，还是有什么其他处理方式。"

"我也一无所知。我马上就给太阳信托打电话，看看能有什么收获。"

"哦，让我来打吧。我喜欢做这件事。"杰西卡的呼吸变得有些急促，好像是一边在走路一边在说话，"我必须赶回办公室，露个脸，我好像从来没有在午餐时间离开办公室这么长时间。但我今天晚上会四处打探打探，看看能不能找到遗嘱执行人萨瑟兰先生的信息。"

然而，我开始质疑这么安排是否合适，"谢谢你主动帮我。你已经帮了我很多忙，真的。但我觉得接下来的事情应该由我自己来办了。"

"为什么？"她听上去很受伤。

"因为你是一名记者，而我最后好像总是出现在你们报纸的报道里。"

"但那都是里兰德的所作所为！你是另外付我费用让我——"

"我知道，但要是你发掘出什么有新闻价值的材料呢？要是——我是说，当然这极不可能——但要是你发现我的父母给我留下了 100 万美元呢？你难道道德上没有义务把这个发现报告给里兰德吗？"

"你不是说了吗，这极不可能。"

"但你是个非凡的调查员，我相信你一定能发掘出一些东西。不管那是什么，不管能查找到什么资料，我都不希望它们再出现在报纸上了。你能把那些你查到的资料的复印件发到我邮箱里吗？"我接着跟她开玩笑说，"告诉你，要是我真有 100 万的遗产，我就跟你平分。"

当天晚上，在把卧室窗帘拉上的时候，我注意到了一辆车，一辆灰色的小型汽车，斜着停在我家对面的街上。

那辆车并没有什么特别的地方，只是我以前从来都没有见过。大部分邻居的汽车，我看到都能识别出来。我们住在离乔治城的餐饮和商业区很远的山上，很少有游客把车停到这里。

车里坐着一个男人，手机屏的光亮勾勒出他头部的轮廓。这也没有什么特别之处。他可能在等人，或者是在消磨时间，在这里等着去另一个地方。一般情况下，我是不会多想的。但是，比斯利把我吓唬住了，我下楼又检查了一遍门锁和窗户，然后爬上床拿起了一本书。

11 点的时候，我爬起来去关灯的时候，朝窗外看了一眼。

那辆灰色的车还停在那儿。

那个男的还坐在车里。手机这时是关着的，除了一头深色的头发，我分辨不出他的其他特征。我看不见他的眼睛，只能看见路灯下一张苍白的脸，整个晚上都对着我家前门。

第二十七章

早上我被一阵连续的敲门声吵醒了。

我没有理会。

一会儿敲门声又响了起来。

我睁开一只眼睛，太阳已经照过来了。床头的钟显示现在是 7：49，送快递的不会这么早就来，肯定也不是顺路来串门的朋友。会是谁呢？我的耳边响起了比斯利让我当心一点的警告。

嘭嘭嘭嘭嘭嘭。

我掀开被子，蹑手蹑脚地走到窗前，把窗帘拉开一道缝，眯着眼朝楼下看去。不对，肯定看错了。我揉了揉眼睛，站在门前台阶上的是奥布琼夫人。她是一个人来的，脚旁边好像放着的是一口大锅，手上还戴着色彩鲜艳的厚手套。

她一定感觉到我在看她，因为她抬起了头往上看，用手遮住阳光，然后挥了挥手。我朝街对面看过去，那辆灰色的车不在了。

我把门打开时，她已经把锅端了起来，举在了胸前，因为锅的重量身体稍稍前倾。热气从闪亮的锅盖下跑了出来。她戴的不是什么手套，而是宽大的隔热烤箱手套，编织粗糙，夹杂着绿和紫两种颜色，跟她柔软的玫瑰色丝质套裙形成了鲜明的对比。

"伊莲？"究竟怎么回事？

"Bonjour, Caroline. Ça va ①?"你好点儿了吗？"来，把这个端着。"她把锅举到了我的面前。

我吃力地想把锅从她伸着的手中接过来，突然右手腕感到一阵刺痛。

她注意到我脸色发白，连忙问道："Ah, je m'excuse. Elle est où, ta cuisine ②?"

她从我面前大踏步走进了厨房，我也尾随着进了厨房。我没有料想到我的预感这么快就成为现实。我蓬头垢面，走起路来晕头转向，还穿着睡袍。奥布琼夫人却迈着大步走进我的厨房，打扮得像是要去丽兹酒店喝下午茶一样。

"汤锅你就留着吧，"她说，"但这是我孙子做的。"她把卡通的隔热手套塞进了一个卡地亚包里。

我指着放在炉子上的那个巨大无比的锅问道："伊莲，这是什么？"

"Bouillon depouiet。"鸡汤，"最正宗的做法，放了很多蒜和白酒。要喝的话还需要冷一冷。你有特百惠保鲜盒吗？"还没征求我同意，她就打开了橱柜，朝里面看去。

我点了点头，一句话也说不上来。从上中学开始，我的法语就说得跟英语一样流利。我人生一半以上的时间都可以流利地使用两种语言。但是看到伊莲在我的橱柜里翻找可以叠放的塑料盒，我从两种语言里都找不到合适的词汇，这真是太奇怪了。

"J'en ai fait une quantité énorme ③——我做了一大锅——这样你就可以把它冷冻起来，每天取一份出来热热喝。足够你在恢复体力期间喝了。"她嘭的一声关上了一扇橱柜门，显然放弃了对特百惠的搜寻。她仔细地看了看我说道，"卡洛琳，原谅我说实话，你看起来糟透了。"

"Je dormais ④。"我辩解道，"我刚刚起床。"

她指责我说："重要的是要坚持你的日常生活习惯。打理好头发，化好妆，出门转转，你抑郁时这样做大有裨益。"

"我不抑郁。"即使我感到抑郁，那也不关她的事，"我马上就去换衣服，还没到 8 点呢。"早晨刺眼的阳光斜斜地穿过洗菜池上的窗户照了进来。大蒜和鸡肉

---

① 法语，意为"嗨，卡洛琳，你好吗"。

② 法语，意为"啊，我很抱歉，你的厨房在哪儿"。

③ 法语，意为"我做了很多鸡汤"。

④ 法语，意为"我刚在睡觉"。

的香味飘散在我俩之间的空气里，肯定也飘进了窗帘里、洗碗布里，还有我的头发里。她有一件事说得没错：我需要冲个澡，再喷一大把香水，才适合出门。

我终于找回了礼貌的自我，"您能来看我真是太客气了。Merci bien ①，非常感谢您做的鸡汤。我给您泡杯茶吧？"

"Non, merci ②。我还赶时间呢。请再允许我给你提个建议吧。"

我真想对她指出在剩下的半学期里她已经丧失了给我提建议的权利，但我还是管住了自己的嘴。

奥布琼夫人说："巴黎。等你恢复到可以外出旅行时，应该去巴黎。换换环境对你有好处，你觉得呢？你可以住在我的公寓里。"

"您对我太好了，这我恐怕不能接受。"

"Pourquoi pas ③？别跟我客气。我和让－皮埃尔要到来年春天才有时间过去。公寓在布洛涅森林附近，dans le seizième ④。"

理所当然在那儿。巴黎的第十六区住着的都是不屑于跟随潮流的有钱人，相当于纽约的上东区，或者伦敦的梅菲尔区。

她象征性地在我的脸颊两边各亲了一下，然后转身准备离开，"下一次我来的时候——"

我咬住了嘴唇，避免让她听见我的抱怨："下一次？"

"会带一套钥匙给你，用不用随你。"

"我多买了一些，"托尼一边说一边大步流星地走进门，领带都飞上了肩膀，两边的胳膊下一共抱着四提六罐装的啤酒。

这已经是今天第二次了，我站在一旁看着别人把生活补给运进我的屋里。

我哥扭头冲我说道："我知道你手术后很难出门去买东西，这样你就有充足的储备了。"

我跟着他走进厨房，"嗯，谢谢你。但我不喝啤酒。"

"是的，我知道。这方面你也总是坚持表现出极差的品位。"他拽开冰箱的门，

---

① 法语，意为"非常感谢"。
② 法语，意为"不，谢谢"。
③ 法语，意为"为什么不"，反问语气。
④ 法语，意为"在十六区"。

然后把一罐罐布鲁克林拉格啤酒从纸盒包装中拆开，扔进空空如也的生鲜盒里，"这些不是为你准备的，是为我和马丁准备的。这样我们来探望病榻上的你的时候，就有可喝的东西了。"

我大笑起来，"你考虑得可真周到。"

"不用谢我，你可以过后再付我钱。"

"你对我真是太好了。"

"我知道。怜香惜玉我是乐此不疲。我还在想……呃。"托尼用鼻子吸了一口气，然后一脸厌恶地皱起鼻子，"老妹，你这里面是什么呀？你是在驱赶吸血鬼吗？你家全是大蒜味。"

"该死。"我又点燃了一支香薰蜡烛。今天早上我花了半个小时，找来保鲜盒和保鲜袋，把奥布琼夫人巨型汤锅里的东西一大勺一大勺地转移到了冰箱的冷冻室。这么多汤足够我喝几个星期的了。"无论如何，我必须在今晚之前把气味除掉。"

"为什么？今晚有什么事吗？"

"我约了人来。我准备自己做晚餐。"

我哥一纵身坐到了灶台上，又使劲嗅了嗅，"我希望晚餐吃的可不是这个。"

我怒目以对，冲他说道："其实，我是要做牛排。我买了两块。"

"明白了，别担心，我马上就撤。"他坐在那里晃悠着两条腿，黑色正装皮鞋的鞋跟在浅色的橱柜门上擦出一道道印痕。他知道这样做让我抓狂，知道他前脚一踏出大门，我后脚紧跟着就会把这些印痕擦掉。他还知道我绝不会恳求他不要晃腿，从而让他心满意足。我故意把目光投向天花板，不去看他的脚。他也故意越踢越快。老实说，有时候我们的举止跟10岁的孩子没有两样。

他的脚踢过来又踢过去，"你现在感觉怎么样？"

"我挺好的，非常好。"

"说真的？"他的脚放慢了速度，"你这一周经历了太多事情。"

我吹开眼睛前面的头发，"我确实经历了很多事情。"

"手术定下来了吗？定在下个星期的今天？"

"是的。"

"老妹，有什么我能帮上忙的吗？"

他注视着我，眼睛里满满的都是爱意，不再有一丝狡黠。

"我不清楚。也许最后还需要你帮我处理一下在佐治亚找到的一些不寻常的东西。我不确定事情会向哪个方向发展。"

"什么事情？什么不寻常的东西？"

我还没有向家里人透露警方正在重新审理布恩·史密斯和萨迪·罗森·史密斯的谋杀案。似乎没有必要让他们提心吊胆，很可能不会有任何进展。我决定采纳比斯利的建议：保持沉默，不要抱太大希望，不干涉警方的调查。

我不置可否地摆了摆手，说："这些都不重要。我觉得此刻最重要的事情就是把手术做了，然后养好身体。敲敲木头，祝我好运吧。"我环顾四周，看到一只木头沙拉碗，我使劲在上面敲了两下，祈求好运，"手术后，我需要让自己忙起来，我在想是否要写一本书。"

"为什么不呢。"

"学术生涯奋斗到这个阶段，我本该出版一本著作了，要是我还想获得终身教职的话。今年秋天，我写了一篇论文，论述的是后拿破仑时代法国工薪阶层离婚的政治。发表后反响还不错，把它扩充一下应该不难。"

他挠挠脸上的胡楂，眼里又闪现出一丝狡黠。

"怎么了？"我问道。

"没什么。我是说，显然，整个世界都在等着读你的这本书。我在想首次付印时的印数一定是个天文数字。"

"书的预期读者都是其他搞学术的，你这个白痴。我可没说那书会让人爱不释手。"

"不对、不对，千万别低估了你自己。我一听就知道那会是本畅销书。"

我拿起洗碗布朝他砸去，"你这个可恶的家伙！"

他咧开嘴笑了，从灶台上跳下来，给了我一个热烈的拥抱。然后，不用我提醒，他就拿起一沓纸巾，跪下来把橱柜门上的印痕擦干净。

我饶有兴致地看着他，这时，门铃响了。

托尼和威尔·扎特曼一拍即合，很快就打得火热。

我虽然不感到惊讶，却有些恼怒。

我坐在沙发的一头，抿着白葡萄酒；我哥和威尔喝着啤酒，聊得兴高采烈，但他们说的对我而言像斯瓦西里语一样令人费解。

托尼聚精会神地盯着电视屏幕说道："我不得不认为定击问题会毁了红袜队。因为要是他们想用奥迪兹的话，就必须把纳波利从球队阵容中撤下来。"

威尔表示赞同："那会让他们元气大伤。还有把艾伦·克雷格请回来，红雀队也是实力大增。"

"我不清楚，你真的认为他是获胜法宝吗？"

"你不是开玩笑吧？克雷格发挥好的时候——"

"什么是定击问题？"我打断了他们的交谈。要是我不想一直这么坐着，最好还是参与他们的谈话。

威尔拍了拍我的腿说："就是指定击球手。"

"那又是什么？"

"什么又是什么？你是说指定击球手吗？"他脸上的表情表明这就相当于在问三明治是什么，或者天空是什么。好像他从来都不需要解释这么基本的概念。

他转身对托尼说："我答应过教她棒球的知识，比赛规则什么的。"

"嗯嗯，祝你好运。"我哥笑得好像在说他早就知道威尔的项目不会奏效，而威尔自己对此浑然不觉。

我不理他们，继续跟他们一起看比赛。过了几分钟，我大胆地说："波士顿的球员怎么了？怎么都留着胡子？"

威尔说："这是一种原始的做法，为的是增进球队的凝聚力。"

托尼点点头说："我看过报道，说纳波利的胡子太浓密了，不得不使用洗发水和护发素来护理了。"

"但是红雀队的投手们可能太年轻了，脸上都不长毛。"

"哈哈，也许是真的。那天晚上瓦查投出的快球简直令人难以置信！"

他们又聊了起来，高声说着斯瓦西里语。

第三局快结束的时候，我狠狠地盯了我哥一眼，故意对他说只有两块牛排，只做了两块牛排，就快烧好了，托尼这才终于起身告辞。

走到门口的时候，他靠近我轻轻地说："这个男的不错。"

"谢谢。"

"但他不是你喜欢的类型，他实在是太——正常了。"

"嘘。你就是担心没有借口在感恩节那天炫耀你的'Sprockets'舞。"

"哦，我会有办法炫耀的。"托尼盯着我的脸看了看，"听着，我对你的性生活不感兴趣，但是他今晚好像要在这儿过夜？"

"托尼！这不关你的事——"

"我就是在想你不应该一个人待着。如果他不在这儿过夜的话，我可以晚些时候再过来一趟，带你去爸妈那儿。"

"什么？为什么？"

"因为我担心你。我能看出来你很痛苦，而且我不喜欢你一开始提到的在佐治亚找到的'不寻常的东西'。明天你要告诉我那究竟是什么。"

我不由自主地越过我哥的肩膀朝外面望去，街上静悄悄的，视野里没出现灰色的汽车。

"好的，一言为定。我必须进屋了。"

"那他？"托尼把头朝客厅里威尔坐着的地方一歪。

"老天，他留下来过夜。好了，晚安。"我把我哥推出了门。我理了理头发，突然意识到我一定是真的喜欢上了威尔。我急不可耐地想回到沙发上，和他依偎在一起，听他滔滔不绝地聊棒球。

但是，就在我离开的一会儿时间，威尔的情绪发生了变化，看起来有些闷闷不乐。

开始我还以为那是因为我跟托尼站在门前台阶上窃窃私语的时间太久，他生气了。我又拿起一听啤酒招引他，他摇了摇头，不喝了。我摆好盘，把晚餐从厨房里端过来的时候，他连一个手指头也没伸。我在他身边扑通一屁股坐下，"怎么啦？"

"没怎么。"他对着我挤出一个勉强的微笑，就又转头盯着电视屏幕了。

接下来的一个小时，我俩像陌生人一样坐在沙发上，没有依偎在一起，甚至还努力避免碰到对方，只是礼貌地咀嚼吞咽着牛排和沙拉。每隔几分钟，他就对球赛做几句不知所云的点评，我则装作很感兴趣的样子。球赛往下继续进行，我俩的话越说越少。

最终我实在受不了了。我把手放在他手上，说："你没事儿吧？"

"我？哦，我有点儿累了。我该回去了。"

他该回去了？我实在没想到今晚的事情会发展成这样。

"谢谢你亲自下厨。"他站起身来，"牛肉上浇的酱汁很好吃。"

156

“威尔，这是怎么了？出了什么事儿吗？”

“没有，没有。对不起。”

“你为什么不能看着我的眼睛？”

他于是抬起眼睛看着我，一副可怜的样子，“卡洛琳，我不知道怎样——”

“有话就说吧。”

“我做了傻事。你很优秀。我只是——我跟你——这是个错误。我是你的医生。我绝不该——”

啊，果然是因为这个。“这没关系的，我也一直在考虑这件事，考虑我俩的关系是否违背了医生的职业道德。”

他像霜打的茄子一样蔫了，“你也考虑过？”

“我猜医疗界不会特别赞成医生和患者发生性关系。”

过了一会儿，他才开口说道：“是的，不赞成。”

“但我们都是成年人，同时也都两厢情愿，而且事情已经这样了。我不想预测未来会怎样，但是……如果我俩都希望在我手术后仍然继续交往下去，那我会换医生的。Et voilà①，就不会再有利益冲突了。”

“卡洛琳——”

“而且在确定我们之间的关系之前，我保证不会再让我哥哥烦你。”

听到这句话，威尔露出了一丝不易察觉的微笑，“其实，我很喜欢他。”

“他也很喜欢你。现在别再谈论托尼了，吻我。”

“我很想吻你，但我必须回家了。”威尔浑身一阵战栗，那是一种竭力想要克制却不由自主的动作，像一只狗游完泳后甩掉身上的水一样。“我——我很抱歉，事情一发不可收拾了。”

“你到底在说什么？事情一发不可收拾了——用你的话说——是因为你追我一直追到了亚特兰大。你现在是要承认你那么对我纯粹是出于医疗的考虑吗？”

他低下了脑袋，“不是。”

我瞪着他，怒火中烧，同时又困惑不解，“所以，你今天晚上来我这里是以医生的身份还是以——还是以什么身份？”我打起磕巴，“这就是你的嗜好？你有引诱女性患者的习惯吗？”

① 法语，意为“这样一来”。

"哇哦。哇哦，哇哦，哇哦。不是这样的。天哪。这种事情从来没有发生过，以后也不会再发生了。"

"妈的。"我从不说脏话，这一定是受到了奥布琼夫人的影响，"妈的。威尔，等等。"

但是他已经迈着大步走出去了，门在他身后重重地摔上了。

第二十八章

据说我们生来就具有五种基本的感觉。

我们很小的时候就从绘本里学到了：兔子看到了什么？兔子闻到了什么？等等。视觉、嗅觉、味觉、触觉和听觉，一共五种。但是有些人的感觉不止五种。有些人能感觉到快下雨了；有些士兵的母亲言之凿凿地说，就在电报把不堪设想的消息带来之前的几个小时，她们感觉到了一阵寒意，一种不祥之兆。我相信她们的话，有些亲情纽带超出了现代科学能够解释的范围。

还有一些是造化为了弥补一处缺陷而赋予人的某种神奇的解决办法。我的姨奶奶小时候就双耳失聪，她可以通过双脚感觉到震动，确定声音的来源。她把皮包骨头、长满雀斑的脚趾，钩在房前门廊弯曲变形的木板上。突然她坐直了身体，用手指着一个方向。整整 30 秒后，我们其他人才听到邮政卡车轰隆隆地开过来，一种感觉变得迟钝，另一种感觉就变得灵敏。

夜晚也是这样。

夜晚的时候，听觉会来拯救你。

我这么说的意思是，你看不见外面那个伺机下手的男人的阴影；后来他溜到地下室的后窗边，那里是月光照不到的地方，漆黑一片，你触摸不到；他的手指紧紧握住了门把手，你闻不到；他羊毛外套下面的汗珠，咸湿发亮，你也尝不到。

这些你都没有感觉到，但是你能听到玻璃碎裂的声音。

你能听到门闩拉开的摩擦声，能听到地板咯吱咯吱的响声，仿佛在抗议不应该在这里出现的那双脚的重量。

他来的时候，我在睡觉。

一开始我还以为是威尔回来了。威尔考虑再三还是回来了，最终还是想在这里过夜。

我满怀期待地躺在那里，仍然处于半梦半醒的状态，枕头是温热的。我要让他向我道歉，必须对我卑躬屈膝。然后我会朝旁边让让，让他赤裸着钻进被子里，让他紧贴着我躺下。我发出轻轻的呼噜声，在毯子里翻了个身。傻孩子，你倒是快点儿。他在做什么用了这么长时间？进了门怎么就制造出这么大的动静？为什么还不上楼？还有其他什么东西让我感觉不安，有些细节感觉不对，好像一只坚持不懈的昆虫在我昏昏沉沉的脑海里嗡嗡叫着撞来撞去。

终于，我醒悟了：威尔没有钥匙，他不可能在我的厨房里。我坐了起来。

侧耳聆听。

我曾想象过这样的时刻。任何独居的女人一定都有各自对于夜晚的不同恐惧。在我的梦魇里，这些场面总是只呈现出黑白两种颜色，像希区柯克的电影一样模模糊糊。我，窈窕婀娜，身段姿态像极了英格丽·褒曼，身着一袭拖到地面的白色丝绸睡袍，腰间挽着一个结。有个东西——与其说是一种不确定的声响，不如说是一种不可名状、却让人感到迫在眉睫的威胁——把我从床上拽起来。我套上饰有皮草的猫跟鞋，燃起一根香烟（举手投足还是一派英格丽范儿），吸了一口壮胆。接着，英格丽——我——拉开卧室的门，打开过道里的灯，踮着脚走到楼梯平台上，然后用沙哑的、颤抖着的嗓音——颤抖着的嗓音是关键——朝着楼下喊道："下面有人吗？"通常我就在这个时候从梦中惊醒。我从未梦见过闯入者的面孔。

现实生活中发生这种事情的时候，场面就没有这么优雅了。蓬头垢面的我，因为晚上喝了酒，口气也非常难闻。现实生活中根本来不及踮起脚走路，更没有点燃香烟的时间。而且，整个世界也找不到一种力量，吸引我离开卧室提供的庇护；走到要把你一口吞噬掉的黑漆漆的楼梯口。

从楼下传来哐啷一声。有人对屋里的摆设不熟悉，轻轻地撞到了一张桌子或一把椅子，有人在客厅里走动。我应该从床上爬起来，穿过屋子，猛地把门关上，然后转动门锁把门锁上。但是我卧室的门锁纯属摆设，是那种不需要钥匙、在门把手里转来转去的不结实的门锁。即使是个小孩，如果有决心，只需 10 秒钟就能用一个曲别针把门撬开。那我就需要找个东西把门顶着。靠墙有一件古老的红木抽屉柜，里面塞满了牛仔裤和毛线衣。我住的房子是在人们发现衣橱的用途之前一个世纪建造的。我把身体贴紧柜子，用力去推，脚下滑了一下，打蜡的地板没有什么摩擦力。床下有一双脏兮兮的 UGG 绒面短靴，平时我出门拿报纸或扔垃圾的时候会套一下。我把短靴穿上（快点儿），使劲一推，柜子把地板划出了几道印子。

好了，柜子把门结结实实地堵住了。我竖起了耳朵。

一切静悄悄的。

只有窗外风吹着树叶的沙沙声。我的心脏在胸口怦怦地跳着。不管是谁在楼下，他一定不想被我发觉。我紧张得两手发抖，四下里寻找手机。求你了，老天，求你了，老天。请让我昨晚把手机带到楼上来了。书桌上没有，床头柜上也没有，最后，我在挂在椅子背上的牛仔裤裤兜里找到了手机。我的手指不听使唤，不停地摁错号码，不停地摸索着重拨，最后终于拨通了电话。一秒钟过去了，两秒钟，等待的时间足够我诅咒墙上的防盗报警器了。它在那里闪着绿光，似乎在嘲笑我。昨晚跟威尔吵架之后，我心情很差，怒气冲冲地跑上楼倒在了床上，忘记把报警器打开了。

911 的接线员非常平静，叫我慢慢再说一遍我家的住址。我努力又说了一遍街道的名称，拼出了我的姓名，声音有些嘶哑。

就在我打电话的同时，楼梯发出了咯吱咯吱的声音。确切地说，先是第二级楼梯，然后是第四级楼梯。我熟悉楼梯上每一块松动的木板，爬楼梯的人每跨一步都是上两级楼梯，而且是一脚踩在楼梯中间，不是贴着楼梯更为结实、更为安静的左右两边。爬楼梯的人已经不在乎是否会被我发觉了。

"他上楼了。"我对着电话呜咽道，"求你们快点儿来。还要多长时间——"

"女士，警官马上就——"

"不行，必须现在就来。你们必须现在就到这儿来！"

我甩掉电话，眼睛盯着卧室门下面的缝隙。闯入者没有开灯。踏上最上面的一级楼梯时，他似乎有片刻的犹豫，接着就朝紧闭着的卧室门走来。他喘着粗气，因为上楼气喘吁吁，离我只有十几英尺的距离，之间只隔着卧室门和那个抽屉柜，我哪怕只是轻声细语也能被他听得清清楚楚。

门把手咔咔作响，他在试探。现在他肯定会放弃的，会转身离开的。他不会撬开门锁，这不是针对我个人的。在华盛顿特区，每天晚上都发生十来起入室盗窃案。他会拿走盗窃犯喜欢拿的所有东西——照相机、笔记本电脑、一个价格不菲但我从来都没用过的网球拍？然后他从哪儿来的就会回到哪儿去。

又传来咯吱一声，是撤退的脚步声。他已经转身顺着过道往回走，离我远去了。我松了一口气，空气猛地涌入我的胸腔，带着一股甜味，感觉好像我在水底下待了很久，刚刚浮出水面一样。我没意识到自己一直是屏住呼吸的。

接着传来轰隆一声巨响，震耳欲聋、粗暴野蛮，有人压低肩膀，想把门冲撞开来，哦，天哪！

从卧室出去只有一个办法了。我卧室的窗户正对着下面的街道，高度大约是10英尺，或者更高一些，下面是一丛茂盛的杜鹃和砖铺的人行道。我拉开窗闩，推开窗户，探出身大声叫道："救命啊！救命啊！"外面一个人也没有，街上空空如也。

身后传来木头碎裂的声音。

我一条腿跨过窗台，接着是另一条腿，尽量把身体往下压，但是我的上半身没什么力气，因为我从来没做过引体向上。睡袍绊在了什么东西上面，我撕开睡袍，摔到了地上。皮肤上一阵冰冷的刺痛，膝盖在路砖上蹭破了，脖子里的疼痛已经超出了词语能够描述的范围。我爬了起来，身体晃了两晃，两腿发软。右胳膊——那只病胳膊——本能地抱在了胸前，压在睡袍里两只自由的乳房上，阻止了它们的晃动。

我开始奔跑，竭力逃走，肺部像着了火一般，两腿飞速交替，没有胆量停下来向后张望。

其实，整个人生，我一直都在逃跑，只是我自己不知道罢了。

第二十九章

2013 年 10 月 24 日，星期四

他们把整栋房子里的指纹采集完毕后才让我进了屋。

一位满头鬈发、屁股肥大、跟我年龄相仿的女士带着取证工具箱来到现场，随即从前门开始了取证工作。我身上披着一件宽大的乔治城大学警察局的警服，腿上也搭着一件警服，坐在警车后座看着她工作，车顶上的警灯忽明忽暗地闪着蓝光。

昨天夜里，我径直往学校的前门跑，在 37 街和 O 街交叉的街角处总有一辆警车停在那里，随时应对突发紧急事件，同时也在校园里起到一定的威慑作用。我朝着警车飞奔过去，坐在驾驶室里的警官露出了惊愕的表情。校园警察肯定见多不怪，但是这样一个穿着 UGG 短靴、睡袍破破烂烂、两个膝盖都流着血的歇斯底里的女人，他们不一定每天晚上都能遇到。他还没从车里完全出来，一只脚刚落在柏油路上，另一只脚还没有着地，我就扑到了他的怀里。他的腰带上别着一支枪和一根警棍，我第一次因为看到武器感到无比高兴。

那名警官半推半拉地把我带到了校门口的警卫站。我从这间石头小屋门前走过无数次，从未对它多看一眼。他让我坐下，给了我一张纸巾，示意我把脸上的鼻涕和眼泪擦掉。外面仍然漆黑一片，对于现在大概是什么时间，我毫无概念。

"你怎么样，女士？你受伤了吗？"

"有个男的……"我上气不接下气地说道。

"好了，现在没事了，深呼吸。"

"在我——在我家里。"

"你家在哪儿？"

"在 Q 街上。"

"Q 街？好的，别紧张，就这样。"我的上下牙在不住地打架，咬得咯咯响。他从衣架上拽下来一件海军蓝的警服，笨手笨脚地给我披在身上。"那么，那个家伙，就是在你家里的那个，你认识他吗？"

我认识他吗？但是这么问也顺理成章。一个女人三更半夜跑出来，浑身是血，痛哭流涕，往往都是家暴的受害者，身上的伤痛都是丈夫或男友的所作所为。

"不认识。"我肯定地摇了摇头。但是这个简单的动作让我浑身疼得发烫，眼前白花花一片，眼皮里面被一丝丝舞动的白光戳得生疼。我强迫自己睁开眼睛，只见那位警官胳膊交叉抱在肚子上，带着同情和警惕的神情看着我。我看起来一定很恐怖，像一个忘了吃药的精神病患者，头发乱蓬蓬的，膝盖都蹭破了皮，鞋子邋里邋遢的，睡袍脏兮兮的，裙边都撕破了。我羞愧难当，不由得亮出了自己的教授身份。

"我的名字是卡洛琳·卡申，我是卡申教授，是学校的教员。"

"真的吗？"

"我是语言和语言学学院法语系的教授。"

他的眉毛一下抬得很高，接着又落了下来，"教授，好的，我没有……您稍等。"他的手在身后的柜台上摸索着拿到了一本活页笔记本，"我来把您的住址记下来，做为报警记录。"

"我已经报过警了，"我打断他说道，"我在家里拨通了911。但是那个家伙，我不认识那个家伙，那个入室盗窃犯，他进了屋，上了楼，我不得不逃走。"

那位警官一边点头，一边奋笔疾书，动作体现出了一些紧迫感。就在这时，石头小屋的门砰的一声打开了，我跳了起来，准备逃走。但走进来的只是另一位身着制服的警官，一副无精打采的样子，比刚才那位的岁数大一些。

"晚上好，艾尔，外面冷死了——"他注意到我，赶紧把话打住了，"晚上好，女士。"他上下打量了我一番，然后转身对正在受理我的案件的警官说，"发生了什么事？"

"这位是，嗯，卡申女士……教授。我正在……"显然叫作艾尔的警官从办公桌下的托盘里抽出键盘，正在上面敲着字。我知道他在搜索什么。我怀疑此刻我看起来跟他从学校数据库调出来的身份证照片上那个面带微笑、泰然自若的我大相径庭。但是，年龄、种族和性别都应该吻合，照片一定通过了两位警官的审查，因为他俩神情紧张地交换了一下眼色，开始冲着对方大喊起来。

"你为什么不帮她清洗一下？急救箱放在哪儿？"年纪大一些的那名警官问道。

艾尔一挥手，对他置之不理，"我给爱达荷大道那边打个电话，看看他们有什么消息。"爱达荷大道是最近的特区警察局，第二区专门负责乔治城的警务。

"我开始擦了，会有一点刺痛。"年长一些的那名警官俯身用一块消毒湿巾擦拭我的膝盖，疼得简直无法忍受。他压低了嗓音问道："你需要强奸取证箱吗？"

感谢上帝，不需要。

"你说你打了 911？他们准备派人过去察看吗？"艾尔问道。他一只手叉在髋部，另一只手把电话紧紧贴在耳朵上。我还没来得及回答他，他就抬起手指，用嘴型示意我"等一下"。然后，他对着电话说："乔治城警察局，主校区，这里有一位女士……"

半小时后，我回到了 Q 街上，来到了我家门前。我从艾尔的乔治城警局的警车里钻了出来，被交给了另一位特区警探，下面的工作就交给这些警官来处理了。天渐渐发白了，我爸也在朝这里赶，采指纹的女士结束了进门处的工作，进了屋。艾尔按了按我的肩膀，告诉我别担心身上的警服，什么时候还回去都行。

然后他就走了，一位新警探站在了我的面前。新来的这一位精瘦精瘦的，眼睛圆溜溜的，鼻子像老鼠似的长得离额头很近。他对我说了一段套话：我一定筋疲力尽了，但是我能提供的任何信息对他们都很有用，而且有必要趁着记忆比较清晰的时候，现在就告诉他们。

我的门厅看起来跟平常一样，灯火通明。楼梯顶端有个人影动了一下，我吓得后退了一步，靠在了大门上。但那不过是采集指纹的那位女士，她干完活儿，收拾好工具，从上面冲我们喊道："全弄完了。"

"准备好了吗？"那位警探转身对我说道，"你准备好告诉我们到底发生了什么事吗？"

我就把事情从头到尾讲了一遍。

警探一边听一边用大写字母仔细地做着记录。圆珠笔在一式三份的复写纸表格上沙沙地写着，把空格一一填上。这帮家伙难道不知道有苹果平板电脑这种东西吗？

但是我觉得他并不完全相信我说的话。

他一再要求我说出亲眼见到的事情（我其实什么也没有看见，从头至尾我都躲在锁住的卧室门后面）和吵醒我的具体声响（也许是玻璃破裂的声音？或者是地板发出的咯吱声）以及我听到所谓的声响的确切时间（嗯，凌晨3点？4点？还是5点）。还有，要是我并没有看见闯入者，为什么我能确定那人是个男的？（因为，因为，你傻啊，哪有女的随随便便就破门而入，撞起门来力大如牛？我靠，我从不骂人，但请你用点脑子吧。）

我爸来的时候，问讯还没有结束。过了一会儿，马丁来了，接着托尼也来了，患难与共是我们卡申一家的信仰。马丁和我爸都穿着牛仔服，托尼却不合时宜地穿着一套细条纹的深色西装，打着领带。我猜这样他就可以从这儿直接去事务所上班了，但是这么着装引人注目，好像他已经做好准备，此时此刻在此就要对窃贼展开多项指控。

"现在，我们把整个过程再核对一遍。"警探手拿圆珠笔轻轻地点着纸上的记录，"你正在睡觉，防盗报警器没有响，因为你把它关了……"

"老妹！天哪。"托尼一边嘟哝，一边给了我一个"看你都傻成啥样了"的神情。

"现在先别说了，托尼。"马丁把手放在我的肩膀上表示鼓励。

"反正防盗报警器也阻止不了打定了主意的人。"警探朝我皱了皱鼻子，"但是，是什么让你产生了这样的想法？你为什么认为这不是一起普通的入室盗窃案？我是说，我知道这很吓人，一个人在家，还是个女的，等等。但是，你凭什么认为他——我们暂且认为这是个男的——他想伤害你？"

这家伙是个白痴吗？"他撞了我的门。"我一字一顿地说，每个字都像挥出的一记重拳，"你难道没看到我卧室的门吗？"门锁周围的木头都砸碎了，一副合页从门框上掉了下来，那光景让我一阵恶心，不得不转过身去。

"我当然看见了。确实是有人想把门撞开。也许是想找你的首饰盒。"

"哦，请不要这么说。昨天夜里那个人的目标绝不是我的金银首饰。"

"好吧，你看，你总是这么说。而我说的是，你有什么证据？他砸碎了楼下的一扇窗户，把手伸进去拨开了地下室的单闩锁，他还把那个柜子上的锁砸开了，貌似你把酒存在那里面。"警探指着摆在客厅一角的玻璃柜，我确实把酒都存在那里面，柜子上的锁也确实被砸开了。"我们面对的似乎不是一个大师级的撬锁匠，而是一个不太有经验的家伙，行色匆匆，想偷走你的首饰。为了闯进屋子，再从屋子里出来，获得他想要的东西，他也不在乎打碎几样东西。"

"我不这么认为，首先，入室盗窃犯通常不会攻击房主——"

"吸毒吸得神志不清的窃贼会这么做的，相信我。吸毒的人什么狗——"他打住了，改口说道，"什么鬼事都做得出来。"

我皱起了眉头。

"当然，我也不能排除其他可能性。我们会调查各种可能的情况，但是，这个星期这个街区还有另外两起入室盗窃案的报告，都发生在威斯康辛街以西的街区。两起案件都是从地下室后门闯入的，窗户也都被砸碎了。了解到这些情况，你或许就不会那么焦虑了。你明白我的意思吗？这是同一个作案人，四处伺机作案。他不是针对你的。"

马丁看了看我，"你是否应该提一下？"他在自己的脖子上摸了一下。马丁是家里唯一一个知道有个亚特兰大警官找我询问了有关子弹的事情的，"我觉得或许跟这件事有关？"

我只好硬着头皮把整件事情讲述了一遍。

我一直都在兜圈子，尽量绕开这个话题。34年前发生的事情，不管多么可怕，对我现在的安全竟然还有影响，这个想法听起来，老实说，似乎很可笑。那么多年以前，有人把枪对准了布恩·史密斯和萨迪·罗森·史密斯，我也许永远都不会了解他的真正动机。但不管他的动机是什么，我成为受害者似乎只是一个意外，纯属附带伤害。杀手当时懒得将我了结，这本来是件唾手可得的事，但他认为我不构成什么威胁。而且，谋杀案发后30多年来，他一直都逍遥法外。为什么他现在要追杀我呢？任何一个看了上周报纸的读者都知道我什么也不记得了，也无法指认出任何人了。

我知道了，知道了。是那颗子弹。但是比默·比斯利也暗示过要是没有相匹配的样本，那颗子弹对调查人员来讲也毫无用处。而且，比默本人对我的安全也没有表示出特别的担心。所以，是的，我对子弹构成的威胁心知肚明，但是，那颗子弹对我的健康和生活品质最为迫切的威胁还是目前对我身体造成的危害。

然而，事已至此。

特区警局重案警探的脸上露出了不悦的神情——我推翻了他的"这只是个伺机行事的普通窃贼"的推理。当我把前两周发生的事情逐一列举出来的时候，他勉强表示出了一些兴趣。此时形容我家人的面部表情较为准确的词语应该就是震惊了。

"我需要把这事弄明白。"马丁说道，"就因为你脖子里面的证据，亚特兰大警方正在重新调查一起谋杀案。"

我表示他说得没错，"他们希望跟我面谈，旧案，新物证。"

"耶稣基督，"托尼大声吼道，"这就是你上次提到的'不寻常的事情'？你已经被一起正在审理中的杀人案件推到了风口浪尖？你认为这不需要立刻告诉我们吗？"

"托尼。"我爸厉声喝道。

托尼继续吼道："至于佐治亚警局的那帮蠢货，那边谁在负责？是罗斯科·P.柯特兰警长？他们难道没想到另外还有一个人对新证据感兴趣？有人因为牵扯个人利害关系，要想尽一切办法确保子弹不会落到警察手里？难道他们没想到——"

"别说了，别说了。我在亚特兰大遇到的警官是个好人，不是蠢货。他叫比斯利，1979年那时是案件调查组成员。"

"哈，这真是强有力的证据。"托尼轻蔑地哼了一声，"要是他们破了案，或是抓住了那个家伙，那就更让我佩服了。"

我没有理会托尼的话，"我没告诉大家是因为不想夸大其词。所谓的重新调查，不过是派几个人去把以前的档案再梳理一遍。警察局有一个悬案组——确实就是这么叫的，要是发现了新的证据，他们就要去调查，他们也提醒我期望值不要太高。"紧扣比斯利的原话，我又加了一句，"其实，这么多年过去了，杀害了我亲生父母的人很可能都已经死了。"

"除非他还活着。"托尼嘟哝道。

我爸和马丁都点头表示赞成。

特区警局的那名警探坐在沙发沿上，看起来有点儿吃惊。我转身对他说："亚特兰大警方可以核实我刚才说过的话。这些事情都在当地的报纸上登出来了。"

168

　　他叹了口气，好像这是一条最不幸的消息，"你能把那个叫比斯利的人的电话号码给我吗？我需要找他核实一下。"

　　"你去核实吧。"托尼恶狠狠地说，"核实好之后，就把你的注意力放在为我妹妹提供一些警方保护上吧。几天前你们就该这么做了。早这么做的话，昨晚她也就不会被吓得屁滚尿流了。现在，"他转身对着我说，"现在，我就带你去买一把枪。"

　　"托尼！你能不能不这么夸张？"

　　"我一点儿也不夸张，我是讲求实际。"

　　我两眼瞪着对方。

　　马丁的目光在我和托尼之间游移，一会儿盯着我看，一会儿盯着他看。这样整整过了 30 秒。接着，他压低嗓音喃喃自语道："罗斯科·柯特兰这个比方打得很妙。"

　　"那不关你的事。"托尼怒气冲冲地说。

　　"当然，但我是认真的，你说得不错！"马丁朝后仰坐在沙发上，手指头在边桌上敲着鼓点，嘴里轻轻地吹起口哨。我很久都没听到《老朋友》这支曲子了。

　　又过了半分钟，托尼咧开了嘴，嘴唇周围浮现出一个会心的微笑。"伊诺斯，"他轻声说道，听起来好像用的是极其夸张的南方口音，"伊诺斯？"

　　马丁的肩膀抖动了起来。

　　托尼这时温和了起来，说道："我是你的上司，罗斯科·P.柯特兰警长……"

　　我爸一脸困惑地看着他的两个儿子，"你们到底在说些什么呀？"

　　"《正义前锋》。"我大胆猜道，"他们以前喜欢看的电视剧。罗斯科是那个叫什么霍格老板的拍档吧？"

　　"一号呼叫，一号呼叫。"马丁学着南方口音说，"我也许很疯狂，可我一点儿也不傻！"

　　我忍不住咯咯笑了起来，爸爸也笑了。那个警探一副随时准备逃脱的样子。

　　我从来没有这么爱过我的两个哥哥。

第三十章

大家一致认为我应该收拾几件行李，今晚去我父母家过夜。我没有反对，我是绝不会独自守着破烂不堪的卧室门睡觉的。我爸妈家装了带动作探测仪的防盗报警器；另外，院子里只要有一点儿风吹草动，家里的比格犬也会叫个不停。我在那儿会很安全。

我爸等着我把牙刷、化妆品和一套换洗衣服塞进包里，然后开车把我送到克利夫兰公园。妈妈站在门前迎接我们，她给了我一个拥抱，然后一边亲吻着我的头发，一边不停地喃喃自语道"我的宝贝女儿"。她坚持把我带进了厨房，让我喝口汤。现在才是上午9点，但我还是同意了。是滚烫的扁豆小羊肉汤，还放了肉桂，好喝。

我请他们让我独自待一会儿，上楼来到顶层我原先的房间。我脱了衣服，站在滚烫的淋蓬头底下冲澡，直到浑身都烫得通红，手指都泡得发白起皱了才关上水。手腕的疼痛感消退了一些。一直支撑着我到现在的肾上腺素也耗尽了，我需要睡一觉。

把窗帘拉上之前，我拿出手机，给威尔拨了一个电话。电话直接转接到了语音信箱，我暗自思忖，他也许正在给患者看病。或者，他可能还在因为昨晚的争执生气。或者，因为我总是不接电话，他决定以其人之道还治其人之身。

电话嘟嘟地响起来，表明开始录音了。

"嘿，给我打个电话。"我想不起来还要说些什么，实在不知道从哪儿开始讲述我们昨晚分手后那几个小时里发生的故事。

我把湿漉漉的头发在枕头上摊开来，拽过毯子盖上，昏沉沉地睡去了。

醒来的时候，时钟显示四点了。

手机显示有三条信息。第一条是奥布琼夫人发来的，语气生硬而正式，问我身体怎么样了，还有她改变主意了，想把汤锅要回去。另外两条信息是比斯利和手术医生马歇尔·盖勒特发来的。两条信息都不长，都是让我尽快给他们回个电话。

我先给比斯利打了一个电话。华盛顿特区警察局已经跟他联系过了，把昨天晚上发生的事详细告诉他了。但他还是让我一个细节不漏地向他再复述了一遍。

听我说完后，他说："让你遭受到这么大的惊吓，我真的很抱歉，我最不希望你遭遇到这样的事情。而且，我又让你把事情的经过复述了一遍，对此我也感到抱歉。但是，我必须从你这儿了解到第一手的细节，确保不漏掉任何重要的信息。"

"这是理所当然。"

"我不清楚——我跟你实话实说——我不清楚昨天夜里发生的事情跟1979年发生的事情是否有关联。但是如果说有人确实想获取那颗子弹，趁你晚上一个人在家的时候来追杀你，这也说得过去。"

我打了一个寒战。

"你今天晚上住在你父母家，对吗？他们会一直和你待在一起吧？你不准备出门吧？"

卧室的墙上挂着一面镜子，我瞥了一眼镜子中的自己。睡了一觉，我的头发已经干了，有一缕头发难看地翘着；眼睛周围的黑眼圈很深；腿上套着一条松松垮垮的运动裤，身上穿着一件不记得从哪个前男友那里顺来的杜克大学篮球队的T恤。"要是您能看到我现在的样子，您就知道我现在不适合在公共场合出现。"

"好的。要是当地警方还没有跟你联系的话，他们马上会跟你联系的。他们会派一辆警车整夜在你的住处周围巡逻。但他们做不到每时每刻都能保证你的安全，所以你最好还是待在家里，跟家人待在一起。"

"那您是认为我真的有危险吗？"

"要是你再有什么不测的话，我想我永远也不能原谅我自己。"比斯利沉默了一会儿，接着又说，"我能告诉你的好消息是，昨天夜里的事点燃了我们这边的工作热情。整整一周，我都在催他们去找你家的卷宗，他们一直对我说找不到。你猜今天吃午饭的时候怎么着？离华盛顿特区警察局来电了解你的情况还不到 3 个小时，我的办公桌上出现了两个装得满满的大箱子。他们最后终于派了一个有脑子的人去外面的档案储存室把这些档案调来了。"

"箱子里面都有什么呀？"

"有很多东西，我正在整理。我现在能说的就只有这些。"

"因为不允许您说出来还是因为您需要时间来——"

比斯利好像根本没听见我在说什么，"跟你的正式面谈，我本来希望跟你面对面进行。但是因为时间关系，我看能否在华盛顿特区警察局预约到使用面谈室的时间，我们会派车去接你。"

"不能就在电话里谈吗？"

"不能，这是需要录像的，希望明天一上班就能把这件事完成。"

我咬了咬嘴唇，斟酌了一下接下来该说什么，决定还是豁出去了，"我哥说想帮我买一把枪，用来自卫。"

"你会打枪？"

"我不会。"我没告诉他我从来没碰过枪械，"我需要去学一下。"

比斯利听起来有些迟疑，"我猜你说的是手枪吧，你需要过一段时间才能熟悉它的性能。我觉得你知道该怎么做，我的建议是，我的官方建议是，枪还是让警察们去耍吧。你们当地的警察会保证你的安全的。"

"嗯，您刚才说那是官方建议，那么您的非官方建议是什么呢？"

他犹豫了一会儿，然后叹了一口气说道："非正式的话……作为一位父亲，我会说买一把小一点的枪吧，比如一把 9 毫米的短柄格洛克，这不失为一个好主意。"

"我听说你着急要把手术提前几天。"

"是吗？您听谁说的？"

下午有一大半时间，马歇尔·盖勒特都在跟我玩电话捉人游戏。最后在帮我妈摆桌子准备晚餐的时候，我终于接到了他打来的电话。

"哦，"他有点儿吃惊，"我以为——我推测——我中午接到佐治亚州一个警探打来的电话，说你脖子里的子弹跟警方正在办的一个案子有关系，他们希望能尽快对子弹进行检验。他不愿透露具体细节，但我猜你应该已经知道了吧？我以为你肯定知道他会打电话。"

"我刚才听您说了才知道，但我也愿意尽快把手术做了。"看来比默·比斯利并不是无所事事，"那什么时候手术呢？"

"要是不安排在下周三的话，下周一对我比较合适。你看这个时间是否适合你的日程安排？"

什么日程安排？我目前的"日程安排"包括在我父母家里躲着；被强压着吃扁豆炖小羊肉；还有被男朋友置之不理，要是威尔·扎特曼能被我称为男朋友的话。

盖勒特继续说道："从医学角度来讲，提前手术也恰好更为可取。如果异物，也就是那颗子弹，确实在移动的话，每一天也许都非常关键。星期一是我在西布利能预约到手术设备的最早时间了。摄影师到时候也能过来。"

"您刚才是提到了摄影师吗？"

"啊。"盖勒特至少听起来显得很不好意思，"我确实向你说明过，你这样的病例非常罕见，伤成这样居然能够幸存，不对，是活得很好。上个星期，《亚特兰大宪法报》的那篇报道上线后，我有几个医学界的同仁就开始在网上写相关博客了。你没看见网上的帖子吗？"

没有，我没看见。

"大家都希望你能够同意把手术过程录制下来，这纯粹是以教学为目的的。你现在是神经学界的知名人物了。"

"我是'神经学界的知名人物。'"我的脑海里闪现出一幅令人不悦的画面：一群医学界的怪才在我四周围成一圈，手里握着可擦水笔，厚厚的眼镜从滑溜溜的、布满雀斑的鼻子上滑落下来，垂涎欲滴地盯着我的脖子被切开一道口子。

"是好是坏，扎特曼医生倒是表示了赞同。他既赞成将手术过程录制下来，也赞成尽快手术。"我的呼吸都要停止了，"您什么时候跟扎特曼医生说的？"

"今天上午。给你打电话之前，我和他交换了一下意见。"

所以，威尔不但活得好好的，而且还在跟别人商量我的手术事宜。他只是不接我的电话而已。

"我会让护士跟你联系。她会跟你说明术前的注意事项。简单地讲，你感到疼痛的时候，可以服用维柯丁。但是，星期日下午六点以后不能进食、不能服用艾德维尔和其他抗炎药。我现在正在给你写处方。"

"谢谢，还有，嗯，您后来找到我的病历了吗？他们抓住那个非法闯进医院的家伙了吗？"

"没有。别担心，我们为你又建了一份病历，一切都准备好了。我实在琢磨不出那个闯入者到底想要干什么，那家伙好像什么都没拿走。"

挂断电话后，有好几分钟，我都坐着没动，想象着那双蓝得出奇的眼睛盯着一沓雪白干净的处方笺，然后是那双手，多动的手指，在纸上来回奔走、捻弄，好像蜘蛛织网一样。我目前的境遇中有很多让我感到害怕的东西，但是不知什么原因，在这双手里，我却感到分外安全。

第三十一章

2013 年 10 月 25 日，星期五

说我是尚蒂利实弹射击场有史以来最臭的射击手有点儿夸张，但是我很可能是他们在相当长一段时间内见过的最臭的射击手了。

朝正西方向开车半小时就能到达这家实弹射击场。从键桥上穿过波托马克河进入弗吉尼亚北部，取道 I-66 高速公路，然后顺着一直走就到了。射击场的外观很难看，矮墩墩的黄色灰泥门面正对着一条繁忙的道路，路对面是一片商场。玻璃门上用塑料字母拼写出"对外营业"和"禁止携带实弹枪支"的字样。射击场里面既干净又安静，玻璃展示柜里陈列着大大小小各式各样的枪械，墙上挂着的海报都用相框装裱起来了。一幅海报上是一名中年男子，持枪瞄着相机镜头，画面下方发出邀请：下班后来此玩一把，带上朋友们，体验跟畅饮截然不同的欢乐时光。我个人最喜欢的一张海报上写着：情绪失控了吗？恋爱出问题了吗？试试我们的疗法。海报配的图是一位女士对着一个人形靶子开火。她完全无视位于人形靶子胸部的红色靶心，毫不含糊地在裤裆处打出了 15 个清晰的孔。

学习射击的价格便宜得让我不敢相信。每人每道每小时 10 美元，射击靶纸 1 美元，耳朵和眼睛强制保护装置的租金也是 1 美元。手枪 10 美元就可以随便试打。去死，一把 AK-47 突击步枪的租金一天只要 19 美元。

托尼走到柜台前，告诉他们我是个初学者，想学习使用手枪。

"从来没碰过枪吗？"前台那个女的问道，名签上写着她的名字是艾琳。她的皮肤很差，黑色的头发剪成了不适合她的西瓜头。但从柜台后面露出的仔裤判断，她的身材很棒。

"从来没有。"我表示确认。

"你想打左轮手枪还是半自动手枪？"

"它们有什么区别吗？"

她跟托尼交换一下眼色，"你还是两种都试一下，看看自己喜欢哪一种。我个人比较喜欢左轮手枪，同样瞄得很准，但是很少卡壳。"她拿出一把枪，拆开向我展示枪里没装子弹，然后把枪放在柜台上，"你是打算把枪放在手袋里随身携带，还是准备把枪放在床头柜里？选择合适的枪其实就是做出正确的取舍。"

我瞄了一眼我的手袋，是很多年前在巴黎买的黑色香奈儿手拿包，后来过了好几个月我才把信用卡还清，里面放串车钥匙和一支唇膏都嫌小。"我觉得还是放在床头柜里吧。"

"那么你可以买一把大一点儿的枪，后坐力小一些。"

"大枪的后坐力不是更大吗？"

"我就知道你会这么问。"她笑得很甜，"初学者总是这么问。但要是你仔细想一想，你从一支大枪和一支小枪打出同样大小的子弹，大的那一把枪吸收了更多的后坐力。这是最基本的物理知识，我带你们去做准备吧。我现在不忙，今天这里安静得像教堂一样。"

艾琳在射击靶道的中间系上靶纸。她为我示范了如何握枪，如何装子弹，以及怎样瞄准。简单。靶纸上有一个蓝色的靶心和一个很有用的射手导具。如果你打得偏左，它就提示你调整扣扳机的手指。如果打得太低，后坐力就变大，等等。然而，从始至终，我较为一贯的表现就是每一枪都打偏，而且都偏得不着边儿。

试了 10 次后，艾琳把靶纸移到了离我只有 5 码的地方，"没必要放那么远，别担心。还是实际一点比较好。你用枪是为了保护自己，不是要从 25 码外瞄准坏人射击，对不对？"

问题可能在于我极其缺乏运动能力。这我也不否认。从儿童时代的体育活动开始，我就年复一年地不断展示出自己拙劣的眼手协调性，虽然我对此感到羞愧，但这确是不争的事实。并且，我是在学习用左手持枪射击，而我并不是左撇子。我习惯使用的右手套着夹板，垂在身体的一侧。一开始我还试着用右手抓住左手帮助保持稳定，但是无论使用哪个型号的枪，右手的手腕都难以承受射击的后坐力。

经过半个小时的尝试，我们三个人都看出来这是注定要失败的努力。我付了钱，给了艾琳小费。艾琳把射击导具递给我留作纪念。

在停车场，我把射击导具揉成一团，"唉，刚才真是太尴尬了。"

"你打得不错。"托尼说，"都怪我考虑不周。我应该想到一只胳膊套着夹板来学习射击是件多么困难的事情。"

"你在里面好像随时准备跟我断绝兄妹关系一样。"

"那是因为你问的问题太白痴了，比如讲你竟然会问左轮手枪和半自动手枪有什么区别。"

"好吧，它们有区别吗？"

"天哪！"

我咬牙切齿地说："要是你真想这么做，你随时都可以断绝跟我的关系，反正我们本来就没有血缘关系。"

他猛地转过身，脸气得发紫，"不要再这么说了。永远不要。"

我一把拽开车门，一屁股坐进去，又啪的一声把门关上。托尼就呆呆地站在那儿，像看见了一只发疯的负鼠一样隔着车窗看着我。

开车回家的路上，我俩谁也没有说话。托尼开车，一路都目不转睛地盯着前面的挡风玻璃。

车开过键桥进入乔治城的时候，我伸出左手放在他的肩膀上。他没有把我的手推开。我和托尼之间表示歉意就只能做到这样了。

吃午饭的时候，比默·比斯利又打电话来了。

他这么快就打来了电话，我感到惊讶。今天上午的正式面谈进展顺利。一辆无标志的"便衣"警车把我接过去又送了回来。比斯利和悬案组组长杰瑞·弗里曼在电视电话的另一端提问，我还以为我的回答让他们很满意。

但是，显然，直到后来比斯利整理完箱子里的资料，他们才感觉满意。他找到了能成为物证的子弹，有好几颗，是从两支不同的枪里发射出来的。终于，他们可以把我的这颗子弹和其他子弹作比较了。

我感到震惊，"我一直以为你们没找到子弹的样本。击中布恩的那颗子弹，我还以为杀手把它从门框里挖出来——"

"这几颗子弹不是从你家的案发现场找到的。这几颗子弹是搜集来作为防范的，目的是跟现场的子弹作比较。"

"我不明白。"

"找到发射子弹的枪的最简单方式不是把子弹跟枪作比较，而是拿它跟其他子弹作比较，把不同子弹的相同部分作比较。你听说过膛线是什么吗？就是枪管里面的旋转凹槽。每一把步枪、每一把手枪都有独特的膛线，这就像人的指纹一样。哪怕是同一个军工厂同一批次的枪，它们的膛线也各不相同。而且随着时间的推移，同一把枪经过多次清洁和开火射击之后，膛线的独特性也越发显著。因此，你开枪的时候，膛线会在子弹上留下独特的印迹。这些印迹非常细微，要在显微镜下才观察得到。但是优秀的实验室检测人员可以发现它们。调查杀人案件时，要是从案发现场找到了凶器，我们总是要打几枪试试。"

我还是不理解他说的话，"但是你们并没有在我父母家中找到枪，也没找到子弹呀。"

"是的。但是我们发现了几个嫌疑人。你记得我跟你说过我们分别找来了三个人问讯，其中有两个人持枪。当然他们都不是违法持枪，我们也没有理由收缴他们的枪械。但是我们拿他们的枪用测试子弹试射了几次，射入人体组织替代胶中，就是以防万一。万一哪天能找到哪颗子弹来跟它们作比较。"

我倒吸了一口冷气，"你们这么长时间以来一直都希望把我脖子里的子弹取出来。"

"照你这么说的话确实很难听。"

"但——但是您为什么不告诉我还有另外几颗子弹呢？"

"我原来也不知道。我办理杀人案件断断续续有 40 年了，涉及几百起，甚至上千起谋杀案。我不是在找借口，但是我不可能记住所有的证据。还有，我也跟你说过，1979 年的时候，亚特兰大几乎每天都发生一起谋杀案，我们应接不暇。"比斯利哽咽了一下，"我一直在心里默默祈祷，祈祷当时在调查你父母的案件时，我们没忘记搜集几颗能作为物证的子弹。但我不是十分确定，我不太记得了，我保留的书面材料里没提到这件事。"

我叹了口气说："它们竟然没被扔掉，这么多年过去了，您竟然还能把它们找出来，我猜这也算是个奇迹了。"

"要是你看到这里所谓的存档体系，你就知道这确实是个奇迹。"他清了清嗓子，"还有，我猜你的手术已经提前到星期一了吧。"

"是的，但我真心希望您能先跟我打个招呼再去叨扰我的手术医生。"

"卡申女士，搜集证据是我的职责，尽我所能保护你也是出于我的职责。相信我，赶快把子弹取出来对你也有好处。要是一切能如我所愿的话，他们现在就已经把你推进手术室了。"

第三十二章

比斯利的消息让我感到震惊。

最让我苦恼的也许就是除了等待，我一筹莫展。我只能等着下周做手术，等着看手术后是否会瘫痪，等着看那颗子弹是否有用。我在卧室里踱过来踱过去，拿起一本书看，努力让自己集中注意力。当我发现自己已经把同一个关于让－保罗・萨特的段落读了四遍时，我啪的一声又把书合上了。我继续在房间里踱来踱去，恐惧、愤怒和六神无主这几种情绪一旦会合到一起是一件非常危险的事情。当天傍晚不到6点，我终于向诱惑屈服了。

威尔的手机没通，他的办公电话直接转接到一个语音信箱。那只有去他家了，我惊讶地意识到我对他的住处只有一个模糊的印象。好在扎特曼是一个比较特别的姓氏，网上的在线白页里只列出了一个电话号码和一个地址。地址是弗吉尼亚州阿灵顿郡的劳科路，就在河对岸。

自从发生了那起入室盗窃案之后，自从比斯利对我说了那些话之后，我就无法一个人开车出去了，我被囚禁在了自己孩提时代的家里。我坐在那里冥思苦想了一番。然后，我给马丁打了一个电话，告诉他我要去见一个人，我们要去阿灵顿，他必须坐在车里等我。

一个小时后，他来接我了，"让我猜猜。是去见你的思普劳科斯医生。"马丁一脸坏笑。

我恼怒地瞪了他一眼，什么也没说。

"托尼说这个男的挺好的。你为什么不请他到家里来呢？你瞒着爸妈是有什么原因吗？"

"是这样的，他一直不回我电话。"

我哥朝左右两边歪了歪头，"我不愿给你泼冷水，但通常而言，这表示男人对你不感兴趣。"

"谢谢跟我分享你对男性心理的洞见。"我反驳道，"我很清楚这通常都意味着什么。但我认为——我希望——他躲着我是出于职业道德的考虑。"

于是我向他解释了医生禁止跟患者发生恋情的规定，向他描述了那天晚上威尔局促不安的样子，以及后来怒气冲冲摔门而去的情形。

"你可以换个医生呀。"马丁说。

"我也是这么跟他说的。"

劳科路上静悄悄的，路灯已经亮了，照亮了路旁殖民时期风格的小楼。这里是典型的美国郊区，整洁干净，楼房都是砖瓦结构，有的两层，有的三层。我隐隐有些不安。在我的想象中，威尔住的是公寓套房，很可能是那种复式的公寓，墙砖都裸露在外面，天花板高高在上。

我们按地址找到地方后，马丁把车开上了门前的车道。

车灯所及之处停着威尔的吉普车，车库门上有一个篮球圈，下面倒着一辆儿童自行车。

顿时，我什么都明白了。

你们想看我进去大闹一场？你们想看到我泪流满面？想看我跟开门的漂亮人妻来一场老套的大战？想看谁先伸手给谁一个耳光？

我不是这种女生。

我跟你们说过：我不会轻易失控发脾气，我不是一个易怒的人。

与我恰恰相反，马丁却愤怒了。他把汽车头灯打在那辆儿童自行车上，好像不明白这个东西怎么会出现在我男友家的车道上。他比我多用了一两秒时间才回过味来：威尔一定结过婚了，他是一个父亲了。

"你想要我打断他的腿吗？"马丁问道，"或者在他家草坪上写上'二货'两个字吗？"

"掉头，快点儿。别让人从房子里出来看见我们。"

回家途中，我们一路无语。我一直盯着窗外，一路都把右手手腕紧紧握着，后悔没让托尼给我买一把9毫米的短柄格洛克。

马丁陪我走上爸妈家的前门台阶，把我送到门廊下。他嘟哝着说："不管我们在不在他家草坪上泄愤，他都是个二货，根本配不上你。天哪，我真想叫上托尼，然后请这个家伙跟我们一起喝喝啤酒，让我们给他点颜色看看，教教他应该怎样对待我们的妹妹。"

"谢谢你，但我真的没事儿。"我侧过脸让他跟我吻别的时候，我看见了那辆灰色的汽车。跟前几天一样，停在街对面错开几个车位的地方。为什么这辆不起眼的车如此吸引我的注意呢？

"马丁，"我轻声耳语道，"你看见那辆车了吗？"

"给他点颜色看看，让他一个星期都不能走路。"我哥还在嘟哝。

"马丁！那辆灰色的车，你看见了吗？"

他转过身，把手抬到眼睛上面遮开门廊的灯光，"这车怎么啦？"

"那天夜里这车就停在Q街上我房子的外面，同一辆车。"

"你确定吗？"

不，我不确定。这就是一辆普普通通的灰色小汽车，没有任何特点。但不是我精神混乱了，就是我曾经见过这辆车。我选择了后者，"我——我觉得是的。那里面还坐着一个男的。"我哥皱了皱眉头，眯起眼睛又朝街对面看过去，然后大步下了台阶，穿过草坪朝那辆车走去。

"马丁！"我轻轻地尖叫着阻止他，"别过去！"

那辆车启动了，头灯忽地亮了，突然朝后面倒车，撞到了停在它后面那辆车的保险杠，然后就冲到了街上，引擎轰隆隆叫着，轮胎咯吱作响。

"快进去，"我哥对我说。我站在那里一动不动，脚好像被胶水粘在了地上。

"妹妹！快进去！"

我没等他说第三遍。

第三十三章

2013 年 10 月 26 日，星期六

盖勒特医生从上午 11：07 开始手术。

后来他们告诉我，协助他手术的是当班的麻醉师和两个护士，还有三名住院医师——他们本来打算懒懒散散地打发走这个无所事事的周末上午，却被紧急召集到了医院里。手术过程没有录像，时间太匆忙，没找到摄影师。

那辆灰色的汽车实现了比斯利自己无法达成的愿望：即刻手术。

昨天晚上，我拨通 911 报警电话后短短几分钟，三辆警车就堵住了我父母家门前的路。警报的嘶鸣声差点儿把死人唤醒，蓝色的警灯闪耀着，警察们使劲从前门挤进来。当地警方也全程跟亚特兰大警方保持着电话交流，但除了跟比斯利的几句简短交流，我对他们交流的大部分内容并不知情。比斯利还是像往常一样让我把看到的事情对他一五一十地又讲了一遍。

半夜这么折腾一通的结果就是我爸和我妈开车把我送到了西布利医院的急诊室，他俩都担心得脸色煞白。一辆警车——警报器被细心的警察关上了，但警灯依然闪得很欢——在前面开路。我们到达医院的时候天都快亮了。我从车里先被转移到轮椅上，然后又被转移到医院的轮床上。我的左手腕被系上了一个塑料手环，然后又是一通电话。他们帮我脱掉衣服，帮我换上纸质的手术袍。一名胡子拉碴、神情严肃的麻醉师走进来，做了个自我介绍，解释了一下手术的麻醉方案。还没等他

离开病房我就把他的名字忘记了。

止痛药，我满脑子想的都是止痛药，快给我用上止痛药吧。你们有什么药就都给我用上吧。在我们刚刚挨过去的漫长夜晚，疼痛弥漫到我的整个脖子和整个肩膀，如此强烈的疼痛让我感觉自己的身体已经一分为二。这已经不是我习以为常的那种尖锐的震颤着的疼痛，而是一种更加厚重的疼痛，沉重得好像一件铅衣——就是那种拍 X 光片前，他们让你裹上的铅衣。

护士们面带着微笑进来了，她们拉起轮床四周的护栏，把它固定好。轮床开始移动，一个氧气罩落在我脸上，深呼吸，微笑着的脸说。我妈在旁边跟着走，仍然握着我的手。

一片漆黑。

我在术后恢复室里醒了过来，感觉很冷，非常冷，一种我从未感觉过的寒冷。我的两条腿好像被截断了，它们一定无法恢复知觉了。我的皮肤也冻成了蜡黄色。

我感觉有人在我旁边。"毯子，"我想对他们说，但出来的声音很模糊："摊……磁……"

那个人俯下身问道："卡洛琳？"是威尔的声音，温柔里带着一些担忧。他把一只手放在了我的手上。

不不不不。

我想把头转过去，头却不听我的使唤。"毯子。"我又说了一遍。

他没理会我说的话，"卡洛琳，是我。一切都很顺利，你马上就会好起来的。"我的脖子上裹着什么痒痒的东西，那是我身上唯一感到温热的部位。我强迫自己再次昏昏睡去。

第三十四章

2013 年 10 月 27 日，星期日

他们只让我在医院里住了一个晚上。

手术非常成功，子弹砰的一声就蹦出来了。盖勒特医生向我描述的时候先把嘴唇紧紧闭着，然后发出了一个响亮的"砰"声，就出来了。

"就像把煮熟的西红柿从果皮里挤出来一样。"他又打了个比方，显然对自己的手术很满意，"好大的一颗子弹，有半英寸长。"他伸出拇指和食指比画着。

"子弹在哪儿呢？"

"我把它清洗干净，装在一个消过毒的信封里，亲手把它交给了警方。"他的手指在有机玻璃写字板上来回滑动，有时抬起来，有时又砸下去，好像敲击的是一架三角钢琴的琴键，"他们把子弹直接送到了实验室。一个亚特兰大警察来取走的。他坐飞机过来就是为了这个，还警告我不要让特区警方沾手。"盖勒特看着我，脸上露出一副好奇的神情，但他并没有问我任何问题。

我点点头，或者说只是做出了点头的尝试。我的头上缠满了绷带，根本动不了。

"不管怎么说，重磅消息是我们把子弹取出来了。你表现得很好。切口在你脖子后面，只有不到两英寸宽，那儿会结一个疤，但疤痕颜色会慢慢变浅，以后头发也会把疤痕盖住。"

"我倒不担心疤痕。我的——我的颈椎有影响吗？动作会受到限制吗？"此刻

我一点疼痛感也没有，但我戴着止痛棒，很难说过后会怎么样。

"我们需要等到消肿后才知道，而且里面的组织长好也需要时间。但目前看来一切都好。我们明天还要见面，明天你到我的常规诊室来，我需要查看缝针的地方，确保伤口不出现感染。"

第三十五章

2013 年 10 月 28 日，星期一

我的脖子感觉好多了，这是唯一描述它的方式，就这么简单。我父母家的客厅没有窗帘——因为房子离着街很远——天一亮，我就醒了。

临时支起来的床铺高低不平，睡得我浑身发硬。绷带也蹭得我脖子痒痒。但没想到的是，我却睡得很香。

我动了动脚趾，把两半屁股先收紧接着又放松，扭了扭髋部。然后，我小心地试着耸了耸肩膀。肩膀还能感觉到疼痛，但是很松快。最后，我闭上眼睛，屏住呼吸，抖了抖我右边的手腕。从昨天吃晚饭一直到现在我都没吃维柯丁，有 12 个小时了。

我没有感觉到疼痛。

离开医院后的 30 个小时里，威尔·扎特曼给我发了五条语音信息。我希望可以跟你们说我没把信息打开就把它们果断删除了，但事实是我做不到。五条信息说的都是同一句话：给我打个电话，请你给我打个电话吧。每一条都比上一条语气更加绝望。

傍晚手机又响起来的时候，我鼓起勇气，接通了电话。

"你好，威尔。"

"卡洛琳！我给你发了半打信息。"

"确切地说是五条。"

"是的。我猜你又恢复了不接电话的老习惯。"他小心翼翼地说，好像在揣测我到底有多生气。

"没错。我觉得这个游戏两个人玩正好。"我气不打一处来，你这个胆小如鼠、谎话连篇的卑鄙小人。

他清了清嗓子，"马歇尔说手术非常顺利。你现在感觉怎么样？"

"哦，好极了。"

过了一会儿。

"听着，我知道我欠你一个道歉，就算欠你好几个道歉吧。我听说了那天的非法闯入事件，就在你的住处。我感觉糟透了，我那天不该离开你的。我很抱——"

"威尔，我开车去了你家。"

"我家？什么时候？"他嗓音里的恐惧毋庸置疑。

"别担心，我没摁门铃。"沉默。

"那么，你有几个孩子？"

长久的沉默，"两个。"

接下来，我们就没什么好说的了。

第三十六章

2013 年 10 月 29 日，星期二

星期二的时候，我已经能够起床活动了。

好几天来的第一次，我起床后穿衣打扮了一番。牛仔裤的胯部变宽松了，我的肚皮也变得相当平实紧致。一次大手术和全流质饮食让我的体重明显减轻了 5 磅。早餐时，我把三个猕猴桃剥了皮，就着一个半熟的煮鸡蛋吃了。

我一边咀嚼，一边练习转头。先把头转向右边，看着厨房窗外那棵俯瞰着整个院子的木兰树。接着把头转向左边，转向灶台和洗菜池那边。我就这样先右后左地把头转过来转过去。盖勒特医生昨天把最厚重的绷带取下来了，现在只剩下伤口处盖着一片薄薄的纱布，用肉色的医用胶带固定着。除了感觉到胶带牵扯着脖子后面的头发，我没有任何其他不适的感觉了。

我查了一下电子邮箱。乔治城大学警方通报了一起发生在本科图书馆劳因格楼一层的盗窃案，提醒学生和教职员工不要把笔记本电脑和其他个人物品随便丢在校园里。我想知道发生盗窃案时是不是艾尔当班。劳因格楼就在校园的中央，离他的石头警卫站只有不到一百码的距离，我想起来还有警服需要还给他。

邮箱里还有比斯利写来的一条简短消息。子弹在周末就已经安全抵达亚特兰大。实验室的测试人员正在对它进行各项测试。他会把最新进展及时转达给我。

清理餐盘的时候，我注意到自己在微波炉玻璃门上映出的样子，看起来我已经

面目全非。脸变瘦了，肤色苍白，头发也不如以前有光泽。我上次洗头是什么时候？星期五？我不能把伤口缝合处弄湿，暂时还不行，但是我可以洗胸部以下的部位，这总比哪儿都不能洗强。

进了浴室，我把衣服脱在地上，把纱布轻轻揭开，小心翼翼地伸手摸了摸脖子后面。摸起来缝合处还是凸出来的，指尖能感觉到上面高低不平的针脚。这些都会随着伤口的愈合被身体吸收。脖子那块的皮肤仍然是麻木的，我感觉不到手指在用力往下压。盖勒特医生之前告诉过我，说脖子上这个地方会有好几周没有感觉，也可能永远都没有感觉。

我在想脖子里的动脉血管，还有里面的肌肉，它们是否都发生了微妙的位移，把子弹腾出来的空隙填了起来。过了一会儿，我在浴缸的边缘坐下，松开了手腕夹板的绑带，把夹板解了下来。我右边胳膊的前臂看起来比左边的明显要细一些。右前臂上的肌肉，原本就不怎么明显，几个月没用，现在更是退化得厉害。我捡起夹板，把绑带缠绕在上面，然后将它对折起来，塞进了洗脸池下面的柜子里。我预感到自己将不再需要它了。

第三十七章

我在 Q 街上的房子闻起来像天堂一样美妙。

手术后四天，我搬回了自己的家。在每个人看来，甚至包括我妈，我这时完全可以自己照顾自己了。

我不在家这几天，马丁的妻子劳拉自己上门来把我家里从里到外擦洗得干干净净。厨房的桌子擦得发亮，地毯都用吸尘器吸了一遍，窗户擦得雪亮，甚至连床上的被单都洗了一遍，床也铺好了。她还在每间屋里都摆上了几瓶鲜花，天堂一般的气息正是来自于这些鲜花的芬芳。是牡丹花，暗粉色的，我的最爱。现在已经是 10 月份了，劳拉上哪儿找到的这些花呢？我决定要对嫂子好一点，就为她这一件事，我也要多花些时间帮她照看孩子。

我爸也没闲着。他找来一位锁匠，在我家所有的门上都安装了崭新的死闩锁；他还找来一名玻璃工，修好了地下室的窗户。他亲自换掉了卧室的门，在门上加装了一把结实的、只能从里面打开的锁。他交给我一串新钥匙和两套备用钥匙，说他明天上午还要来一趟，一是来看看我怎么样，二是来等电工上门。

"电工？"

"我觉得还是装上泛光灯比较好，在你家的前门和房子的后面都装上。我订购的是动作感应型的，一旦有人走到距房子几英尺的地方，灯就会亮。"

他看起来非常担心，我不由得把胳膊挽在他腰上，亲了他一下，说："爸爸，现在我没事儿了。"

"今晚睡觉前给我们打个电话，别让我们担心。"

"我保证会打。"

"另外把防盗报警器打开。"

我尖声悲哀地笑道："别担心。"

他走了以后，我又把屋里四下查看了一遍，看看门是否都锁好了，然后把每一盏灯都打开试试。一切安然无恙。上周噩梦般的事件已经荡然无存，没有留下一丝一毫的痕迹。

我上楼去卧室整理行李的时候，门铃响了。我怔住了，蹑手蹑脚地走下楼梯，踮着脚走到门口，从窥视孔里我只能看见一个秃了的头顶。那人抱着一大堆闪闪发光的东西，但我看不出来那是什么。

叮咚叮咚。

"谁啊？"我问道，紧张得声音都变细了，不确定隔着锁得紧紧的门，他是否能听见。

"富腾达快递。"

"就放在台阶上吧。"

"女士，需要你签收。"

我大声咳嗽了两下。"我生病了。"喀喀。"会传染的。而且，嗯，我不希望杜宾犬跑出去。"

除了我爸的安全防范措施，我还准备今晚在网上订购一批印有"当心看门狗"字样的贴纸，贴在每扇窗户上。

我觉得听到了快递员叹气的声音。他弯下腰，接着我的窥视孔就被亮晶晶的东西堵住了。

到底是什么呢？路边传来汽车发动机启动的声音，车开走了。我又等了几秒钟，然后偷偷跑到客厅里，从窗户往外张望。门前台阶上一个人也没有，视线所及之处也空无一人。我拉开门，看到一大捧银色的气球，拴在满满一篮巧克力上。篮子里有一张字条：

致亲爱的卡洛琳

　　早日康复，来看我们。

全心全意爱慕你的，

里兰德·布雷特

　　我笑着把气球拿进了客厅。这时我注意到门厅角落里放着一个纸袋，就是那种购物用的纸袋，上面还带着提手，里面的信件把半个袋子都塞满了。肯定是劳拉把这一个星期邮递员塞进投信口的东西收拾起来放在里面的。

　　我把纸袋里的东西一股脑倒在了茶几上，有"陶艺仓"——我从来没在这家商店买过东西——寄来的四份商品目录；有附近的泰国餐厅"麻衣泰"寄来的优惠券，生日当天去那儿用餐可以免费享用一道主菜；有华盛顿燃气和电信公司寄来的账单；还有一个厚厚的马尼拉纸信封，邮戳表明这封信是五天前从亚特兰大寄出的。

　　我撕开信封，里面是谢丽尔·鲁尼手写的一封信。

亲爱的卡洛琳

　　最近一切都好吧。我想你已经看到报纸上引用了我说的话，说你和萨迪·罗森长得有多么相像。万一你没留意的话，我现在随信把这篇报道给你寄去。说实话，我被采访的时候感到很难为情。我母亲以前总是对我说，有教养的女人只应该在报纸上出现三次：出生时、结婚时和死亡时。当然，现在时代不同了。

　　你说想看以前的照片，你说你应该知道真相，哪怕有不好的事情。至于是否应该把这些东西寄给你，我瞻前顾后想了很久。我觉得你的想法是对的。

你诚挚的，

谢丽尔

　　又及，你妈妈非常爱你。你永远也不要忘了这一点。

　　我从信封里抖落出一张皱巴巴的剪报和几张褪了色的照片。照片尺寸很小，四四方方的，周围有一圈宽宽的白边。我小的时候，照片就是冲洗成这样的。我拿起最上面一张，仔细看起来。这一看不要紧，我眨巴眨巴眼睛，简直不敢相信自己看到了什么。

　　我认出了照片上站着的那个胳膊搂着萨迪·罗森·史密斯的男人。

第三十八章

我眯起眼睛仔细盯着这个人看了看。我只跟他见过一面。

在照片上看起来，伊桑·辛克莱很年轻，但他的五官是明白无误的。

第二张照片上是萨迪·罗森和年轻时的谢丽尔，两个人都侧着身，都挺着高高的孕肚。第三张就是布恩·史密斯和萨迪·罗森·史密斯在后院烧烤时翻烤牛肉饼的那张照片的原版，就是 1979 年《亚特兰大宪法报》登出的那张照片，就是两个星期前，杰西卡·杨从报社的档案资料里把它翻找出来时，让我一度泪水盈眶的那张照片。这一开始肯定是谢丽尔提供给报社的。最后一张照片拍得有些模糊，拍照的角度也有些奇怪，仿佛是摄影师偷拍的一样。照片上，萨迪·罗森穿着比基尼躺在沙滩上懒洋洋地看着杂志，眼睛藏在超大的墨镜后面。几英尺之外，有个皮肤晒得黝黑的男人远远地盯着她看。我不敢打赌，但这个男人看起来很像辛克莱。

我在茶几上把这四张照片、剪报和谢丽尔的信一字排开。

我在这些东西之间找不到任何关联。

我去厨房倒了一杯水来，又坐回到沙发里。找了一小会儿，我才找到了谢丽尔的电话号码。

"嘿，亲爱的，接到你的电话，我真高兴。你收到我的——"

"你说萨迪·罗森的情人叫坦克？"

"他是叫坦克呀。"

"但是你寄给我的照片……我认识那个男的，他的名字是伊桑·辛克莱。"

"亲爱的，这我知道。我跟你讲过，坦克是他高中时的绰号，他在橄榄球队的时候就叫开了，我们都这么叫他。我不知道现在大家是不是还这么叫他，让我高兴的是，过去的这 30 年里我都没再跟这个心理变态打过照面。但是……"她猛地打住了，似乎突然明白过来我刚才说的话，"但是，卡洛琳，你刚才是说你认识他吗？"

"他到过我住的酒店找我，在亚特兰大的时候，就是在我遇到你的同一个星期内。"

她吓得倒吸了一口气，"他想伤害你吗？"

"没有！他很友好，还帮我付了早餐的账单。他其实还——我要是事先知道的话一定不会让他那么做的，但是他把我住酒店的所有房账都结清了，瑞吉酒店三个晚上呢。"

她咕哝道："我可没说他没钱。我只是说他是个该死的心理变态。"

"谢丽尔，你肯定知道警方调查过辛克莱。那不是他干的，不可能是他干的。"

"当然啦，当然啦。为什么，就因为无法证明他跟萨迪有婚外情？而且他的不在场证明滴水不漏？"

我抬起眉毛，"谢丽尔，这些可不是随便说说的证据。"

"我把那张沙滩上他对萨迪垂涎欲滴的照片交给了警方。他爱上萨迪了，那简直太明显了。"

如果她说的是现在我手里拿着的这张照片，我就不能被她说服。这张照片只能证明他在欣赏一个可以填满 D 罩杯比基尼的女人。要是谁这么做就是个杀手的话，我就有麻烦了。

"关于不在场证明这件事，我不知道他是怎么得逞的。"她这样承认。

"他的不在场证明到底是什么？"

"他说他整天都跟一个客户在一起。你知道他是这里的知名律师吗？在亚特兰大一家大型律师事务所工作。"

"知道，他告诉我了。"

"天哪，我真不敢相信你跟坦克说过话，他就是一只傲慢的、谎话连篇的猪。"谢丽尔鄙夷地说。过了一会儿，她让自己镇定下来，平心静气地说："好吧，他说的是谋杀案案发时，他在市区的办公室里，跟一个客户在一起。那个客户也出来做证了。那是……他叫什么来着？是个银行家还是什么。总之是个做生意的人。"

"那么，你的推断……你的推断是他们两个都在撒谎？辛克莱，还有他的那个银行家客户？"

"那我不知道。我只是知道——卡洛琳，我就是知道——坦克杀害了你的妈妈和爸爸。"

比默·比斯利说得没错。谢丽尔的推理听起来愚蠢轻率，在法庭上一分钟都站不住脚，更不用说是用来对付一个跟她指控的人一样满头银发、伶牙俐齿的律师了。

那我为什么现在还坐在这儿，在脑子里一遍又一遍地把伊桑·辛克莱跟我共进早餐时说过的话逐字逐句地反复推敲？

"我不确定这会带来什么改变。"比默·比斯利说道。我把电话打给他时，他正在豪威尔磨坊路上的福来鸡快餐店买炸土豆饼，"我是说，我知道你妈妈以前的邻居认为是伊桑·辛克莱干的，她都这么嚷了34年了。"

"我真心希望你跟我说过这事儿。"我抱怨道，"你所说的就是萨迪·罗森也许有一段婚外情，你从来没有提到他的名字。"

"你也从来没问过。"他对着手机喊道，"我最不希望做的事情就是玷污一个有声望的人的名声，让他不明不白地陷入鲁尼太太愚蠢的阴谋论。伊桑和贝琪·辛克莱夫妇在我们这里受人尊敬。伊桑是联盟剧院和亚特兰大植物园的理事会成员。他每年都会组织一次高尔夫锦标赛，为退伍老兵筹款，看在老天的分上。他说不是他干的，他也有不在场证明。我们调查过了，没有任何证据表明那天他去了史密斯家。老实说，你妈妈可能配不上他。"

他的最后一句评论让我很反感，但我还是管住了自己的嘴，"他是持枪的嫌疑人之一吗？"我盘问道。

"他是什么？"

"上个星期，你告诉我说1979年的时候你们讯问了两名拥有枪支的嫌疑人。伊桑·辛克莱是其中的一个吗？"

"卡申女士。"比斯利听起来有些不耐烦了。

"看在老天的分上，叫我卡洛琳吧。"

　　"要是你不反对的话，我还是继续叫你卡申吧。这是警方的规定，跟对人的尊重和保持职业距离等有关。要回答你的问题——"

　　"没关系，我想我已经知道答案了。但你能帮我一个忙吗？请帮我查一下上周三晚上辛克莱在哪儿，就是我家被非法闯入的那天晚上。"

第三十九章

2013 年 10 月 31 日，星期四

我妈 9 点没到就来了，带着两大锅意式千层面，一锅是香肠的，一锅是菠菜的。我真正渴望的早餐是普蓬法式面包房的夹着火腿和奶酪的牛角包。要是早知道她开车过来的话，我就会叫她帮我顺道买一个带来。

我也不会拒绝来一颗维柯丁。我现在后悔当初没让盖勒特医生再给我开一些止痛药。昨天晚上，我在床上辗转反侧难以入眠，感觉有一千根细针在往我脖子上扎。我决定不把这种症状当成一种倒退，而把它看成病情朝好的方向发展的迹象：脖子那块的知觉渐渐开始恢复了。我的皮肤和神经组织正在生长，仍然在生长。因此今天早晨，我既感到疲倦又感到难受。

同时我还感到忧心忡忡。伊桑·辛克莱的照片让我惴惴不安。昨天夜里，我在床上翻来覆去，想找个姿势让那种针戳的疼痛消减一些，突然就莫名想起了那天跟伊桑共进早餐时的奇怪一幕。他当时否认跟萨迪·罗森很熟，他以布恩球友的身份向我介绍他自己，跟布恩的关系更熟。但是谢丽尔·鲁尼告诉过我是伊桑和他妻子两个人一起跟我的亲生父母交往。即使谢丽尔对他们之间有婚外情的判断完全错误，即使像比斯利认为的那样谢丽尔有些精神错乱，但我亲眼看到了海滩上的照片。萨迪·罗森华丽丽地穿着比基尼。亚特兰大方圆一百英里内都没有海滩，他们至少是一起去海边过了一个周末。辛克莱为什么要撒谎呢？

我尽了最大努力才让脸上露出笑容。我妈头钻在我的冰柜里，想腾出地方放一份她做的千层面。

"你家冰柜塞得太满了。"她嘟哝道，"这里面都是些什么呀？"

"来，我来帮你。"我挤到她身边，把装在特百惠保鲜盒里的鸡汤重新排列一下。

我妈站起身看着我调整冰柜里的东西，突然，她尖叫道："你用的是右手！"

我惊讶地低头一看，千真万确，我把一大盒一大盒冻住了的汤拿起来又放下，好像没事人一样。我试着把右胳膊伸直，把手腕按顺时针方向绕了整整一圈，然后再按逆时针方向绕了一圈。我已经有一年多不能这么做了。

我妈和我相视而笑。

"我要给你爸打个电话，"她说，"他一定喜出望外。"

我上了楼，去把睡衣换下来。20分钟后，我刷了牙，把头发在脑后绾成一个发髻，又来到楼下。我妈坐在客厅的沙发上，谢丽尔寄来的照片还摊在茶几上。我妈手里已经捏住了一张照片的边缘，正全神贯注地看着，脸上有种奇怪的表情。

我觉得我可以理解。我妈看过萨迪·罗森的照片吗？她一定很难过。我跟萨迪·罗森长得太像了，我妈一定很受打击。

她对着我摇了摇手中的照片。

"妈——"

"亲爱的，"她说，"我不知道你认识伊桑。"

第四十章

　　我惊讶得下巴都快掉下来了，腿也突然软了。我扶着沙发扶手让自己站稳，"你在说什么？"

　　"我不知道你也认识伊桑，他挺讨人喜欢的。"

　　"你见过他？"

　　"当然了。我们跟伊桑和贝琪夫妇认识很久了，是在参加律协大会时认识的，让我想想，那次是在达拉斯。"律协指的是美国律师协会，"那都是……天哪……19世纪80年代的事儿啦。不是25年前就是30年前了。宴请的时候，伊桑就坐在我旁边。我对你说啊，这可让我松了一口气。要知道我们这个国家有些律师特别无聊，一碰到这些场合，我似乎总是把一些无聊的律师吸引到我左右，吃饭的时候成为我的邻桌。"

　　我瞪着她，嘴巴仍然张得很大。

　　看到我对她的话题这么感兴趣，她似乎很高兴，"但是伊桑很风趣，懂戏剧，还有网球。他和贝琪每年都坐飞机去英国看温布尔登网球赛。你记得几年前有个夏天，你爸跟我拿到了中心球场的球票？我们还说要是在那儿碰到辛克莱夫妇就有意思了。但是就在去之前的一个星期，你爸偏要出去慢跑，虽然外面还下着雨——"

　　"好吧，我就是觉得他遇事应该多动动脑子。我们最后不得不取消整个行程，去伦敦的机票还不能退款。"她愤愤不平地说，"不管怎么说，我们以前每年都能在律协大会上见到辛克莱夫妇。到现在我们两家还互相寄圣诞贺卡呢。"

每年1月到12月，我的父母就能收到一两百张节日贺卡。他们在贺卡上系上格子花纹的缎带——系成漂亮的蝴蝶结形状，然后把贺卡顺着门厅里的楼梯扶手挂起来展示。我和两个哥哥争先恐后地抢着去大声朗读报喜不报忧的家庭通信。而那些跟我爸有业务往来的熟人寄来的贺卡，我们一眼都不看。

"你还没回答我你是怎么认识伊桑的。"我妈感觉到有点儿不对劲。

我抬起手示意她别打岔，"等一下，这很重要。你最近一次见到他是什么时候？"

她看上去有些不安，"那有好几年时间了。你爸退休后我们就不去参加律师协会的那些活动了。但是……但是伊桑上个星期往家里打了个电话。"

"他什么？"

"让我想想，就是孩子们在我那里的那天。"

孩子们指的是托尼的两个女儿海莉和凯拉。我妈掰着手指往前数，"上个星期一，21号。"

"他想干什么？"

"卡洛琳，他纯粹是表示友好，就是问候一声。他提到想学你爸，他也准备考虑退休了。他还问到了你们几个。"

我感到极不自在，"为什么？他见过我们吗？"

"没有，我想没有。但是你为什么有他的照片？"她指着茶几说道，"而且他站在那儿做什么，还有……"她的嘴唇颤抖起来，"我猜那是她？你的亲生母亲？"

"妈，没事。"我走过去，用胳膊搂着她，"你跟他说什么了？关于我的事情？"

"我就说你已经长大成人，出落得很漂亮。"她恳切地说道，"大家都喜欢谈论各自的孩子，卡洛琳，为人父母都会这么做的。我说的就是我们为你感到骄傲，你在乔治城大学教书，工作很出色。还有……我还说了你打算休一段时间假，准备去做个手术。"

我绝望地闭上了眼睛。

上个星期一就是奥布琼夫人命令我把剩下的半学期用来休学术假的那天。那天晚上威尔在这儿过夜了吧？那时我已见过辛克莱了。但里兰德·布雷特的那篇后续报道当时尚未见报，转天到了22号，星期二才登了出来，里面确认了我准备接受手术的计划。截至上个星期一，那颗子弹是要被取出来，还是将永远留在我的脖子里，公众并不清楚。

伊桑·辛克莱一直都在打探我的消息。

"比默，他认识我父母。"我这一次是直呼其名，什么警方的规定，什么保持一定的职业距离，都去死吧。我太难过了，"辛克莱上个星期给我妈打电话了。"

"再说一遍，你刚才说什么？他怎么可能给你妈打电话——"

"不是萨迪·罗森，是法兰妮。他认识卡申夫妇。"

"什么？你确定吗？"远在亚特兰大的比默·比斯利对着电话问道。

"我妈——我妈法兰妮——刚刚在一张照片上认出他了。我妈说他上个星期往我家里打电话了。比默，他还问到我了。"

"好的，好的，稍等一下。等我把杰瑞也拉进群聊，你跟我们两个人都讲一下发生的事情。"

我用了10分钟才把我妈跟我的对话复述了一遍。听我讲完后，比斯利清了清嗓子，"辛克莱跟你爸都是律师，而且都是辩护律师，年龄也相仿，还都处于职业发展的顶峰。我认为他们在生活中出现一些交集并不奇怪。"

"跟我想的完全一样。"杰瑞·弗里曼说，"不难理解他们会去参加同样的会议。"上个星期电话连线的正式面谈结束后，我本来还挺喜欢这个亚特兰大警察局的悬案组组长，他看起来精明能干，可是此刻，即使隔着600英里的距离，他也让我嫌烦。

我忍不住厉声说道："全国至少有，我也不清楚，50万名诉讼律师吧。他们不会都是朋友，都在'诉讼律师老友俱乐部'里聊着天，抽着雪茄吧。而且，据我所知，没有任何其他人把电话打到了华盛顿我妈妈这儿，询问我的健康状况。你们不觉得这种巧合很蹊跷吗？"

杰瑞说："让我们都静下来好好想一想。你说你的父母第一次遇到伊桑·辛克莱还是因为20世纪80年代的时候，有一次吃饭他坐在你妈妈的旁边。你不是想说……那什么，他是有预谋的吧，是吗？然后就可以接近你？"

"卡申女士，那就意味着在过去这30年里，他一直在跟踪你。"杰瑞嘲笑地说，

"30 年呀！要是真想伤害你的话，他可真是不着急啊。"

"好吧，他不是跟踪我，而是密切关注我，密切关注我是否健康，密切关注我是否回忆起来什么。"

"什么，那他每年还跟你爸妈互寄圣诞贺卡？不好意思，我还是不认为——"

就在我觉得自己忍不住要尖叫的时候，比斯利说："这太疯狂了，但确实也能讲得通。无论杀手是什么人，他一定想知道唯一幸存的目击者是否还能记起来什么。而他又不能打电话过去直接要求跟一个小女孩通话，他不得不通过孩子的养父母。"

我赞成道："完全正确。"

"但我还是认为辛克莱跟此事毫无关系。"比斯利接着说，"卡申女士，我也不认为他跟你住处的入室盗窃案有任何关连。"

"嗯，为什么呢？"

"因为他去伯顿湖了，在他家的湖畔小屋那边度假。他妻子说上个星期他们俩一直都待在那里。他们现在还在那里。听起来他妻子似乎想劝他减少一些工作时间。"

"伯顿湖在哪儿？"我问道，"你什么时候问她的？""在佐治亚北部的雷本郡。"比斯利叹了一口气道，"你上次让我查一下辛克莱上周三在哪儿。不能说我认同你对他的怀疑，但我觉得我们应该给你一个答复。同时，我也觉得我们应该让他从我们这里得知警方正在重新调查史密斯夫妇的谋杀案。所以，我昨天给他的律所打了电话，他们给了我湖畔房子的号码。"

"他确定在那儿吗？"

"是的，女士。贝琪——就是他妻子——贝琪说接到我电话的 5 分钟前他刚出门，昨天一下午都在自己的小船上钓鱼。"

"伯顿湖是钓鲈鱼的好地方。"杰瑞适时插进话来说道，"虽然现在对钓鱼来讲有点冷了。好吧，要是我们说完了——"

"我们还没说完，"我恼怒地说，"关于他上个星期在哪儿，他妻子可能是在撒谎。"

"也有可能。"比斯利平静地说，"但是我让他的秘书去查了他的日程。秘书也说上个星期三和星期四他在湖畔小屋度假。""秘书亲眼看见了他在那儿吗？还是他告诉秘书他在——"

比斯利打断我的话说："而且我们也调查了所有抵达华盛顿特区周边三大机场的航班信息，包括里根机场、杜勒斯机场和巴尔的摩机场。伊桑·辛克莱上周没有飞去华盛顿。"

"他也许开车去的呢？"

杰瑞接着说道："而且，当地警方从你的住处提取了指纹，辛克莱先生的指纹也在很久以前就被记录在案，我们做了对比，不匹配。"

"所以他戴手套了！"我气得脱口而出，"听着，请跟我说你们会派人跟进调查的。让伊桑·辛克莱解释一下他怎么正好认识我两地的家人——"

"我认为刚才我们已经达成一致了。他跟托马斯·卡申一样有足够的理由去参加同一个律协大会。"杰瑞抱怨道。

"确实如此。"我反驳道，"但是他跟我在瑞吉酒店吃早餐时为什么没有提到这一层关系？他表现得好像完全不知道收养我的人是个律师一样。"

"这我表示同意。"比斯利说，"我也考虑到这一点了。""谢谢。"我坐在椅子上，稍稍放松了一点儿，"另外，子弹有消息吗？送到实验室已经四天了。"

"我们会去催的。"杰瑞说，"做这些事很花时间。"

杰瑞退出群聊后，比斯利还在线上留了一会儿，"刚才很抱歉。杰瑞人不错，但是警察的工作性质要求我们保持怀疑和不轻信的态度。"

"难道不要求你们当浑球吗？他宁愿分文不取也要当浑球？"

比斯利呵呵笑了，"我也跟你一样注意到了辛克莱不愿承认认识卡申夫妇，这一点很奇怪，这里面一定有原因。但就是打死我，我也想不出来。也许今天我应该开车去他的湖畔小屋拜访他一下，出城去转转对我也有好处。"

"谢谢你。还有一件事，他的不在场证明，1979年的时候，谁为他做的证明？"

我的前门台阶上站着个女的，头发染的是鲜艳的红色。"嘿，有人吗？很抱歉打扰你。"她隔着门喊道，手里举着一张名片。透过窥视孔的狭窄通道，我看不清上面写的是什么。"你好？你办公室的同事朗达说我能到这儿来找你。"朗达是乔治城大学语言与语言学学院的行政秘书。我小心翼翼地把门拉开了一道缝。"你有什么事？""谢谢你为我开门。你好。"她对着我露出了热情的微笑，"我是亚历山德拉·詹姆斯，是一名记者。等等！"我还没来得及把门摔上，她就把一只穿着靴子的脚伸进来抵住了门。"我知道，记者是你最不愿面对的人，是吧？"她满脸堆着笑说，"但请你听我说完，只占用你两分钟时间，说完我就走。"

我仔细看了看她的脸，她看起来比我年轻几岁，也许不到 30 岁。严格来讲，她长得并不算漂亮，却相当动人。穿着也很讲究。我向下看了一眼，腿很漂亮。"我记得你。你是那家波士顿报社的记者，对吧？去年那起轰动一时的白宫恐怖主义事件就是你报道的。"

"是的。"她咧开嘴笑了，"上次受的伤还没完全康复呢。费了那么多事，我得到的就是这个。"她撩起额头上的刘海，露出一条细细的白色疤痕。

有段时间，新闻里全是这个亚历山德拉·詹姆斯的消息。我记得她报道过各种重大新闻事件，还获得过普利策奖的提名，但也有人质疑过她的职业操守，质疑她在获取新闻线索时是否越过了底线，有谣传说她跟一个英国间谍上过床，我不太记得那些细节了。

"我现在常驻华盛顿了。我看到了关于你的报道，就是关于你脖子里有颗子弹以及你的家人被谋杀的那篇报道。你对《亚特兰大宪法报》的报道方式满意吗？"

我被她问得猝不及防，"呃……还算满意吧，或多或少。听我说，我其实——"

"很好，我认为那个记者对你挺尊重的，从他报道布恩·史密斯和萨迪·罗森·史密斯被杀害事件的语气中能感觉到。但是我确实想过……我是说，显然，《亚特兰大宪法报》只是亚特兰大当地的报纸，他们只想重点报道跟亚特兰大相关的部分。我希望他们也会采访你这里的家人，采访卡申一家。"

"哦，我们不想得到更多的关注了。"

"这我也不能怪你。但是你知道吗？听听看着你长大的家人都有些什么话要说，是一件很美好的事情。只看那篇报道的话，他们好像都变成了……局外人，被遗忘了。这样挺遗憾的，因为要是我理解得没错的话，报道的字里行间透露出你们的关系其实相当亲近。我倒愿意这样来报道，给你一个机会向他们表示感谢，说说他们对你有多么重要。"

这番话可是说到了人情真处。的确，她选取的这个角度，聊上一整天我也愿意。

"好吧，"她的脸上又堆满了笑容，"我刚才保证过只占用你两分钟时间。我把名片留给你好吗？哪天要是你想聊聊的话，我的手机号码在上面。"我收下了她伸手举到我面前的象牙色四方纸片，打算等她一离开就扔到垃圾桶里。

"哦！"她突然又转过身，"我差点儿忘了，这个给你，祝你早日康复。"

亚历山德拉·詹姆斯举起一个丝线系着的白色纸盒，我认出了普蓬法式面包房的那个花体字母"P"的标志。

我不解地眯起眼睛，"你是怎么……"

"我刚才说过，来这儿之前我给你们大学打过电话，想了解一下你什么时候回去上班。如果你是一小时前刚刚出院的，我也不想马上就来打扰你。"

"是朗达把我的住址告诉你的？"我需要找她谈谈。

"不，不是的。我已经有你的住址了。知道吗，我能在电话号码簿里查到你的住址。朗达除了告诉我你下半学期休假之外，什么也没说。要是你不在家的话，我准备到这儿去找你。"她轻轻敲了敲点心盒上的"P"字标志，"顺便说一句，我跟你一样上瘾，我喜欢那儿的柠檬蛋糕。"

我忍着没笑。不管这个女记者的职业操守如何，她确实很聪明。我提着点心盒来到厨房，打开盒盖一看，是法式培根酥蛋饼，还是热的。

我拉开一个抽屉，取出一把叉子。

我狼吞虎咽地吃完了两块酥蛋饼，正瞄着第三块的时候，门铃又响了。

又怎么啦？

门口站着一副矮小的骷髅，胖乎乎的手里抓着一个空心的塑料南瓜，"不给糖就捣蛋！"我忘了今天是万圣节。这真是个古怪的节日，孩子们被装扮成了巫婆和吸血鬼，讲给他们听的都是怪兽和鬼怪的故事，好像现实生活给人的惊吓还不够多似的。

第四十一章

2013 年 11 月 1 日，星期五

　　曾经有很多年，要是你想在亚特兰大打个电话的话，都必须通过南方贝尔公司的交换台转接。

　　在电话发展的早期，19 世纪 80 年代的时候，唯一可以拨通的长途电话就是从亚特兰大到 6 英里之外的迪凯特。而且，一通 5 分钟的电话就要花费 15 美分。到了 1915 年，第一条横贯美洲大陆的电话线完工，声音一跃就穿过了几千英里架设起来的铜线从东海岸跳到了西海岸。到了 1951 年，长途电话便可以直接拨打，不再需要接线员帮忙转接。1956 年，跨大西洋第一条电话电缆开通。在这一系列的变化发展中，南方贝尔公司不断成长壮大，在令人头昏眼花的企业兼并重组进程中泰然自若，直到 1998 年的时候，公司名称才最终停用。

　　我提到这些是希望为下文提供一点背景。对我们的目的而言，南方贝尔企业发展史上最有意思的日子就是 1971 年 3 月 25 日。那天，一个被称为韦林·斯诺先生的人踏进了公司的大门。他是从波士顿一家银行挖过来的，45 岁，被聘任为公司高级副总裁。严格说来，聘任他是让他负责完成按键式电话的普及。其实在 20 世纪 60 年代早期的时候，用户就可以改装按键式电话了，但人们好像并不急于更换。然而，斯诺的真正才华在于他的神通广大，跟政客打起交道来本领非凡，左右逢源，为企业谋到不少利益。《亚特兰大商业纪事报》的一名专栏编辑提到大多数工作日

208

他都在桃树街的"六套马车"饭店里忙于应酬，该饭店是亚特兰大市高官显贵午餐时喜欢光顾的地方。这名专栏编辑还带着一丝不太确定的语气提到韦林·斯诺卓尔不群的原因不仅在于他的扬基口音，更在于他清教徒般的生活习惯。工作起来，斯诺滴酒不沾，而亚特兰大当地人喜欢在饭前喝上两杯马提尼。

但是20世纪70年代末的时候，斯诺惹上了官司。他聘请了一位名叫伊桑·辛克莱的年轻律师，当时是亚特兰大一家久负盛名的律所里一颗冉冉升起的新星。我不知道斯诺究竟惹上了什么麻烦，比默·比斯利好像也不清楚，但不管是什么，辛克莱成功地化解了麻烦，律师费分文不少地收入囊中。1981年，《福布斯》杂志上刊登了一篇斯诺的人物专题报道（《拨号盘式电话的终结者》），里面只提到他曾经在楠塔基特的度假别墅里休了一段时间的长假。度假归来后，他又精神百倍地投入了工作，作风甚至比以前还要不可一世。

比斯利只知道1979年末，在调查布恩·史密斯和萨迪·罗森·史密斯谋杀案期间，辛克莱被传唤至警局讯问，他拿出了一个无懈可击的不在场证明：案发当天，他跟一位客户韦林·斯诺在位于市区的律所会谈室里闭门会谈。警方跟进调查的时候，斯诺对此也做出了确认：是的，日期和时间他都十分确定。不，辛克莱在此期间不可能溜出去。整个下午，律师和他的客户都在埋头潜心整理文字材料。斯诺是当地商界的头面人物，他说的话很有分量。

我在厨房的餐桌上就可以把韦林·斯诺的背景了解得一清二楚。如今，拥有一本笔记本电脑和高速网络连接就可以做成的事情实在令人惊叹。但自从20世纪90年代早期斯诺退休后，新闻里有关他的消息就逐渐减少了，只有几篇报道电信行业反垄断诉讼案的新闻引用过他的话和他所做的专业分析。我能找到的网上最近一次提到他的地方是1997年——16年前了——西北大学的学生报纸提到斯诺将应邀在凯洛格商学院举办讲座。

我不清楚他现在人在何处。

我不清楚他是否还跟伊桑·辛克莱保持着联系，或者他知道的事情是否可以帮到我。

我甚至不清楚斯诺是否还活着。

突然，就在我起身把水烧上，把最后一块培根蛋酥饼放进微波炉加热的时候，我想到了一个办法。

斯诺的度假别墅在楠塔基特岛上。

没想到，我轻而易举就找到了他的联系方式。笔记本电脑的屏幕上立刻弹出了马萨诸塞州楠塔基特的一个名叫 V.R. 斯诺的人的住址和电话号码。我拨通了这个电话，没有人接。我咬了一口蛋酥饼，一边嚼一边又试着拨了一次。我要让铃声响七下再挂断。八下、九下。

"你好？"一个声音惊讶地问道，听起来似乎极少有人打这个电话。

"你好。我从华盛顿打电话过来，想找一位名叫韦林·斯诺的先生。是这个号码吗？"

停顿了好大一会儿，那个声音说道："是的。"是个女人的声音，听起来还是很惊讶。

"我叫卡洛琳·卡申，可以让他接电话吗？"

"但是他不能接电话。"她有些愤怒地说，好像这是显而易见的事实，我却在一味地抗拒。她说话带着加勒比口音，也许是牙买加人。

"嗯，你是说他现在不能接电话？我过一会儿再打来可以吗？"

"不行。斯诺先生现在身体不好。你刚才说你叫什么来着？"

"不好意思，我再说一遍。我叫卡洛琳，我希望去拜访斯诺先生。"听到我嘴里说出这句话，我自己都吃了一惊——"也许明天就去。"

"哦，不行不行不行。"她严肃地说，"我觉得不行。他现在不见访客了。"她接着压低声音悄悄说道，"他现在生活不能自理了，你不知道吗？喉癌。"

打电话前我已经计算过了，韦林·斯诺应该 87 岁了。我也像她一样压低了嗓音说道："他能听到人说话吗？他能明白别人的问题吗？是吗？……好的，请你帮我传个话，就说打电话来的是卡洛琳·卡申。小时候我的名字叫卡洛琳·史密斯。请告诉他我打电话来是想了解一位名叫伊桑·辛克莱的亚特兰大律师，是关于1979 年 11 月份发生过的一件事情，那时他们有过交往。"

我等了足足有 5 分钟，其间我在电话里听出了水管里水流的声音，还有远处的狗叫声。终于，她又拿起电话，简短地说道："他愿意见你。下午是他状态最好的时候。"

从华盛顿到楠塔基特岛没有直达航班，要到旅游旺季的时候才有。

我必须先飞到波士顿，然后再搭乘海角航空公司的十座小型直升飞机过去。但是，我明天只要早一点出发，如果新英格兰天气给力的话，还是能在上午 11 点前抵达楠塔基特岛的。我一边在网上浏览航班的信息，一边抬起手摸了摸脖子上伤口缝合处的针脚。盖勒特医生要是知道我正在考虑什么的话，一定会杀了我的。比默·比斯利也会杀了我的，虽然他不放过我的原因跟盖勒特医生的全然不同。

我必须承认，急诊手术之后 7 天不到就预订小飞机的航班出行——或是预订任何出行计划——是在做一件愚蠢的事情。正在犹豫不决的时候，我突然注意到握着鼠标的手是右手。过去一年我都不能用右手握鼠标了，现在却自然而然地又用起了右手。

另外我还有一种跟以前不一样的感觉。我猜我已经说过我不是个鲁莽行事的人，不会一时冲动就踏上旅途。然而，现在我却坐在这里，准备买一张机票，航班在 11 个小时后就要起飞，飞往我从未见过的一座岛，去见一位陌生人。我本来应该感到紧张，但恰恰相反，我感到振奋。在过去几周的混乱之中，我似乎喜欢上了率性而为。

我的手——我的右手——迟疑不决地悬在鼠标上，接着我猛地把手放在鼠标上，点击了"购买"按钮。

就在我刷牙准备上床睡觉的时候，手机响了，我立刻就接了起来。跟威尔分手后，我就下定决心要随时注意接听电话。我还下定决心再也不相信喜欢听乡村音乐或者穿微喇牛仔裤的男人了。而且今后只要是跟棒球有关，我就再也不去赴约了。（当然，平心而论，即使威尔·扎特曼是个好男人，我可能也会做出同样的裁决。）

"一切都好吧？你感觉安全吧？"打来电话的是比默·比斯利。

"是的。"我把牙膏吐到水池里，"怎么啦？"

"好的。准备睡觉了吧？报警器开了？门都锁好了？"

"比默，发生什么事了？"

"就是想确认一下。就是我不知道，呃，此时此刻，不知道伊桑·辛克莱身在何处。"

我把牙线放回到水池边上，一屁股在浴缸边缘坐了下来，"你是什么意思？你不知道他身在何处？我还以为他在伯顿湖那里呢。"

"嗯，就是那里。我昨天开车去了，我跟你说了我会去的。我去那里有好几个原因，但是说实话，主要原因就是我觉得这样会让你安心。我本来想找他谈谈，让他解释一下那些让你寝食难安的……几处破绽。但是他不在那里，我跟他妻子谈了——"

"贝琪。"

"没错。她很友好。"

"她在湖畔小屋那里？"

"是的。实际上，那要是间小屋才怪。"比斯利轻蔑地说，"那根本就不是什么小屋，他们在那里有一个大宅院，船屋里有两艘摩托艇、一艘帆船、几艘皮划艇，凡是你能想到的他们都有。另外他们还有一百码的私人湖岸线，甚至还有一间马棚，辛克莱太太可以在那里骑马。不管怎么说吧，辛克莱太太还是很有礼貌的。但是她说我跟辛克莱又失之交臂，辛克莱正好开车回市里办事去了。她说辛克莱应该在办公室里，但是辛克莱今天一天都没去律师事务所，巴克黑德的家里也没有人，手机关机。要是我是那种居安思危的人，那我现在就要担心他是不是刻意在躲着我。"

我能想到六七个伊桑·辛克莱可能会去的地方，这些地方对我倒不一定构成威胁。比如说网球俱乐部、某个朋友家、电影院这些地方。也许他外面还有一个女人，但贝琪毫不知情。如果谢丽尔说的可信的话，辛克莱 35 年前就在外拈花惹草了，谁都知道江山易改，本性难移。

"谢谢你告诉我这些。"

"我会继续跟他联系。"比斯利说，"他会出现的，我们会把这些事情都理顺的。特区警方每天晚上还是都会到你家附近巡逻一番吧？"

"现在不了。"我皱起了眉头，"从上周开始就不来了，从我做手术之后就不来了。我是说，子弹已经不在我脖子里了，没有理由再让人觉得我对他构成威胁了，对吧？"

"说到子弹，这就是我打电话过来要跟你说的第二件事。他们什么检测也做不了。"

"什么也做不了？"我的声音里充满了绝望。

"在亚特兰大做不了。但他们识别出了子弹的口径，是'点三八'。全金属外壳，这就解释了为什么子弹会穿过你妈妈的身体再击中你。所以，作案枪械应该是一把左轮手枪，我猜也许是一把史密斯威森'点三八'的左轮手枪。那是我们以前都用过的枪，也是很多年来警察局公务用枪的标配。"

"天哪！"我尖叫道，"你不是在说警方也牵扯——"

"不是，不是，我不是那个意思。警察配备的是这种枪，其他很多人也用的是这种枪。这种枪用途很广，可以用来自卫，可以用来进行打靶训练，还可以用来打你家后院里的兔子。现在还有人买这种枪。但问题是……"比斯利叹了口气说，"卡申女士，问题是你脖子里拿出来的这颗子弹磨损得太厉害了，没法跟其他子弹做对比了。子弹表面有好几处划痕，也许是当时开枪时留下来的，也许是医生用镊子取子弹时在上面留下来的。"

我感觉好像有人给了我的肚子一记重拳。

"我们正在把子弹送往弗吉尼亚，请联邦调查局帮忙检测。他们的人员配备和专业知识都比我们强一百倍。"

"联邦调查局？他们将检测我的那颗子弹？"我简直不敢相信自己的耳朵。

"他们有全国最好的罪证化验室，就在匡提科。毫不夸张地讲，那儿有成百上千名枪械专家、弹药专家、鉴证专员和特工，应有尽有。"

"你们把那几颗用来做对比的子弹也送过去了吗？就是1979年时你们留下来做样本的那几颗子弹。"

"是的，当然了。这是最重要的。"

"那里面有口径是'点三八'的吗？"

"听着，船到桥头自然直，等发现问题我们再来解决不迟。跟你讲了这么多，我已经够通融的了。"

"但是，比默——"

"卡申女士，我现在要挂电话了。下个星期的头两天我们应该就能收到匡提科的检测结果了。"

打完电话后，我努力让自己睡着，但每隔几分钟我就被什么声音惊醒，一会儿是风吹着邻居家松动的百叶窗发出的响声，一会儿是远处一辆车的防盗报警器发出的响声。刚过凌晨两点，一只猫头鹰在窗外叫了一声，差点儿没把我的胆吓破。我检查了一下警报器的设置，检查了一下卧室门上的死闩锁，然后穿好衣服，等时间一到就叫出租车送我去机场。

04

第四部分

楠塔基特

第四十二章

2013 年 11 月 2 日，星期六

　　韦林·斯诺的房子很大，四四方方的，外墙是饱经日晒雨淋的灰色护墙板。然而，隔着机场的士雨水模糊的车窗，我很快就发现楠塔基特岛上的房子用的都是饱经日晒雨淋的灰色护墙板。我从未见过哪里的建筑风格如此整齐划一。楠塔基特岛给我的初步印象是云雾缭绕，海风强劲，空气被海鸥尖厉的叫声撕扯着，里面裹挟着刺鼻的咸腥味。

　　这里到处还弥漫着金钱的味道。街道被清扫得干干净净，花园被打理得整整齐齐，而且即使已经到了 11 月，被雨水淋湿的玫瑰花仍然一丛丛地垂悬在粉刷一新的尖桩栅栏上。一路从机场过来，我咬紧牙关强忍着疼痛，一只手摁在脖子后面仍然肿着的伤口上，另一只手紧紧地抵着车门。今天上午的两个联程航班一帆风顺，我在肩膀上裹了一条柔软的厚披肩，一路睡了过来。但是楠塔基特岛上坑坑洼洼的鹅卵石路对我却是一种折磨。出租车颠簸着穿过一个个小水洼，经过了几家咖啡店、一间老式的药店、一家银行和一座漂亮的教堂。一大半商店看起来都处于冬季的关门歇业期，人行道上空荡荡的没什么人。

　　斯诺家位于岛上最大的一个小镇的中心，小镇就被称为"小镇"，名称就体现出典型新英格兰地区的简朴。穿过几个街区后，主干道两边的店面渐渐消失了，取而代之的是一座座气派的大宅第，这些都是以前出海远航的船长和捕鲸商人的府邸。要是没有海鸥的话，楠塔基特的主干道跟乔治城的上流街区并无两样。

司机把车开到了主干道和牛奶街交叉的街角，说道："到了。"面前有三级石头台阶，台阶的两边都点着汽灯，一扇大门富丽堂皇，门上的黄铜门环和投信口闪闪发亮。我从手提包里摸出一盒"爱德维尔"止痛片，吞下三颗，然后敲了敲门。

等到门打开的时候，里面的情形或多或少跟我想象中的一样。昏暗的门厅，装修极其考究烦琐，却一尘不染。老式的挂毯，老式的装饰画上是奥杜邦画的鸟，褪了色的墙纸，一座落地大摆钟看起来已经好几十年都不走了。那个说话带着加勒比口音的女人比电话里听起来显得更为友善，语气也更加温和。她说自己名叫玛丽，我不知道她是个朋友、护工还是管家，或者几者兼而有之。她接过我湿透了的外套，领着我穿过一间间昏暗的屋子。

"他不能说话了。"她低声说道，"已经有好几个月了。但他的头脑还是非常灵活，明白得像一面镜子。"

"那他怎么——"

"他可以写字。我想让他用电脑，但他宁愿用笔和纸。你一会儿看到就明白了。"她从眼角瞄了我一眼，"我没想到他会同意你来。他已经不太管事儿了，说那些事儿让他感到厌倦。但为了见你，他今天早晨起来梳洗了一番。"

房子的顶里面是一间起居室，出乎意料地舒适。屋子一头的壁炉熊熊烧着，壁炉前是一张巨大的、灯芯绒面的、老年人喜欢的"拉兹男孩"躺椅，椅子上坐着一位老人。我进来的时候，他把椅背调直了，站起来跟我握了握手。

斯诺背已经驼了，人也缩了，看起来个子本来就不高，秃了的头顶上覆盖着一层厚厚的头皮，站起来还够不到我的下巴。他的皮肤呈现出一种土灰色，下巴上有干了的血点，一定是早晨剃胡子时弄破的。我感到一阵怜悯，想象他在洗脸池前洗漱，一定很费劲。

斯诺示意我坐下。他把脚跟和躺椅的边缘对齐，撅着屁股慢慢往下坐，然后朝后一仰，陷进椅子的深处。我记得我的祖母老得不能自己站起来或坐下去的时候，就是这样做的。

我们互相打量了一番。他可能已经到了癌症晚期，病入膏肓了，但他的眼睛清澈透明，看起来很聪明。玛丽说得没错：他的大脑明白得像一面镜子。

"谢谢你答应见我。你知道我为什么要来这里吗？"

他朝我俩之间的一张木头边桌伸出手去。桌上有一支笔和一本棕色的斜纹棉布封面的记事本。

你好，他写道，然后抬头看了看我的眼睛，很正式地点了点头。在第二行，字迹很潦草，他写道：**不如你告诉我吧**。

于是我就告诉他了。我对他讲了在尤拉莉亚路上史密斯家的房子里发生了什么事；讲了我是怎样在另外一座城市、另外一个家庭里长大，最近才得知还有另一个家的存在。讲了几乎整个一生我的脖子里都埋着一颗子弹。

他听得似乎很专注，偶尔讲到激烈的地方时，他会在纸上画一个感叹号；还有一次，他画了一个问号，似乎是想让我再讲具体一点。

"他们一直没有抓住杀害我父母的凶手，"我最后说道，"但你认识其中一个被警方讯问了的人。他是你的律师。"

斯诺点点头，写道：**伊桑**。

"你告诉警方案发当天整个下午你都跟他在一起。"

他又点点头。

"你说的是真的吗？"

那双聪明的眼睛盯着我的眼睛。他的手一动不动地搁在记事本上。这么问他过于突兀。我本应该找到一种委婉的方式来提出这个问题。但是我感到有些烦躁，脖子上的伤口隐隐发痒，这间屋子也闷得让我透不过气来。

"辛克莱先生几周前来找我。"我换了一个角度。

韦林·斯诺没有眉毛，但额头上扭动的皱纹似乎暗示着要是可能的话，他会惊讶地抬起眉头。

"他很友好，但是他说的一些事情——或者说，他刻意不说的一些事情——让我感到费解。"我俯身向前把手放在了斯诺瘦削的膝盖上，"另外还有一件事情我想让你知道。上周有一天夜里，我在华盛顿的家中被袭击了，有人想伤害我。我认为——我不清楚，但我认为有人知道我脖子里的子弹对他们构成了威胁。有人知道这会送他去坐牢。"

斯诺的额头上出现了很多道皱纹。**嘿**。他写道。

"请帮帮我。"

他的眼睛仍然盯着我的眼睛。

"我不关心你为什么要聘请伊桑·辛克莱做你的律师。我不关心你曾经惹上了什么麻烦。那些都不是我来这里的原因。"我用力紧紧握住斯诺的膝盖，"那天，我父母死去的那天，伊桑·辛克莱在他们的家里吗？你发誓说过那是不可能的，你们俩关着门在会谈室里谈事。"韦林·斯诺拿起了笔，字母歪歪扭扭地挤到了一起，缓慢地写道：我撒了谎。

第四十三章

我从斯诺手里把记事本拽了过来，掉了个边，正过来看，手指在他的字迹上滑过。

我撒了谎。

"那么你没有跟他在一起？那天下午？"

他把记事本拿过去写道：部分。

"什么意思？你有部分时间是跟他在一起的，但不是整个下午？"

他疲惫地点点头。

"因此，他现在没有不在场的证明了。"我低声说道，"他本来就没有，他可能就在布恩·史密斯和萨迪·罗森·史密斯的家里。"

斯诺猛地往后缩了一下，然后愤怒地写道：那我不知道，他还在每个词下面都画上了一道粗重的横线。

"好吧，你不知道他在哪儿，只知道他不是跟你在一起。"

他快速点头。

我眯起眼睛，"你为他撒了谎。向正在对谋杀案展开调查的警方撒了谎。而你从没想过问他到底在哪儿？你难道一点都不好奇吗？你有什么把柄被他抓住了吗？"

他耸了耸肩。

"你为什么要撒谎？"

要是我没看错的话，斯诺翻了翻眼睛。

"我猜你现在认为这没有什么大不了的。但是，斯诺先生。"我的声音里充满了愤怒，"斯诺先生，我的父母被杀害了，我也被子弹击中了。如果这事儿是伊桑·辛克莱干的，如果他当时在场的话，他开枪击中了一个 3 岁的小女孩，然后任由她流血身亡。你一定听说过这起案件，你一定看到过报纸上的报道。你的良心怎么过得去？你怎么会替他说谎？"

突然，斯诺从椅子里摇摇晃晃地站起来，发出一阵怪异刺耳的声音，类似沙哑的咆哮。然后，他又发出了同样的声音，接着是一通咳嗽。我赶紧站起来，满屋里寻找水杯或纸巾，却什么也没找到。我是不是该把玛丽找来？但是这时他渐渐安静了下来，紧扯着自己的胸口，眼泪鼻涕顺着他憔悴的面庞流了下来。他把脸在袖子上擦了擦，摸索着抓住了笔。他连续写了几分钟，然后抬起头把记事本推到了我面前。

我被起诉了，内幕交易，证券诈骗。一旦败诉，我就一无所有了。我据理力争，但预审调查发现了证据，电话记录，我的秘书打出来的。伊桑必须上交法庭。你明白吗？

但是那天夜里，伊桑来找我，他说：你帮我的话，我就帮你。要是你说我跟你在一起的话，我就把电话记录销毁。这太容易了！那时还没有电子邮件，很久以前的事了，没有电子文件的轨迹，只有那张纸片。所以他就把电话记录烧了。我就跟警方说那天我跟他在会谈室里，双赢的结局。

看完后，我抬起头，感到震惊。

他翻到新的一页写道：我并不自豪。

"我也认为你不。"

我以为是关于女人的事。他想找个借口跟妻子解释他在哪儿。伊桑一直都是个花花公子。

"那你现在是怎么认为的？"我的声音冷得像冰一样。

花花公子。他在下面画了一道线。不是谋杀犯！

"但是你并不知道。那才是最重要的。你不知道他那天在哪儿，不知道他那天都干了什么。"

他又耸了耸肩膀。

"我需要你帮我写个供词，把你跟我说的话告诉警方。现在还有以前的一名警探，比斯利探长，他对这个案子很熟悉——"

斯诺摇了摇头。他写道：再见，卡洛琳。

写完他就把这几页纸从记事本里撕了下来，把所有他写的字都撕了下来，揉成一团，扔进了火里。纸团的边缘先点着了，蓝色的火舌迅速将纸团包裹住，一会儿就把它烧成了灰烬。

我猛地吸了一口气："我可以把你跟我说过的话输入电脑打印出来，你只需要在底下签个名就行。我只需要伊桑没跟你在一起的那部分内容，其他内容现在没有谁会去关心了。关于内幕交易的事情，现在也许已经超过诉讼时效了——"

但是韦林·斯诺已经闭上了眼睛，坐回到"拉兹男孩"的躺椅里了，整个人看起来又瘦又小，衰老且虚弱。

"斯诺先生？"我轻轻拍了拍他的腿，"斯诺先生？"

他把眼睛睁开了一条缝，使劲把我的手从他的大腿上打开。他没有发出声音，但他的嘴唇明确无误地做出了一个圆圈的形状。

他说的是"不"，清楚得好像他真的把这个字说出来了一样。他的眼睛又闭上了。

我在楼梯后面找到玛丽帮我挂在那儿的大衣，径自就出了门。

暮秋的楠塔基特感觉像个鬼城，一个银灰色的、烟雾缭绕的、冰冷华丽的鬼城。

我冒着蒙蒙细雨从韦林·斯诺家出来，又经过主干道上的那座教堂，然后左转走到了中央街上。回程的航班要等到明天上午9：05，因此我今晚订了一家住宿加早餐的旅店。

我在房间里用热水好好洗了洗脸，踢掉了靴子，缩在床上又睡着了。一觉睡了4个小时，一个梦也没做。醒来时，天已经黑了。我掀开毯子，搞不懂为什么旅店的房间可以同时热得让人冒汗，又湿得让人发冷。我必须离开这个屋子。

照看前台的男孩看起来还不到可以开车的年龄。从他身后满墙挂的钥匙判断，我可能是今晚唯一的客人。他先用了一分钟一口气列出了很多旺季时来这里旅游应该去的餐厅，然后又用了一分钟把位于岛上某一端的一家酒吧赞美了一通，说要是我有车就可以去那儿了。

"你就告诉我一个附近的地方。"我恳切地说，"近一点，在营业就行。今晚我的要求不高。"

"'盗贼争霸'餐厅朝那边走 30 秒就到了。"他用手指着说道，"出了大门就是宽街，朝左一拐就到了。那是一家老式的捕鲸酒吧。"

"好极了。"

"那里的桶装啤酒味道很好。你可以点思科爱尔啤酒，或者点应季的南瓜啤酒，要是现在还有的话。这是楠塔基特岛当地酿造的啤酒，他们在里面加了南瓜块和香料，味道很赞。"这听起来非常恶心，但我忍住没说不点。

"盗贼争霸"餐厅里面光线昏暗，木头屋顶压得很低，壁炉里的火烧得很旺，砖墙上挂着灯笼。只有两张桌子坐着人，一桌是一对貌似来约会的神情有些尴尬的情侣；另一桌是四个老年男子，看起来像是这里的常客。两个黏兮兮的空啤酒壶放在他们之间的桌子上，第三壶也快见底儿了。我挤进吧台前的一张椅子上，跟调酒师打了个招呼，准备点一杯常喝的干白葡萄酒，但想了想又改变了主意。

"来一杯双份布莱特裸麦威士忌，不加水。"

"好的。"他把一碗椒盐脆饼干推到了我的面前。

昏暗中，我把菜单举到一支蜡烛前仔细研究。终于有这么一次，我不想吃肉了，"圆蛤是什么？"

"就是蛤蜊。"

"哦。那我就要一碗楠岛圆蛤海鲜浓汤。"

"你很会点。给你满上吗？"他手里的布莱特酒瓶对准了我的酒杯。我低头一看，双份威士忌已经下肚了。

"好的，为什么不再来一杯呢？再给我来一杯水。"我应该慢点儿喝。今晚，威尔·扎特曼和我哥都不在这儿，没人扛我回去。想到威尔，我心头一紧。上一次去酒吧就是去"佐治亚烤肉"的那次，那天晚上，威尔来到亚特兰大给了我一个惊喜。我抿了一口酒，让它停留在舌头上，然后闭上眼睛，回忆起威尔抚摸我时是一种怎样的感觉；当他绕着圈轻按我的手腕、我的锁骨、我的乳房的时候，是一种怎样的感觉；当他的髋部抵着我的髋部的时候，我的呼吸有多么困难。

我睁开眼睛的时候，调酒师把海鲜浓汤和一袋牡蛎苏打饼干放在了我的面前，"汤很烫，当心别烫着。"

我尝了一勺，胡椒的辣味和奶油的香味都很浓。那几个老年男子又要了一壶啤酒。啤酒是清亮的稻草黄色，看来对于南瓜啤酒，他们也是避之不及。那对情侣已经离开了。吧台上方的电视屏幕上是一群人欢呼雀跃的画面，他们挥舞着红袜队的队旗，身后的五彩纸屑漫天飞舞。

"红袜队又赢了？"我问调酒师。

"他们又赢了？你都去哪儿了？他们这周刚赢了世界系列赛，这是他们的胜利大游行，今天是在波士顿。"

他侧身歪过脑袋朝屏幕看去。屏幕上是一支被称为"鸭子船"的水陆两用卡车组成的车队，顺着波士顿的街道游行，红袜队的球员们坐在车里欢呼呐喊。他们仍然留着幸运的大胡子；我仔细一看，还注意到很多鸭子船也装饰着相匹配的穴居人风格的胡须。一支乐队开始演奏《上帝保佑美利坚》。摄像机拍到一个小女孩在街道上跳舞，脸上和金色的头发上都涂着一道道红袜队的红色。助威喇叭和汽车喇叭也此起彼伏地嘟嘟叫着。

"坚强波士顿。"调酒师拍着胸口说道。

"坚强波士顿。"老年男子中最壮实的那一位也大声叫道。他们都对着电视碰响了油乎乎的酒杯。

"这杯免费。"调酒师一边说一边给我倒了一杯看起来至少是三份的威士忌。他转身对那个最壮实的老年男子说道，"嘿，嘿，开始喽。你觉得他们会怎么庆祝，马蒂？我觉得奥迪兹他们会去游个泳！"水陆两用的鸭子船车队离开了马路，开到了查尔斯河里继续他们的胜利大游行。

我一边抿着威士忌，一边看着这些男人观看红袜队的游行。如此简单的事情却能给他们带来如此多的欢乐。明天，我还要去思考韦林·斯诺对我说过的话，思考伊桑·辛克莱是个什么样的人，思考萨迪·罗森和布恩的为人处世，思考这一切都意味着什么。今晚，我就让自己待在这个昏暗的酒吧里，跟一群快乐的老男人做伴，相信这个世界仍然是一个美好的地方。

- T H E   B U L L E T -

05

第五部分

华盛顿

第四十四章

2013 年 11 月 3 日，星期日

　　第二天我感觉良好。

　　那天夜里时间改回到冬令时，每个人都可以多睡上一个小时，这或许也是我感觉良好的一个原因。要不就是我酒还没醒。七杯裸麦威士忌下肚，我睡得像婴儿一样香甜，好多个星期都没有睡得这么好了。在回程的飞机上，我又吞了两颗"爱德维尔"止痛片，放松一下颈部的肌肉（肝衰竭，我离你不远了），然后一口气读完了《波士顿环球报》和《纽约时报》两份报纸。我有好几个星期都没有关注新闻了。几名政界人士已经去世了，我却连他们生病的消息都没听说；联合国警告说中非共和国可能爆发种族大屠杀；推特即将上市；谭恩美 ①出版了一本新书。我如饥似渴地读着每一条新闻标题，好像刚刚出海远航归来或者刚刚从昏迷中苏醒过来，但还是错过了无数丑闻和救赎的故事。

　　回到 Q 街的家中，在我出去的这两天，投信口里塞进来了三封信。陶艺仓不信我永远都不会在他们那里购物，又给我寄来一本厚厚的圣诞商品目录，封面标题为"节日的魔力开始了！"标题下面的照片上有一只完美的长袜，袜子挂在完美的炉火上面，炉火照亮了一旁完美的奶油色沙发和一杯看起来完美的鸡尾酒。另外还有两封信。第一封信里是亚历山德拉·詹姆斯手写的一张便条：很高兴遇到一个跟

---

① 谭恩美，Amy Tan，著名美籍华裔女作家。

我一样迷恋普蓬法式面包房的人。祝你早日康复。什么时候能请你喝杯咖啡？随信又寄来一张名片。

第二封信是太阳信托的一位经理写来的。我曾打电话咨询过布恩·史密斯和萨迪·罗森·史密斯遗嘱里提到的存款账户和保险箱的去向，在那之后，我们写过几封电邮，通过几次电话。经理曾让我把遗嘱和死亡证明的复印件寄给他。另外还要走我的收养材料和出生证明。我顺带还把《亚特兰大宪法报》上里兰德·布雷特写的两篇报道打印出来寄了过去。比起让我自己去解释为什么突然对一个34年都没动用过的银行账户产生了兴趣，这两篇报道读起来更加简洁明了。

我现在握在手里的这封回信对我表示歉意，他们没找到保险箱的下落。根据《无人认领资产的处置条例》，无人问津的保险箱在搁置了7年之后可以通过钻孔打开，里面所有的财物都要上交到州政府。银行记录已不复存在，因此无法知道操作员当时在那里面找到了什么。他请我联系佐治亚税务厅的无人认领资产处获取更多信息，他还给了我一个网址的链接。

与此同时，为了查找到存款账户的去向，他们也做出了很多努力。我提供给他们的账户号码跟计算机里存储的号码匹配不上，而且那么久远的用户资料也都没有被数字化。但是他们找来了一名退休职员来整理那些资料箱。资料是按不同营业支行进行分类的，于事无补的是，我的亲生父母并不常去离家最近的支行，他们的账户是在市区南边的一家支行注册的，离机场不远。布恩一定是觉得上下班途中顺道在免下车柜台办理业务比较便捷。

他们礼貌地要求我按照已经寄去的材料的复印件把原件提交给他们核实，为此给我带来的不便，经理再次表示了歉意。但是考虑到过去了这么长的时间，而且涉及金额较大，他相信这么做我能理解。我眨了眨眼，举起手中的那张纸，把上面的数字和小数点远远近近、反反复复地看了又看。

在这家信托公司的一个休眠账户上，开户人为布恩·W. 史密斯和萨迪·罗森·史密斯，是一笔数目不小的存款。

第四十五章

2013 年 11 月 4 日，星期一

我的亲生父母的财产执行人已经去世了。

消息的来源是杰西卡·杨发来的电邮。我穿着睡衣拖鞋，坐在厨房里的灶台上，一边喝着每天早晨的大吉岭红茶，一边读她发来的邮件。在萨迪·罗森和布恩两个人的遗嘱中发现埃弗雷特·A. 萨瑟兰这个名字后，我就在网上把这个人搜索了一番，但没有找到什么信息。我爸也承认对此人一无所知，说他从未过问过史密斯夫妇的财产。

"亏你还是个律师！"我采取了激将法，"对于这些法律上尚未了结的事情，你难道一点都不想弄个明白吗？"

"不想。"我爸的回答毫不犹豫，"我们希望跟过去一刀两断。当然，我们必须确认你没有指定的监护人，而且跟任何亲属都不存在具有法律效力的血缘关系。至于遗产的问题（他说"遗产"这个词的时候带着明显的反感），亲爱的，你妈和我完全有能力抚养你，没必要到处去打听他们的钱。"

杰西卡·杨跟我爸妈正好相反，一直四处打探史密斯夫妇的家庭财务，似乎以此为乐。她不知从何处得知埃弗雷特·萨瑟兰是布恩年事已高的教父，是布恩一家在北卡罗来纳州的世交。布恩·史密斯和萨迪·罗森·史密斯两人被谋杀后不到几个月时间，他就患癌症去世了。萨瑟兰的葬礼在夏洛特市第二联合卫理公会教堂举办，他与跟他一起生活了 47 年的妻子葬在一起。

这就解释了我的很多疑问。例如，为什么埃弗雷特·萨瑟兰从来没找过我。为什么保险箱和银行账户就这样被遗忘了。从史密斯夫妇的账户余额来看，他把卖掉尤拉莉亚路上那栋房子的收入投资到了正确的地方。但是紧接着他一定就生病了，只能顾得上交代自己的事情，顾不上安置我的亲生父母的财产了。我只能猜想他本来是准备哪天联系卡申夫妇的，但最后没来得及。

杰西卡·杨并没有遵照我的请求放弃调查此事，对此她毫无歉意。恰恰相反，对她下一步将如何展开调查，她还提出了几点想法。美女，美女，求你了。她这样写道。这比里兰德天天让我核实新闻的工作有趣太太太……多了。别跟他说这话是我说的。

第二封邮件也是一个记者写来的。亚历山德拉·詹姆斯重申了请我喝咖啡的邀请，然后，好像不经意想起来似的，问到了那颗子弹。你还留着它吗？我打了几个电话，亚特兰大警方不愿透露任何消息。但他们一定很感兴趣，对吗？

记者这类人啊，说真的。

记者这个行当真是劳神费力，职业训练练就出他们的冷酷无情。短短五天时间，亚历山德拉·詹姆斯就亲自上门来了一次、亲手写了一张便条，还发来了一封电邮。接下来，她就差站在门前的街上，举着扩音器冲我提问了。

我差点儿把最后一封邮件直接就转成了垃圾邮件，我不认识这个寄件邮箱：pierce@nantuckhotels.com。是楠塔基特那家旅店发来的顾客满意度调查吗？还是电子收据？

结果却是一封私人邮件，是酒店前台的接待员写来的。他是一个十几岁的孩子，看起来开车都不够年龄。他希望我在岛上度过了一段愉快的时光，说服务员打扫我的房间时发现了一个充电器和我的 iPod，问我是否希望他把东西寄过来。他给了我一个前台的电话号码。

"哦，我是把它们丢在那儿了。"他一接起电话我就这样说道。

"哦，嘿。是的，要是就是一个充电器的话，我就不给你写邮件了。但我想你也许还想要 iPod。"

"谢谢你，要是你能寄给我就太好了。"

"'盗贼争霸'餐厅的晚餐怎么样？你喝了楠塔基特的南瓜啤酒吗？"

"没有。但是谢谢你的推荐，地方不错。"

"不客气。那个人后来找到你了吗？"

我眉头一皱："哪个人？"

"你去吃饭的时候，有个男的打了好几个电话找你。他没把名字留给我。"

我皱紧了眉头。除了玛丽和韦林·斯诺，我去楠塔基特的行程没有告诉过任何人。没有其他人知道我在那儿，当然更不可能知道我住在哪家旅店了。手术做完不久就出远门，我怕家里人知道的话要为我担心。

前台的接待员接着说："那个男的岁数不小了，说话好像是南方口音？他第二次打来电话的时候，我怕万一是重要的事情，就记下了来电显示上的号码。你等一下，我看还能不能找到。"

我嘴里咬着眼镜脚，耳朵里听着电话那头传来的纸张的窸窣声。他拿起电话，报给了我一个不熟悉的电话号码，号码前的区号是 404。是亚特兰大的区号。我挂了电话，开始在联系人列表中查找这个号码，不是比默·比斯利，不是谢丽尔·鲁尼，不是杰西卡·杨，也不是里兰德·布雷特。我掏出钱夹，从放收据的夹层里拿出一张用克兰加厚特种纸印制的名片，看了一眼上面的手机号码。

伊桑·辛克莱怎么知道我去了楠塔基特岛呢？

我从比斯利说话的声音就判断出他带来的将是个坏消息。我们刚刚互相问候了两句，我就从他的语调里听出了不妙，"发生了什么事吗？"

"今天上午，联邦调查局的鉴证结果出来了。我刚跟化验室通过电话，子弹的鉴证结果是非决定性的。"

"非决定性的意思是？"

"意思是他们无法匹配这颗子弹，意思是子弹磨损得太厉害了。他们什么检测都做不了了。卡申女士，我很抱歉。"

"什么检测都做不了？他们认同佐治亚警方关于子弹口径和枪械型号的鉴证结果吗？"

"是的，子弹口径是'点三八'没错。但是子弹表面磨损严重，划痕很多，无法跟其他物证样本进行比较，也无法得出任何确定性的结果。甚至把它放到高分辨率的显微镜下观察也无法得出任何确定的结论。"

"我真不敢相信会是这样的结果。那现在怎么办？"

"嗯……"比斯利长叹了一声，"联邦调查局将把完整的鉴证报告寄过来，刚才在电话里我们只谈到了几个要点。我和杰瑞·弗里曼会把报告仔细看一遍，交换一下意见。但是没有子弹的话……你也知道，当初促使我们重新调查这起案件的理由就是可能出现新的物证。没有新的物证，没有可供匹配的子弹，我不确定我们是否还能够继续调查下去。"

"就这样算了？"我很难接受他说的话，"你们的任务完成了？"

"卡申女士，我已经把以前的那些材料研究了很多遍。我们需要有新的物证才有理由继续——"

"伊桑·辛克莱没有那天不在场的证明。"

沉默。过了一会儿，比斯利一头恼火地说道："不对，他有。我已经跟你说过了。那天他在律所上班，跟客户——"

"他的客户是韦林·斯诺，我知道。只是他无法提供辛克莱不在场的证明。我这个周末去找过斯诺先生了。"

"你什么？"

听我讲完跟斯诺见面的经过后，比斯利冲我足足吼了有 5 分钟：我把自己置于了危险的境地，我这是在干扰警方的调查，我是不是完全失去理智了？

"我必须让他给出供词。"最后比斯利喘着气说道。

"他不会的。"

"必须试试。"

"那是当然。好吧。"

"同时我还要继续联系辛克莱先生。秘书说他应该下午去律所。说他有周末手机关机的坏习惯，连他家里人都受不了了，很可能还没看见我发的信息。"

我知道那不是真的。星期六晚上，辛克莱的手机并没有关机。他不知怎么找到了我，而且还找时间给我在楠塔基特入住的旅店打了电话。打了两次。我没把这些告诉比斯利，事实上，我问道："比默？"

"什么事，女士？"

"你们从两名嫌疑人持有的枪里搜集了几颗物证子弹样本，1979 年的时候。那里面有'点三八'口径的吗？"

比斯利迟疑了片刻后回答道："两把枪的子弹都是'点三八'口径的。但手枪的型号不同，一把是柯尔特，一把是史密斯威森。但两者用的都是'点三八'的子弹。其实，1979 年的时候，亚特兰大一半以上的左轮手枪可能用的都是同样的子弹。这什么也证明不了。"

吃午饭的时候，奥布琼夫人顺道过来取她的汤锅。

跟上次一样，她又是不打招呼就毫无征兆地登门造访。幸好这次我衣冠整齐，甚至配戴了耳环，还化了妆。

"Très belle ①，"她微笑着打量了我一番，"现在你看起来跟以前一样了，看来鸡汤的效果不错。"

"Ça doit être ça ②。"一定是鸡汤在起作用。

"C'est délicieux ③。"这是实话。只要你能接受屋里一天都散不出去的大蒜气味，她送来的鸡汤确实很好喝。

我领着她进了厨房，"喝咖啡还是红茶？"

"不了，谢谢。要不来点儿劲大的？"

劲大的？现在刚刚 12 点半。而且还是星期一的中午。我去客厅的酒柜里取来了几瓶酒。

她指着其中的一瓶说道："就这瓶吧，s'il te plaît ④。"

我给奥布琼夫人倒了一杯雅文邑，然后一脸茫然地看着她一口把酒喝了下去。

"怎么了？"她的语气咄咄逼人。

"Rien. Rien du tout ⑤。没什么。就是……我们共事了很长时间，有 10 年了 n'est-ce pas，但是我，嗯，刚刚意识到其实我并不了解您。"

她露出了笑容。我正要给她再倒一杯的时候，她摇了摇头。"一杯足矣。Pour la santé ⑥。可以强身健体。"她从手袋里拿出一块绣花手帕，在嘴角周围轻轻擦了擦，"我觉得自己的私生活最好还是不要公开，还是不要在办公室里谈论为好。"

---

① 法语，意为"很漂亮"。
② 法语，意为"一定是这样"。
③ 法语，意为"很好吃"。
④ 法语，意为"请"。
⑤ 法语，意为"没有，没什么"。
⑥ 法语，意为"对健康有益"。

"明智之举。"

"比如说，你可能不知道让－皮埃尔是我的第二任丈夫。"

"哦？"我礼节性地回答道。

"他只有 51 岁，"她的声音里有一丝自豪，"Il n'est qu'un garçon。[①]"

"我希望有机会能认识他。"

"我倒不希望。"她不屑一顾地说，"他已经够给我惹麻烦的了，我可不想他认识你们这样的年轻女人，pour l'amour de Dieu[②]。他不把你们吃了才怪。"

我被逗乐了，开心地抬起眉头，"他听上去很像……法国人。"

她严厉地盯了我一眼，让我觉得她生气了。我正要张嘴道歉，她接着说道："让－皮埃尔成为我的第二任丈夫是因为我的第一任丈夫经常动手打我，有好几次差点儿把我打死。"

我大吃一惊，"对不起，伊莲，我不知道这些事情。"

"没有人知道。我的这根手指到现在还伸不直。"她抬起一只布满青筋但精心做过美甲护理的手，小指不自然地弯着。

我怎么从来都没注意到呢？

"还有我的肋骨，断过三次，肺撕裂、脑震荡。"她轻描淡写地说着，好像列举的是回家路上计划顺道去采购的杂物，"最后，我终于鼓足勇气把他踢出了家门。之后，我把自己锁在屋里，七个星期都没有出门。"

我不知道该说些什么。

"Sept semaines[③]。"她又说了一遍。

"太可怕了。"

"有些时候，为了疗伤，我们需要独处。"奥布琼夫人把手伸进手袋里，从里面掏出重重的一串钥匙，"卡洛琳，去巴黎吧，远离尘嚣，让自己再次强大起来。"

---

① 法语，意为"他还是个孩子"。

② 法语，意为"为了上帝的爱"，此处用于加强否定语气。

③ 法语，意为"七个星期"。

第四十六章

"他不愿意说。"比斯利下午晚些时候打来电话，告诉我最新的进展，"韦林·斯诺不愿意说。你说得对，他不愿意配合。"

"你怎么可能这么快就联系到他了。他在那个岛上呢。"

"当地警方帮了忙。那儿的警察局很愿意帮忙。我猜平时他们最大的乐趣不过就是开开罚单，要是有人海滩使用许可证过期的话。"

我疑惑地问道："你让楠塔基特的警察去问韦林·斯诺有关布恩·史密斯和萨迪·罗森·史密斯谋杀案的事情？"

"是有关伊桑·辛克莱不在场证明的事情。要是像你描述的那样，斯诺又是咳又是喘的，恐怕他在这个世界上的时间不多了。我要是申请批准去那儿的话，恐怕时间来不及了，而楠塔基特警方正好就在那里。"

"那是，但是他们不知道案件的背景，对案件也不十分熟悉，很难说服——"

"我知道，所以是我问的。其实，理想的状况是，我们动用大陪审团审查，要求他提供证词。但我们在马萨诸塞州没有对他的司法权，而他听起来最近也不愿千里迢迢来佐治亚。因为时间关系，我们只好派了两名警官开车去他家，设置起一个视频链接。我问的问题他好像都听得很清楚，然后他把回答用笔写出来，整个面谈过程都录像了，因此我们是有记录的。倒不是说那能有什么用，因为他否认了所有你说他说过的话。"

我已经出离愤怒了，"我跟你说过他会这么做的。"

"韦林·斯诺发誓说 1979 年 11 月 6 日那天辛克莱整个下午都在他身边。他也一直都是这么说的。"

"这个谎话连篇的小人。"

"他还说他对你也是这么说的。说你一定是神志不清，满口胡言。而且，我们都不应该打扰他，因为一个快死的人需要一些安宁。"

我轻蔑地说道："好吧，他是快死了。他看起来糟透了。这是他跟你说的唯一一句实话。"

"卡洛琳。"比斯利清了清嗓子。我注意到他开始用我的名字而不是我的姓氏称呼我了。"我能理解这一切对你来讲有多么困难，你多么想能够通过子弹抓到凶犯，要是能把这一切做个了结该多好，让你觉得你替你的爸妈报了仇。我指的是史密斯夫妇，对我来说其实也一样。我第一次见到你时就对你说过，这起案件每一天都让我寝食难安。"他又清了一下嗓子说，"我和杰瑞仔细讨论过了——"

"你知道我是怎么想的吗？我认为你应该逮捕伊桑·辛克莱。我认为是他干的。我认为他跟萨迪·罗森有婚外情，后来萨迪·罗森把他甩了，他就丧失了理智。需要我再重复一遍吗？辛克莱有一把'点三八'的枪，而我脖子里的子弹就是'点三八'的。不管韦林·斯诺现在怎么胡扯，辛克莱其实没有不在场的证明。而且，现在他正四处逃窜，连你的电话都不回——"

"等等，等等。不回我的电话并不足以证明他已经逃走了。要是那样的话，我女儿青春期的时候有将近 10 年都是逃犯了。你刚才还提到了几件事，我想跟你抬抬杠。第一，我们不知道伊桑和萨迪·罗森有婚外情。"

"谢丽尔·鲁尼说他们——"

"我知道谢丽尔是这么说的，但我同时也知道伊桑对此做出了否认。我们没有证据判断谁对谁错。"

"韦林·斯诺说过伊桑一直都是个花花公子。"

"哦，韦林·斯诺！"比斯利故作兴奋地欢呼道，"你指的就是那个今天提交了书面供词的韦林·斯诺？就是那个把供词白纸黑字地交给了两名身着警服的警官，发誓案发时辛克莱是跟他在一起的韦林·斯诺？"

234

"比默——"

"抱歉。你刚才说什么了？说什么辛克莱没有不在场证明？"

"他在撒谎，比默！斯诺今天在你面前撒谎了。"

"你怎么证明他撒谎了？"

我无言以对。

"卡洛琳，我的意思是，我们没有证据。一点证据都不掌握。我们无法证明他们曾经有过婚外情，我们无法证明击中你的那颗子弹是从辛克莱的枪里打出来的。除了你，我们也没有目击证人，而你又什么都不记得。哦，我们确实有一位商界领袖，他是南方贝尔的高级执行官，他发誓说辛克莱不可能在案发现场。你听明白了吗？我们又回到了 34 年前的起点。唯一的不同可能就是现在的我甚至比那个时候还要失望。"

"两个星期前有人闯进我的住处，想要伤害我，这事又怎么解释？你难道不认为这也许是辛克莱干的？他想先下手为强把子弹抢走？"

"当然，也许是他干的。也许是'开膛手杰克'干的，也许是……'怀尔狼'干的。证据在哪儿呢？说实在的，你也知道重罪定罪需要达到的标准。我们要掌握排除一切合理怀疑的证据。我们离这个标准还差得远呢。另一方面，辛克莱的太太和秘书都准备宣誓据实做证，证明辛克莱 10 月 23 日夜里在佐治亚。"

我气得直跺脚。

"指控伊桑·辛克莱这样的人，你需要特别特别当心。我不是找理由说可以不去努力了，但他是一个很难对付的辩方证人。他会让亚特兰大所有欠他人情的人出庭为他做证。考虑到他和贝琪对人有多么慷慨，我敢打赌愿意为他出庭的人不在少数。说到贝琪，他也会让漂亮的金发妻子——同时也是他的孩子的母亲——为他出庭，告诉大家他是个多么优秀的男人，既是妻子的好丈夫，也是孩子们的好爸爸。电视台记者的镜头会被她吸引，整个女青年会都会成为她的后盾，巴克黑德的每一位金发女郎都一定会坚信她的丈夫无罪。"

我一下愣住了。我想到的并不是贝琪·辛克莱面对镜头的甜美形象，而是伊桑作为好丈夫和好父亲的形象。我不得不承认，这也是我一开始对他的印象。把这样一个给我买过早餐、对我如慈父一般的人跟一个粗暴的罪犯联系在一起的确很难。

比斯利好像也发现很难将这两者联系在一起，"我并不是说有钱的白人就能逍遥法外，即使是像辛克莱夫妇这样有门路的白人也不例外。但是，你很难让我相信伊桑·辛克莱这样一位受过良好教育、受人尊敬的律师在 1979 年的时候闯入别人家中一通近距离射杀，见谁杀谁，甚至全然不顾一个小女孩的死活。但在其后的 30 多年里，他却温顺得像绵羊一样，摇身一变成了一名完美的绅士，成了一个顾家的、充满爱心的男人。直到上个月，突然，轰的一下，他又失去了理智，开车去了华盛顿，用砖头砸开你家地下室的窗户，然后想把你卧室的门撞开？这简直——"

"我知道，我知道。这听起来令人难以置信。"

"人是会改变的，这我同意。但极少有这样的极端。"

我们一时陷入了沉默。

过了一会儿，比斯利说："听着，去年新西兰有一座火山爆发了，你还记得吗？"

我等着他往下说，这前言不搭后语的话让我一时有点儿摸不着头脑。

"喷射出岩石，滚滚的火山灰直冲云霄，封住了多条道路。他们采访的那些火山专家——叫什么来着，是叫火山学家吗？他们说火山爆发前没有任何征兆，没有任何地震活动。"

"是的。"我渐渐了解到比斯利说话有时喜欢先绕个圈子，到最后才说出自己的观点。

"我记得那座火山叫汤加里罗山，115 年以来都处于休眠状态，沉寂了一个多世纪，然后就突然毫无征兆地爆发了。"

啊，我终于明白了，"就那样爆发了？"

"是的，女士，就那样爆发了。"

那天傍晚我去了河边散步。每年的这个时候，我喜欢在树林里散步，从波多马克河上吹来的风一般这个时候就感觉有些刺骨了。但是港口和沿着河岸的自行车道总是熙熙攘攘，到人多的地方让我感觉安全一些。我朝着东走，经过了汤普森租船中心和水门大楼旁的特别弯道。河里两个划船的人荡起了船桨，河岸上的樱花树把光秃秃的树枝伸向了空中。我的耳朵都冻疼了。我迎着风走着，等着肩膀上的紧绷感减退，等着思绪理清。

走到肯尼迪中心附近的时候，我放慢了脚步，一个行动计划在脑海中显现了出来。我瞥见了一连串应该采取的行动以及采取这些行动的理由。我又加快了步伐，大步在柏油道上走着，眼中的行动目的越来越清晰。我在脑海里把计划又翻来覆去地仔细研究了一番，发现了几处破绽，而且有太多的未知。我做出了相应的修改，好了，这下计划可以实现了。

回到家里，我倒了一杯葡萄酒，打了两个电话。第一个电话打给了里兰德·布雷特。第二个打给了亚历山德拉·詹姆斯。要是不考虑里兰德毫不奏效却一刻不停的性骚扰活动，两个电话的内容完全一样。

我告诉他俩佐治亚和联邦调查局两地的罪证实验室都先后找鉴证专家查看了从我脖子里取出来的那颗子弹。不幸的是，子弹磨损严重，无法鉴定。具体细节，我让他们跟亚特兰大警察局联系跟进。我把比默·比斯利的座机号码给了他们。

我接着说道："我本来希望从脖子里取出子弹可能有助于推动案件的调查，虽然都已经过去这么多年了。没想到这根本于事无补。我现在也想通了，是时候让一切都成为过去了。杀害我父母的人自己现在也许都死了。"我是刚才散步时走完一大圈回乔治城的途中想到这么说的。我请里兰德和亚历山德拉完整地引用我说的话，而且要保证报道明天见报，里兰德一口答应了。

亚历山德拉没那么爽快，"我们不能给你引述审查权。"

"这是什么意思？"

"我不承诺消息提供者将在报道里如何引用他们的话，但我可以向你保证我会准确地引用你说的话。"

"那也行。明天一定能登出来吗？"

"纸质版的报纸不好说，版面有限，我也控制不了会不会有突发新闻，以及受其影响哪些报道见报，哪些会被撤下来。但哪怕是现在就放到网站上也没有问题。也许今晚我回家之前就能放到网上了。"

"好极了。"

"还有最后一件事。你感觉怎么样，我是说手术后？你什么时候回去上班？"

"我好一些了，好多了。但是一直到圣诞节，学校都不需要我回去上课。所以我在考虑是不是计划去墨西哥旅游几周，休息休息，恢复恢复体力。后半个星期我就要出发去卡波圣卢卡斯了。"

"你太幸福了。"

"谢谢。我很向往在那里过几天神仙般的日子，每天除了举起一扎玛格丽特酒，其他什么也不用干。"

她笑了起来，"最后这句话，我愿做出引述的承诺。"

我挂了电话，把酒又加满了。

接着，我打开电脑，订了一张早上 8 点前往亚特兰大的机票。

06

第六部分

亚特兰大

第四十七章

2013 年 11 月 5 日，星期二

亚特兰大机场人满为患。在去主航站楼的机场快轨上，人们肩贴着肩站着，靠拽着头顶上的扶手站稳，发胶和鞋油的气味混合着烧焦的咖啡味道笼罩着大家，有人的拉杆包一直抵着我的小腿。接着，我穿过人群，朝现在已经熟悉了的赫兹租车柜台走去，只在行李提领处旁的报架前逗留了一下。

里兰德写的报道刊登在《亚特兰大宪法报》第一版内页的第 A5 页上。他说话算话，把我说的关于现在想通了，就让过去成为过去的话放在了报道的开头，另外还引用了我对布恩·史密斯和萨迪·罗森·史密斯朋友们的祝福表示感谢的话。

"得知有那么多朋友爱着他们，得知他们曾影响过那么多人的生活，我感到惊喜。"卡申表示，"我觉得自己很有福气——我认为福气这个词用在这里很贴切。虽然发生了那些事情，但能够出生在这样的家庭里，得知我父母有那么多充满爱心的忠实朋友，我认为自己很有福气。"

卡申还表示希望在亚特兰大举办一次追思会，纪念史密斯夫妇。日期和地点待定。

里兰德·布雷特还在报道的末尾提到了那颗子弹，寥寥几笔，让人感觉不过是顺带提及而已。

　　亚特兰大警察局的比默·比斯利探长称，子弹磨损严重，不能对这起 34 年前的凶杀案提供任何有助于破案的信息。

　　卡申在华盛顿特区的西布利纪念医院接受了手术，她形容手术取出子弹对她而言是"重大的解脱"。院方证实卡申术后很快可以痊愈。

　　作为乔治城大学的法国文学教授，在重新回到工作岗位之前，卡申计划去墨西哥旅行。"我需要给自己一点休养生息的时间。"

　　"说实话，"卡申笑着坦言，"现在，对我最有效的疗法就是一杯玛格丽特酒和伴着阳光沙滩的几周悠闲时光。"

　　我付了钱，把报纸和一瓶水放在胳膊下夹着。我准备到赫兹取完车后用手机查看一下亚历山德拉·詹姆斯的版本。

　　现在是上午 10：04，我今天要分别去见三个人。

　　"请在这里、这里，还有这里签名。"

　　银行经理隔着办公室里的玻璃茶几看着我，脸上有掩饰不住的好奇。他和银行客户关系部的副部长穿着庄重的黑色西装，捧着巨大的一束鲜花站在银行电梯口迎接我。随鲜花一起赠送给我的还有两张卡片，一张上面写着"节哀顺变"；另一张上面写着"早日康复"。落款是银行管理层十多位员工的签名。我既感动又有点儿尴尬。电梯口的礼节过后，银行经理转身领着我穿过迷宫一样的格子间。没有人给我递上一个花瓶，也没有善解人意的助理现身帮我把花接过去，我一筹莫展，只能跟在他后面走，怀里抱着三四十枝长茎的粉红色玫瑰，缎带在我身后飘动，像是一位上了年纪却仍然雍容华贵的皇后回家省亲。

　　幸好，到了银行经理的办公室后，手续办起来很快。他们核实了我的身份，然后把材料的原件逐一复印盖章就完事了。

　　布恩·史密斯和萨迪·罗森·史密斯并没有给我留下一笔巨大的财富。

　　但是他们尤拉莉亚路上的房子是一项明智的投资。卖房所得和布恩一笔金额不大的人身保险赔付金——理赔手续是埃弗雷特·萨瑟兰办理的——在 1979 年 12 月的时候合在一起存入了信托公司的账户。结果是一笔相当可观的金额。1980 年 5 月萨瑟兰去世后，这一大笔钱就被彻底遗忘了。34 年来，复利效应的魔力得到了显现。

银行经理和我坐在桌子两边，桌上的材料堆得像小山一样。他把材料整理整齐，然后从最上面拿起最后一份材料让我过目，让我填上今天的日期、当前的利率和账户上的余额总数。

"电汇还是银行本票？我们能提供这两种提款方式。"

我选择了后者。

10 分钟后，我走出了银行，怀里抱着一大把快要蔫了的玫瑰，手头还多了一张金额为 67.714327 万美元的支票。

比默·比斯利在罗斯维尔路上的一家松饼屋里跟我见了面。

"早知道你要来的话，我就会找个好点儿的地方了。"他看着红色的塑胶简易卡座和有缺口的餐盘以及装着果酱和咖啡伴侣的塑料罐，满脸歉意地说道。

"这是哪里话，这儿挺好的。"

他的目光转向了我，"你看起来气色不错，跟我三个星期前见到你的时候像两个人一样。"

"谢谢。"我抬起右手，绕了绕手腕说，"不用戴夹板了。"

他点点头说："子弹也取出来了。"

比斯利顺着仿木桌面推过来一个衬垫信封，"说到这个……"

"不会吧！"我倒吸了一口冷气，"就在这里面？"

"是的。今天上午刚刚送回到我办公室的。你想要的话，现在就归你了。"

我把子弹倒到我俩之间的桌子上。那是一块难看的、毫无光泽而且形状奇怪的金属，上面的划痕和凹印即使是肉眼也能看清楚。让我惊讶的是，给我带来这么多痛苦和悲伤的这块金属，尺寸竟然小得可怜。我紧紧握住了这颗子弹。

比斯利把他的手放在了我的手上，等着我平静下来，"我早晨从报纸上得知你要去墨西哥。也许你可以把子弹带着，把它扔进大海，从此把这一切都抛到脑后。"

"也许吧。"我咬了咬嘴唇，"关于那篇报道，在让记者联系你之前，我本来应该先跟你打个招呼。希望你不要介意我没有遵守你叫我不要接受采访的禁令。现在好像没必要再躲着他们了。"

"没关系。"

"还有，我——我不太确定警方是否能让我把子弹拿回去。但是我在考虑，如果你们同意的话，我其实更想把它做成一根项链。"我抬手摸了摸脖子上的刀疤，针脚已经快长平了；今天早晨我在镜子里观察时，看到刀疤周围的瘀斑已经从一种愤怒的紫色变成了略带一点棕色的黄色。"除了谢丽尔·鲁尼给我的一副耳环，这是唯一一件跟萨迪·罗森有过亲密接触的物品了。我想把它随身带着。我猜你觉得这么做很奇怪吧。"

"你是说因为这颗子弹杀害了她？"比斯利轻轻敲了敲那一小块金属，"我不觉得奇怪。这是你跟她在身体上的一种联系，你一定从中感受到了爱的力量。"

我们在那里坐了一会儿。比斯利在咖啡里放进了第二袋伴侣，搅拌了一下，然后又放了一袋。我把子弹放在手心里滚来滚去。

最后，我说："我今天继承了一笔财产。"

"是吗？你是怎么得到的？"

"史密斯夫妇有一个存款账户。他们死后，卖房的收入和布恩的身故保险金都一起存在上面。他们还有一个保险箱。哪天我要去办找回保险箱的手续，把那些表格填好，把箱子找到。保险箱很多年前就被钻开了，里面的东西都上交到佐治亚州了。"

"他们应该已经把所有私人物品都变卖了。情书啊，照片啊，首饰啊，这一类东西都会被变卖掉。"

"他们也是这么对我说的，我现在真正关心的其实就是这些私人物品。他们常规存款账户里有一大笔存款，我永远都不需要用到那么多钱。那里的金额足够……足够去从事一些有意思的尝试。"我抿了一口淡而无味的茶水，接着说，"我一直在考虑你说的话。你说办理这样一起案件，你的目的就是讨回公道。现在坐在这儿，我突然想到手里的这颗子弹10天前还在我的脖子里。另外，有很多善良的人，他们认识我的亲生父母，爱我的父母，让我了解到了很多事情。我打算为我的父母举办一次追思会。嗯，显然这不能算是为他们讨回了公道，至少从刑事司法的角度来讲，这算不上是一个了结，但是聊胜于无吧。"

"嗯哼。"比斯利仔细打量了我一番说道，"为什么我的感觉是这一切对你来说并没有结束。"

"你是指什么？"

"你真打算去墨西哥吗？"他的眼睛疑惑地眯成了两条缝。

"当然啦。现在对我来讲最有效的疗法可能就是一扎玛格丽特和阳光——"

"你已经把过去完全放下，准备翻开人生的新篇章了？我知道，我跟你说了，我在报纸上看到你说的话了。"

"那你就都知道了。"

"报道里还提到你说杀害了你父母的人自己也许都已经死了。"

"这话还是你说的。"

我们互相看着对方，都努力不去提起伊桑·辛克莱的名字。

比斯利先让步了，"我会去跟他谈的。我已经通过他的秘书约好了这个周末之前跟他见面。我会把一些困扰你的……巧合向他提出来。但是没有那颗子弹，没有任何新的证据，我怕是……"

"我明白，我理解。"

比斯利张开嘴还想说点儿其他什么，但又闭上了嘴巴。阳光穿过窗户照进来，照在固定在桌上装有人造蓝莓和枫树糖浆的罐子上，折射的阳光让罐子看起来像彩色玻璃一样发亮。一个女服务员为邻桌一对胖乎乎的情侣端来了炸薯饼和乡村炸肉排。从外面的停车场传来嘎吱一阵响动，一辆旅行汽车倒车幢上了一辆脏兮兮的白色本田的保险杠。

"那就这样吧。"比斯利喝掉最后一点咖啡，拿了两袋咖啡伴侣装进口袋，然后在桌上放了10美元，"卡洛琳，我祝你万事如意，墨西哥之行旅途平安。"

"谢谢你，比默。"我俯身靠过去亲了一下他头上花白的头发，然后就离开了。

第四十八章

在佐治亚买枪没有等候期。

也没必要先拿到持枪许可证。你直接走进一家枪店,选择你想要的枪,15 分钟后你就可以拎着一个装着枪的塑料袋走出来了。

但是有一个条件:你必须持有佐治亚州的身份证。枪店不会把枪卖给一位拿着其他州驾照的顾客。我在桑尼体育用品商店外的停车场坐了有一个多小时了,思考如何解决这个问题。

桑尼体育用品是位于亚特兰大正东方向 40 分钟车程的一家仓储式商店,是一家有 11 条购物通道的超级商店,感觉像一个超现实的、专营枪械的塔吉特超市。悬挂在收银台上方的条幅宣称:我店采购弹药一律以拖车为单位。

我之前进去逛过一次,里面的景象令人叹为观止。一摞摞迷彩裤和迷彩 T 恤衫码在夜视镜的旁边;有一整个区域专门销售剑和弩的配件;不同的塑料桶里分门别类地装着麋鹿口哨、松鼠口哨、野猪喇叭和加拿大野雁响笛。我拿起一根白色的短管,上面的标识是:双簧卡真口哨。不知道这是用来吸引哪种沼泽动物的。

接下来就是各种枪械。

沿着商店整整一面后墙,全是各式各样的枪械。瞄准器和狙击步枪挂在墙上,手枪摆放在玻璃柜里的棕色绒面托盘上。从小巧的银色伯莱塔到德州卫士大口径短筒小手枪，到一把胡桃木枪托的柯尔特"点四五"古董手枪——上面还有卡斯特将军第七骑兵团的印章，真是应有尽有。另一面条幅吹嘘道：本店枪支库存数超1.2万。我分不清这些枪支是怎样分类的，我只知道这店里陈列着这么多枪，一定可以在这里找到我要的枪。

"小姐，有什么可以效劳的吗？"柜台后面一个留着络腮胡子的肥胖男子问我。

"哦，没有，谢谢。我就随便看看。"

我把整个商店逛了一遍，然后就站在收款台附近，一边观察买枪具体是如何操作的，一边假装在手机里跟人聊得正欢。开放着的四台收银机嗡嗡响着，离大门最近的一台机器正在结满满一车鳟鱼钓具，我不感兴趣。第二台机器的收银员正在跟一名怒气冲冲的顾客解释为什么他的八折优惠券不能用于购买捕鸭用涉水服。第三台收银机旁是一名等着买枪的顾客，他必须先把写字板上一份两页的表格填好，收银员再把他填的信息输入到计算机里。几分钟后，她的屏幕上出现了联邦调查局的官方标志和一个大大的绿色字块，上面闪烁着"处理中"的字样。那位顾客递过去五张崭新的一百元面值的钞票。收银员用橙色的记号笔在每一张钞票上都做了一个标记，等了一会儿，然后满意地把钞票塞进了收银机。刚才那是在验假钞吗？ 60秒后，那名男子走出了商店，嘴里吹着口哨，手里晃晃悠悠地拎着一个塑料袋。

我回到车里，盯着商店的大门冥思苦想。对于周二下午来讲，光顾桑尼体育用品商店的顾客算是很多了，进进出出的几乎是清一色的男性顾客，宽敞到可以停巴士的停车位上开来开走的车辆几乎是清一色的皮卡。我租来的小轿车挤在一辆雪佛兰索罗德和一辆锈迹斑斑的道奇公羊之间，显得极其矮小。

接近黄昏的时候，一辆挂着罗克代尔郡车牌的丰田塔科马停到了我对面的车位。车上一个头灯已经坏了，车厢里堆满了木柴。一个精瘦的男子从车里跳了下来，穿的是一件法兰绒衬衫和一条破旧的工装裤。他看上去跟我年龄相仿，或者大我几岁。他绕到卡车后面，用手拽了拽拴木柴的绳索，再把绳索系紧一些。我注意到他干活的时候拖着重重的脚步，弓着背，像一只被人踢习惯了的狗。我看了一眼他的脸，希望在他脸上察觉到一些善意，但是车灯灭了，而他离我也太远了。

但是，机不可失，时不再来。

我一把推开车门。

"嘿，"我叫道，"嘿，就是你。我能麻烦你一下吗？"

5分钟后，他就弯着腰在帮我检查发动机机油。

"我觉得自己真蠢，连怎么打开车盖都不会。"我像少女一样咯咯傻笑着，两只手绞在一起，"检查机油的指示灯一亮，我就蒙了，不知道怎么办才好。谢天谢地，正好你来了。"

他卷着袖子，手指勾在量油尺的顶端，把上面的油擦拭干净。当他俯身把量油尺再次插进发动机里的时候，我把手轻轻地放在他的胳膊上。为了让我撑在上面，他暗暗用力，隔着法兰绒，我能感到他手臂上的肌肉收紧了起来。一切进展顺利。

"女士，看起来没什么问题。你再把发动机启动试试，看看上面怎么显示。"

我钻进一点问题都没有的车里，坐到方向盘后面，转动钥匙，"你把车修好了！"我对他露出满脸笑容。

"有时候仪表盘上的指示灯莫名其妙就亮了，我什么也没动，发动机的机油没问题。"

"这下我放心了。"我柔声说道，"我怎么谢你好呢？"我从车里钻了出来，看着他痴痴地盯着我看。我涂着鲜红色的唇膏，戴着一顶金色的假发，穿着把臀部裹得紧紧的牛仔裤，裤脚塞进了细高跟的靴子里。这套行头是服装领域的双簧卡真口哨，就是专门为了引诱人类的雄性而设计出来的。

他舔了舔嘴唇，好像看到了应许之地。

"你叫什么名字？"

"嗯，布里特。你呢？"

"塔米。"我忽闪着眼睛说，"我真不想再耽误你的时间了，你肯定忙着呢。但我还想请你帮我一个小小的忙。"

"我愿意帮忙。"他低声说，看起来好像说的是实话。

"反正你是要进去的，对吧？"我朝桑尼体育用品店的入口处扫了一眼。

"是的，你要买什么？"

"嗯，是因为我的男友，前男友，约翰尼。我怕他。他……他打我。"

布里特瞪圆了眼睛，"这个浑蛋，请原谅我说话粗鲁。"

"没事儿。我们好几个月前就分手了，但他还继续跟踪我、威胁我，我……我要是有一把枪的话，会感觉安全一点。"

"那当然了。我们进去吧，我帮你选一把——"

"不行。你看,我没办法买枪,我没有佐治亚的身份证。所以,我在想……要是我给你一些补偿……让你觉得这个忙值得帮的话……"

我一边说一边观察他的反应。

"哦。"他后退了一步,"哦,不行,这事我可不能做。"

"我只需要一把简单的,纯粹是为了自卫。"

"不行,我——这可是严重犯罪。帮其他人买枪。他们会在收银台调查你的背景,问你是不是非法移民,问你是不是重罪犯,问你是不是在帮其他人买枪。"

大骗子,我想让他闭嘴,"我说了不会亏待你的。"我把手伸进裤子口袋,让他的眼神停留在我臀部的曲线上,"这是一千美元,现金。"我递给他一个信封,里面有十张钞票,"不信的话,你可以拿到你的卡车那边去点一下。"

他瞪着我,好像看到我的脑袋上钻出了好几条蛇一样。

"另外还有 2000 美元,等你买来后给你。轻轻松松,3000 美元就到手了。布里特? 三——千——美——元! 从店里进去出来,不会超过半个小时。我还会给你现金去买枪。"我强迫自己妩媚地冲他一笑,"你觉得怎么样? 你真是要帮我大忙了。"

我等着他回答,同时感觉到大颗大颗的汗珠顺着我的乳沟和腰部往下淌。我担心他会大声呼叫警察。

他又舔了舔嘴唇问道:"买什么样的枪?"

布里特把信封塞进衬衫口袋,"你也需要弹药吧? 最好买空尖弹,击中那个家伙时,弹头会在他体内裂开,子弹还会在他体内横冲直撞。"

我打了个寒战,"好的。"

"50 发够了吧?"

"足够了。"我开始感觉像是在快餐店里或者是在星巴克里点了一道极其复杂的菜品。布里特,就给我买把该死的枪!

"你真正应该买的是'点三五七'的而不是'点三八'的。"他若有所思地说。他刚才掏出了一包咀嚼烟草,现在嘴里正嚼着一团。

"那是什么? 是另外一种子弹?"

"你那浑蛋前男友胖吗? 要是有一个 350 磅重的大家伙发疯冲你跑来,你要保证有足够的杀伤力。"

我闭上了眼睛，不敢相信我真的是站在佐治亚一个乡下的停车场里进行着这样一场对话。

"我把我老婆随身带在手包里的枪，子弹也换掉了。"布里特骄傲地接着说，"把她'点三八'换成了'点三五七'的了。她永远都不会察觉到变化的。要是有哪个家伙敢找她麻烦，我宁愿她打出的是发'点三五七'的子弹。"

他老婆。天哪。他提到这个可怜人儿的时候甚至还想偷偷往我罩衫里瞟一眼。卑鄙。别忘了，我提醒自己，此时此刻，我无权对任何人做出道德评判。

"我还是要'点三八'的，最小的包装。我们待会儿就在这儿见。"

布里特点点头，把嘴里的烟草汁液吐了出来，然后拖着脚步向入口处走去。

我回到车里等着，锁上了车门，接着我又噌地跳出了车。要是蓝灯一闪一闪地突然出现，或者布里特带着一名保安走过来，我可不能坐在这儿像个傻子一样等着。我低着头走到停车场的一个角落，靠近一个水泥花坛，躲在一丛无精打采的灌木后面。从这里，我可以清楚地看到商店的入口和门前一片开阔的柏油路面，还可以看见更远处的高速公路。我就在这里等着。太阳落山后，气温骤降，我冷得打了个哆嗦。

这种等待感觉遥遥无期，但实际上我只等了27分钟，店门就开了，布里特从里面走了出来。我观察了一下，没有人跟在他后面，他穿过停车场朝我的车走去。等我走到他身边的时候，他正用手挡着眼睛遮住路灯刺眼的白光，从驾驶室的窗户往里看。

我碰了碰他的胳膊。

他一蹦老高，"我靠，你把我吓坏了。你去哪儿了？"

"去厕所了。"我朝灌木丛那边点头示意了一下，"怎么样？"

他举起一个袋子。我四下里看了看，前方有一辆卡车顺着路边停着，有个女的正在往上爬；停车场的另一边有一辆车正在往后倒车。近处一个人也没有，我之前也没发现监控摄像头。但是安全起见，我还是换了个位置，这样我们就躲到了旁边停车位上那辆索罗德的庞大驾驶室后面。

"给你买了一把五发的左轮手枪。"布里特轻声耳语道，"史密斯威森的'点三八'。20世纪70年代生产的，就是你要的那种。枪的表面有些磨损，但用起来没问题。含税 249 美元，相对于这个价格，这把枪很不错了。"

我把第二个信封递给他，"谢谢你。"

他站在那儿，有所期待地微笑着。他的眼睛很大，像个小男孩，牙齿上沾染了烟草的汁液。"请你喝杯啤酒？"

"下次吧。"我已经坐进了车里，系上了安全带，把那个塑料袋塞到了仪表板上的储物箱深处。

布里特靠在车窗上问道："能给我你的电话吗？"

"我觉得你应该赶快回家了，是吧？你老婆可能已经把晚饭都端上桌了。就从你刚刚挣到的钱里拿出一点，回家路上给她买束花。"

当晚上床睡觉前，我做了四件事。

第一件事是给杰西卡·杨写了一张 10 万美元的支票。我有一次跟她开玩笑说过，要是我的亲生父母给我留了一百万美元的话，我就分一半给她。虽然他们留给我的没有一百万，但也足够让我用来还几个人情了。在支票的备忘一栏里，我写上了"感谢你百折不挠的精神"。我把支票装进酒店提供的信封里，在正面工工整整地写上了她的姓名和报社的地址。

然后，我给我妈打了个电话，告诉她接下来的几天，我有几项工作要做，会比较忙。但我请她相信我状态挺好，吃得好，很快就会再打电话给她。

跟我妈聊完，我又拨通了马丁的电话，请他帮忙照看一下我的房子。

"我听说你要去墨西哥，到底是怎么回事？老爸说你要去卡波？"

"我想消失一段时间，来一次人间蒸发。"我回答说。我哥可能以为我在开玩笑。

"你一个人能行吗？托尼说那天你们俩开车去打靶场的时候，你的举止行为有点……不对劲。"

"不对劲？他是这么说的？"

"呃，不是。其实，他用的词语是'稀里糊涂'。"

"那能怪我吗？"我叹了口气，"特蕾莎修女要是遭遇到了我这几周所经历的事情，她也会变得稀里糊涂的。"

"我理解。老妹，得知你要去旅行的消息，我为你感到高兴，玩玩失踪对你有好处。"

"我考虑在墨西哥待上一两个星期，或者一个月左右。好好休息休息，整理整理思绪。我觉得要是我不回去过生日的话，老妈一定会发飙的。"

"没错，她一定会发飙的。我会尽力劝她的，让她把酒留着，把牛排冷冻起来。到感恩节的时候，托尼和我也会尽量分散她的注意力的。但你要向我保证圣诞节前回家？否则，老妈要是有什么闪失，就不是我的责任了。"

睡觉前我做的最后一件事是穿上了靴子和外套，从酒店的侧门溜了出去，走到五个街区之外的一家酒吧，用酒吧卫生间外的付费电话给伊桑·辛克莱打了个电话。电话响了四声后，他接了起来。我平心静气、开门见山地告诉他，我在亚特兰大短暂停留，明天有个安排取消了，正好空出来一点时间。

他有时间见面吗？

第四十九章

2013 年 11 月 6 日，星期三

事情的发展从来不按照我们的计划进行，不信，你可以制定一个计划试试。我本来可以等到 2 月份再把子弹取出来，或者 12 月份也行。病痛本来可以在一个春风拂面阳光普照的五月天将我打倒。但一切说发生就发生了，谁能说清楚这究竟是为什么？

我一直关注着这个日期。当我们把时钟往后拨慢一个小时，夜晚的时间也越来越长时，我就看着这个日期悄悄走近。然而，当我早晨醒来，一翻身看见话机主屏幕上闪闪发亮的数字——11 月 6 日，星期三，我仍然觉得这是个重要的日子。

11 月 6 日是布恩·史密斯和萨迪·罗森·史密斯被杀害的纪念日。整整 34 年前，他们就是在这一天、在这座城市去世的。

还有一点需要考虑：布恩·史密斯是头部被子弹击穿，他的妻子是心脏被子弹击穿。正如你知道的那样，只有一颗子弹被找到了，就是从我脖子里取出来的那颗。一颗"点三八"。此时此刻，我回到了这里。他们的独生女，当天血案的唯一幸存者，回到了家乡，口袋里装着 50 发子弹和一把刚刚买来的史密斯威森"点三八"左轮手枪。你明白了吧？

整件事情呈现出一种迷人的对称，甚至是，你可能会说，一种必然性。

比默·比斯利曾经谈到过一座火山。一座沉睡了一个多世纪的火山，突然爆发，喷射出岩石和灰烬。我曾经从这个隐喻里得到过一些启发。

但是，今天早晨扎根在我脑海里的却是另一个意象。我想到的是一只熊，一只冬眠的熊在睡梦中度过漫漫寒冬，它的胸口上下起伏，做着美梦，梦到了甜美的蜂蜜。但你要是唤醒了这只熊，把它激怒了，它就会向你发起迅猛攻击，挥舞起刀一般的利爪，疯狂撕咬，势不可当。当你站在山洞的洞口，朝黑漆漆的里面看去的时候，你无法预知你将面对的是一只温和的熊还是一只狂暴的熊。

站在伊桑·辛克莱家的门廊上就有一点类似的感觉。

当他邀请我到这儿来的时候，我一开始有些犹豫。这是他的家，他的地盘，他说了算。但我转念一想，至少这是个私人场所。昨晚，他在电话里告诉我说，他刚从外地回来，能找到他，算我走运。今晚，他计划开车去湖畔的度假别墅，他的太太贝琪已经在那儿了。但他今天白天在亚特兰大，来取一些干净的衣服，另外还有几件差事要去跑一下。我不妨就去他家吃个午饭。简单吃一下，就是三明治和可乐什么的。他知道一家熟食店，那里的五香烟熏牛肉配黑面包的三明治味道绝妙，他到时去买一些回来，再买一些薯条和酸黄瓜什么的。

辛克莱给我的地址在巴克黑德中心区的燕尾服路上。我把租来的车停在酒店，搭乘公交车来到这里。下车的地方离他家还要走三个街区，我一边走一边观察路两旁的房子。这些房子都是大宅子，屋前都有大片起伏不平的草坪，都是亚特兰大创建时期的贵族世家。一辆提供泳池清洗服务的厢式货车停在邻居家的车道上。街对面传来鼓风机吹扫落叶呜呜的声音。除此之外，唯一有人活动的迹象就是，两个从头到脚都穿着露露柠檬瑜伽服进行快走锻炼的中年妇女从这里经过，两条金发的马尾辫随着她们的脚步有节奏地上下跳动。

我的手指还没从门铃上拿开，辛克莱就把门打开了。我沿着弯弯曲曲的漂亮石道一路走进来时，他一定看到我了。

"卡洛琳，见到你真好。"他伸出手，热情地握住了我的手。

他随手把门关上锁好，然后领着我穿过前厅的楼梯，穿过客厅，来到了宽敞明亮的厨房。窗前的圆桌上已经摆好了两套餐具，骨瓷的碗碟、亚麻的餐巾和餐位垫以及高脚水晶酒杯。我吃惊地抬起了眉头。

"恐怕你想的还是熏牛肉和酸黄瓜。"他笑道，"但至少餐具我要用高级一点的，否则贝琪会大发雷霆。南方女人就讲究这个餐具的摆设。别告诉她我没用银制的餐具，那实在太麻烦了，用完还不能放在洗碗机里洗。"

"很遗憾没能见到她。"

"要是她知道这次没见到你，她也会感到遗憾的。我们有一间湖畔小屋，在佐治亚东北角的伯顿湖那里。"

我知道，我想说。"那儿一定很不错。"

"是个钓鱼的好地方，很安静，特别是每年的这个时候。贝琪住在那儿的时间越来越多。在那儿，她一个星期能看完三四本书，推理小说、爱情小说那一类的书。狗当然也喜欢那儿，它把雷本郡的松鼠吓得都快要绝种了。"

"你呢？你常去那儿吗？"你上个月在那儿吗？你太太说你在那儿。有人闯进我家的那个晚上，你在那儿吗？

"只要有机会我就过去。这些玩意儿让一切变得简单，不是吗？"他从口袋里掏出手机放在备餐台上，"客户完全不知道你身在何处，不知道你是在办公室呢，还是在自家码头上系着钓鱼线呢。"他又笑了。他的脸晒得黑黑的，胡子刮得很干净，比上次我见到他的时候似乎瘦了一些。他仍然是一个很帅很帅的男人，不难想象年轻的时候他的魅力有多大。

"好了，不谈伯顿湖了。你来亚特兰大干什么？你看起来很迷人，要是你不介意一个老人这么说的话。我从报纸上了解到你的手术非常成功，真替你高兴。"

"谢谢，我恢复得很好。上次在瑞吉酒店，你帮我把房账全部结了，我还一直没找到机会感谢你的盛情呢。你对我真是太好了。"

他摆了摆手，做了一个"那不值一提"的手势，"别的我也帮不了布恩·史密斯女儿什么忙。"

"但我觉得有意思的是，早餐时……那天早晨我们一起吃早餐时，你只字没提我在华盛顿的家人，没说你也认识卡申一家。"

有那么几分之一秒的时间，伊桑看起来吃了一惊。接着他转身从冰箱里拿出一壶有点像柠檬水的饮料，"来，能帮忙把这个放到桌上吗？我们先把这些三明治的包装拆开。"

我拿着那壶饮料走到桌边，把两个水晶杯倒满，然后用茶巾把壶外面和把手上凝结的水雾擦干。当我转过身来的时候，他在备餐台旁朝我看着，脸上带着一种令我费解的神情。屋里的气氛变得非常微妙，好像我们两个人都感觉到客套话已经讲完了，从这一刻开始，我们每说一句话都要小心谨慎地斟字酌句。

"我的母亲，我是说法兰妮·卡申，从一张照片上认出了你。她说我还是个小女孩的时候，你们就已经认识了。"

"世界真小，对吗？没错，我认识他们。我们上次见到托马斯和法兰妮已经是好多年前的事了。以前常在开律师大会的时候见到他们。"

"你为什么没告诉我你认识他们？"

"我从来没想过这事。后来我才把你跟他们联系起来。"

我皱起了眉头，"吃早餐的时候，我们聊到了我爸和我哥都在华盛顿做律师的事。卡申也是一个不常见的姓氏。你每年圣诞节还往我家寄贺卡。你怎么能不——"

"就是没想起来。我猜一定是岁数大了。我当时能想到的就是，这么多年过去了，我终于能跟布恩的女儿一起坐下来喝杯咖啡了，根本没去想收养你的那家人姓什么。我是说，我居然也认识他们，这种概率会是多少？"

"一点不错。这种概率会是多少呢？"

"世界真小。"

我一句不让，步步紧逼，"你上个月给我家打过电话，你跟我妈聊到——"

"没错。我一琢磨出你们之间的联系，就给你家打了个电话。"

"可你并没提这事啊。你没告诉她你跟我见过面呀。你没告诉她我们刚在亚特兰大一起吃过早餐呀。你搞得好像就是随手打个电话问候一声——"

"卡洛琳！"他的声音明显变严厉了，"你这一个月经历了太多事情，我相信你一定很不好受。我们把三明治拿出来放到盘子上吃吧？还是你把你的那块包起来带走吃？"

"我去了楠塔基特。"我低声说道，"我觉得你肯定知道，因为你两次把电话打到了我住的旅店找我。我跟韦林·斯诺谈过了，布恩·史密斯和萨迪·罗森·史密斯遇害那天，他没跟你在一起。"

"我请你再说一遍？你都在说些什么？"

"至少不是一整天都跟你在一起。你让他帮你向警方撒谎。"

伊桑瞪着我说："我为什么要那么做？"

"因为你需要一个不在场的证明。"

"现在请你听好，我不知道你是怎么了，也不知道你在胡说些什么。"就在他一字一顿说出这些话的时候，就在我还没意识到发生了什么的时候，他已经从备餐台绕到了我身后。他一只手把我的两条胳膊都压在身后，另一只手使劲地按在了我脖子上的伤口处。

我疼得大叫起来。

"你戴着窃听器吗？"他压低声音，对着我的耳朵问道，一只手顺着我的脖子往下摸到我的背，然后在我的腋下、我的胸罩里面、我裙子的腰部、我大腿后面全部搜查了一遍。最后，他放开我，向后退了一步。

"你来这里是要干什么？"他喘着气说，"你想得到什么？"

我想问的问题太多了。那天在尤拉莉亚路那边到底发生了什么？我是说确切发生了什么？他为什么不把我也杀了，为什么不趁机把我了结掉？还有，上个月，在我乔治城的住处，要是我的卧室门被撞开了的话，要是我没从窗户跳下去逃走的话，他打算干什么？他是准备先把我杀了，还是活生生地把子弹从我的脖子里挖出来？

我听到自己问的问题却是："你爱她吗？"

他的眼神变得冷冰冰的，"萨迪·罗森·史密斯是我见过的最美丽的女人。要是你想听实话的话，你跟她根本不能相提并论。"

如果他说的就这么多的话，如果他不再往下说的话，如果他就此打住的话，我也许仍然会转身离去：走出他家大门，把手枪扔进灌木丛里，头也不回地一路走下去。也许知道真相就足够了，也许这就是人们所谓的了结：知道发生了什么，知道你无法让一切重来，从而找到转身离去的力量。

但是伊桑并没有就此打住。他继续说道："卡洛琳，你小心一点。"他的声音如此低沉，我必须努力才能听见，"你要非常小心，我可不愿看到法兰妮发生任何意外。"

"你这个杂种！你不会的！"

但是，没错，他会的。伊桑·辛克莱站在那儿，眼睛红得像火球一般，嘴唇上露出了一丝危险的微笑。今天早晨在酒店，我躺在床上想象我跟他谈话这个场面的时候，脑海里出现的是带着雪花点的黑白图像，像我做过的英格丽·褒曼式噩梦：故事情节慢慢地推向高潮，一幕比一幕紧张。但是我从来没有想象过结局，从来没有想象过此刻要发生的事情。在我的手指绕在扳机上之前，在我必须做出决定之前，他的脸就消失了，画面就淡出了。

伊桑和我互相盯着对方，我觉得我看见他朝右边动了一下。

现在轮到我移动了，我去拿包，他拽住我，他的手掐住了我的脖子，我的手指绕在了扳机上，我扣动了扳机。

我惊讶地发现，用两只手握住枪的时候，我的枪打得有多么稳。

我对着他开了两枪。

我开了两次枪。

砰。砰。

要是再开一枪的话，整个事件的象征意义就更强了：三颗子弹分别为我、为布恩·史密斯和萨迪·罗森·史密斯报了仇。但是他已经趴在厨房的地上了，肚皮贴着地，红得发黑的血像焦油一样漫过地砖。我强迫自己数到十，他一动没动。

我的手抖得厉害，耳朵轰轰作响。在这一片嘈杂之中我只有一个想法：离开这儿。我抓起他的手机，扔进我的包里。然后我用颤抖的手拿起餐巾一圈圈把备餐台的台面和台面边缘擦拭干净。我特意记住了所有被我触碰过的地方，而且在把装着柠檬水的水壶放到餐桌上之前，我仔细地把水壶外面的手印擦干净了。待会儿出门时，我还需要把前门门铃上的手印擦掉。还有什么没做？

我低头朝身上看了一眼，意识到我的白衬衫上溅满了暗红的血滴，是他的血。我立刻去解扣子，但手指有点不听使唤；有一个扣子又湿又滑，我觉得自己快要吐了。在我取回装换洗衣服的包，拿出干净衬衫之前，我不得不光着上身，直接套上羊毛大衣。我准备把脏衣服揉成一团，装进塑料袋随身带着，等在哪儿找到一个大垃圾桶再把它塞进去扔掉。但我扣子还没解完，就感觉到哪儿有一点动静。在我身后，从厨房另一边的角落里传来了一声呜咽。

我猛地转过身。在一个低矮的入口处，貌似是通往洗衣房或者是通往楼梯间的门，站着一个女人，一个瘦小、上了年纪的金发女人，穿着网球裙和白色的运动鞋，吓得眼睛瞪得很大。

这怎么可能！

"你都干了些什么？"她悲叹道。

我握着的是一把五发的左轮手枪，里面还剩三颗子弹。

我抬起胳膊，把枪对准了贝琪·辛克莱。

第五十章

"你在那儿站多久了？"

她的嘴唇像鱼一样上下开合，却没有发出声音。

"你在那儿站多久了？"我又大声吼了一遍。

但是，就在我这么问她的时候，我心里已经清楚，她的回答是什么都不重要了。不管她听到我们对话的哪些内容，她都绝不会向警方承认伊桑是怎样威胁法兰妮的，或者他是怎样用强有力的双手掐着我的脖子的。她绝不会那样做的。她会对警方说，她会向警方十分精确地描述此刻她眼前的情景：她的丈夫，手无寸铁，却被两颗子弹击穿了胸部；而我正俯视着她的丈夫，衣衫不整，衬衫上血迹斑斑，手中的枪还在冒烟。

突然，她俯下身，双手撑在裸露在外、长满雀斑的膝盖上，吐了起来。吐完以后，她用网球裙摆擦了擦嘴，把头发撸到了耳朵后面。接着，她趔趔趄趄地走到她的丈夫身边，跪了下来，完全无视我的存在，无视我手中的枪。"伊桑？伊桑？你不要啊，不要啊，拜托你不要啊。"她的两只手在他身上到处游走，想要把血止住。最后，她双手抱着伊桑的后脑勺，仔细地盯着他看。几分钟前，我也是那样做的，想要确认他是真的死了。

十几分钟后，她摇摇摆摆地站了起来，抬起头来看着我。我鼓起勇气，想去面对她的悲恸和恐惧。然而，她的脸已经被仇恨扭曲了。

"贝琪？"我轻声喊道，"辛克莱太太？"

"别跟我说话。不许你叫我的名字。"她怒不可遏地说，每一个词都像块砖头一样，砸在了我的脑门上。虽然我手里提着枪，但我并不准备朝一个毫无防备的老妇人开枪。而她看起来似乎也明白我不会这么做。

"你知道我是谁吗？"

"我不但认识你，还认识你那个婊子妈妈。"瘦小的贝琪·辛克莱摇摇欲坠地站了起来，使劲咳了一声，一口痰吐在了我的脸上。

出乎意料。

我后退了几步，用那块餐巾把脸擦干净，然后把餐巾放进了包里，"我猜你也知道你丈夫和萨迪·罗森是情人关系。你知道你丈夫杀了她吗？你知道他还把我爸也杀了吗？"

"我所知道的是，"贝琪咬牙切齿地说道，"那只是一个意外，一个错误，一个令人发指的错误。30多年来，我们一家人都为此付出了代价。本来一切都结束了，没有人知道发生了什么，现在你却出现了，而且做出了这样的事情。"她的声音像在尖叫一般。

我想解释，想让她明白。但我耳朵里的轰轰声又响了起来，打断了她的话，轰隆隆地让我"离开这里"。

"贝琪，你家哪儿有绳子？"

她目瞪口呆地看着我，好像我比她所想象的还要疯狂。

"或者是细绳、缎带什么的？"

"你都在说些什么？我要报警了。"

我又举起枪来，然后咬着牙一字一顿地说："你家绳子在哪儿？"她没有动。我们之间的距离有8到10英尺。"我求你不要让我下不来台。"她还是没有动。好吧，我收回刚才讲过的话，也许我确实会朝一个毫无防备的老妇人开枪。就冲着脚开枪，给她一个警告。他们说得没错，一旦有了第一次，第二次就不难了。

最后，我们决定用布基胶带。

我拽了一把椅子到洗衣房里，强迫她坐在上面，然后先把她的手腕，再把她的脚踝，一圈圈地用胶带牢牢地缠在椅子腿上。在用胶带把她的嘴封住之前，我问她："你在这儿干什么？伊桑不是说你在伯顿湖那边吗？"

我没想到她会回答，但是她的脸痛苦地皱成了一团，"每个周三我都回来打网球。每个星期三的上午，已经有很多年了。我都跟他说多少遍了，他从来都不记得。"说着，她的眼泪夺眶而出。

就这样，短短20个单词就刻画出了婚姻生活的实质，刻画出了几十年的嫉妒和憎恨所带来的伤害。我突然想到，看到辛克莱的尸体的时候，她确实吐了，但她并没有哭得很伤心。打垮她的，让她泪流不止的是不得不承认辛克莱根本不关心她星期三上午在哪儿，或者是不得不承认这么多年来，可以想见的是，他从不关心她在哪儿。她听到辛克莱临死前说的话了吗？他说萨迪·罗森是他见过的最漂亮的女人？一时之间，就那么一转念之间，我为她感到难过。

但是耳朵里的声音又响了起来："离开这里。"

"今天你家会来客人吗？贝琪？"

她闭上眼睛，垂下头，不再理我。

"贝琪，我很抱歉，非常抱歉。你不知道我有多么抱歉，但是这很重要，什么时候会有人来找你或者伊桑？"

"我不知道，"她抽泣道，"我本来是打算洗个澡就开车去伯顿湖的。"

"你们家的保洁阿姨什么时候来？"

没有回答。

"贝琪！"我抬起她的下巴，"你们请了固定的保洁阿姨吗？"

她抽噎着说："星期四。"

"那就是明天？你确定吗？她一定会来吗？"

贝琪点点头。

那就意味着，在尸体被发现之前，我可能有18个小时的时间。我用纸巾擦干净贝琪的脸，逼着她吞下去一口水。然后我又从烘干机里找来两条浴巾，搭在她的腿上和肩膀上，这样她就不会着凉了。把她留在那儿让我感觉很难受，比刚刚枪杀了她丈夫的罪恶感还要强烈。但我别无选择。我用胶带封住她的嘴，离开时随手关上了洗衣房的门。我又搬来一把椅子，顶在门把手下面，这样即使她能挣开胶带脱身，也很难从里面把门打开。

伊桑·辛克莱的尸体怪诞地摊在地砖上。我尽量远远地绕开他走过去，关上灯，把开关擦干净；又从门厅衣帽柜里顺了一顶亚特兰大勇士队的棒球帽戴上，把头发塞进帽子里，再戴上遮住眼睛的墨镜。走到街上的时候，我低着头，大脑在飞速运转。

作案现场有一名目击证人，一切都发生了变化，我必须逃走。

在我看来，下述均为事实：

我开枪杀死了一个人。

谋杀了他。

他罪有应得。我对伊桑·辛克莱做出的处置完美地诠释了圣经意义上的正义：以牙还牙以眼还眼。不幸的是，这并不意味着那样做是合法的。

我可以转过身去投案自首，就说开枪是为了自卫。但那不是自卫，事实上不是。那是我一手自编自导自演的一场戏。

我本来还想顺手牵羊偷走伊桑的钱包，或者再偷走一两件小摆设。那样警方就会顺理成章地推断说这是一起入室盗窃案，窃贼被回到家的伊桑发现，两人就打了起来。又一个伺机行事的普通窃贼，这么解释的好处是简单省事。而我更喜欢的是这起案件跟 34 年前的那起案件之间的对应关系。同样是在厨房，用的是同一型号的枪，警方用的也是同样的一套"入室盗窃转化为杀人灭口"的说辞。对伊桑被杀案件的调查，会跟 1979 年尤拉莉亚路上那栋房子里他自己一手策划的案件的调查有异曲同工之妙。

实在是太完美了，这就是所谓的正义。

但是，贝琪·辛克莱打乱了这个计划。她一旦获得自由——无论是一小时后还是等到明天她家保洁阿姨来——就会把我告发。她会向警方描述她是怎样目睹卡洛琳·卡申杀死了她丈夫。几分钟之内，美国有线电视新闻网上就将充斥着我的名字。他们会对我展开搜捕，天哪。

接着，一切迎刃而解。他们会找到那把枪，他们会发现我在停车场贿赂了一个陌生人为我非法购枪。他们会把从伊桑胸口取出来的子弹跟我的左轮手枪做匹配。这真是个天大的讽刺。我会被指控犯有杀人罪。我不了解佐治亚州的量刑准则，但可以肯定的是，蓄意谋杀当地知名律师的罪名是不会被从宽量刑的。

我不想坐牢。

这不是我希望看到的结局。

如果你突然就成了在逃犯，你会去哪儿?

对这个问题一贯的回答就是墨西哥，逃到墨西哥边境去。

但倒霉的是，我已经跟每个人都说了我要去那儿。我还订好了机票，星期五上午从华盛顿的杜勒斯机场出发前往卡波圣卢卡斯。我已经把姓名和信用卡信息留给了当地的一家酒店，酒店离海滩很近，非常漂亮，我一直都盼望去那里度假。之前当我说打算跟一扎玛格丽特酒共度几日优质时光的时候，我的确是实话实说。预订机票和酒店的时候，我的本能告诉我不管跟辛克莱会面的结果是什么，我都需要独自待上一段时间，让心情恢复平静，让一切尘埃落定。现在，这些预订只能确保让每一位格兰德河以南的海关官员都密切注意我的行踪。唉，墨西哥是不能去了。

你一定听说过跟我处境相同的人都把那儿当跳板去了古巴。但是，去古巴需要签证，而我没有时间办签证了。摩洛哥也是一样，俄罗斯也是一样，所有我能想到的不可能跟美国签订引渡条约的国家都如出一辙。

不转机的话，我今晚能逃到哪儿去呢? 去一个可以让我藏身的大城市? 想到这里，答案就不言而喻了。

我在手提包的顶里面摸索着寻找好几天前扔在里面、后来就忘记了的一样东西，但愿我没有把它拿出去。找到了。我的手指握在了冰冷的金属上。这个到时候会用得到。

第五十一章

把枪扔掉比我想的要困难多了。

当然，我可以把它扔进一个大垃圾箱里，或者是扔到路旁密不透风的灌木丛里，然后祝自己好运。但是，要是我希望把今后被这把枪纠缠的概率降到最小，最佳的丢弃方式就是把它扔进水的深处。

在亚特兰大，那就是查塔呼奇河。

公交车从辛克莱家门前一闪而过，我蜷缩在公交车的车尾处，在手机上打开地图，找到了一个看起来不错的地点。查塔呼奇河国家休闲区从我住的酒店开车很快就能到。网站上提到，沿着"人迹罕至的东河岸"有一条 3 英里长的徒步路径，被称为"印第安人步道"。那儿貌似有一个小停车场，几条朝不同方向延伸的道路把游客带到俯瞰河面风光的不同观景点。我希望在这个 11 月份的周三下午，那儿最好一个人也没有。

一个小时后，当我把租来的车开到印第安人步道旁的停车场时，我戴着那顶性感的金色假发，穿着一件从酒店纪念品店买的浅粉色卫衣，胸前贴着水钻拼出来的花体"辣特兰大"。这样打扮其实有点招摇，但是另一方面，如果我的目的是不被人认出来的话，这身行头最不像我通常的装束了。

停车场里只停了一辆其他人的车，是一辆豌豆绿的普锐斯，车主不知到哪儿去了。我从车里钻出来，选择了一条最泥泞的步道，照常理说，这条道会让其他徒步游客望而却步。10 分钟后，我爬到了一面高高的陡壁上，俯瞰着一处河水转弯的地方。我四下里张望了一番，一个人也没看见。我脚下的红色粘土上有一些鞋印和一只狗的爪印。这些脚印也许是 5 分钟前留下的，也许是 5 小时前留下的，也许是 5 天前留下的。我深深地吸了一口气，大声喊了两嗓子。

声音在河面上回响，没有人回应。

我想了一会儿，又高声呼喊道："救命！来人哪！"

没有回应。好极了。

我从手袋里掏出那把史密斯威森，使出全身力气把它朝远处扔了出去。这一段的河面很宽，我没有那么大力气把枪扔到河中间，那里一定是水最深的地方。我能做到的只有这样了。枪溅开水花沉了下去。我屏住了呼吸，隐约感觉松树后面会跳出一支特警队来，当场就给我戴上手铐，但一个人也没出现。接着，我把装有剩余 45 颗子弹的纸盒扔了出去。然后是伊桑·辛克莱的手机。我发现脑子居然够用，扔手机之前，我想起来用靴子把里面的 SIM 卡踩碎了，以防警察进行定位追踪，说不定警方已经在搜捕我了。现在只剩下我自己的手机了。我一边在手掌上不停地翻动着手机，一边权衡利弊。在我今晚登机之前，我还需要用到手机，但这样会暴露我的行踪，风险太大了。我手腕一甩，手机就飞了出去，入水处超出前几次的地方至少有 20 英尺，我瞄得越来越准了。

接下来就是钱的问题。

多亏布恩·史密斯和萨迪·罗森·史密斯以及神奇的复利，我成为有钱人了。但是，一旦警方开始搜捕我，我就必须保持隐身。我不可能动用银行账户，信用卡到时也会毫无用处。我也无法取出 50 万美元的现金，放在行李箱里，带上飞机。我怎样才能把钱随身带走呢？

我一边仔细考虑着这个难题，一边顺着步道快步往回走，把车掉了个头，开到开户银行在当地的支行。虽然我存的支票数额很大，银行的柜员却连眼都没眨一下。我让她把钱存入我的支票账户，然后再取一万美元的现金，全部要 50 美元面值的钞票。俭省一点的话，这些钱够我用一段时间了。她把钱一张张数给我，手上贴着一寸长的水晶甲，涂着亮粉色的甲油。

"特别喜欢你的上衣。"她把钱从有机玻璃窗口下的开口递给我，"那些是水钻吗？我喜欢亮晶晶的装饰。看到你，我终于相信'钻石是女人最好的朋友'了。"

我愣了一会儿。

"宝贝儿，你还有什么要办的吗？"

"确实……还有点儿事。你那儿有电话号码簿吗？我需要在黄页里查点东西。"

她那尖细的指尖在柜台上敲了几下，嗒、嗒、嗒，然后她点点头，站起身来。

"我还需要一张银行本票。"我侧着脑袋，快速地计算了一下，"抬头请写我的名字，金额为 25 万美元。"

"一流钻石"商行位于亚特兰大东南部一条漫长而又凄凉的公路上，一眼望去路旁都是车行和得来速式汉堡快餐店。

我选择来这里是因为黄页里的广告吹嘘说这里经过认证的裸钻种类是全市最全的。另外一个原因是这里不是蒂芙尼，我不需要漂亮的蓝色包装盒。我需要找的地方是，一看到进来个穿着卫衣的娘们儿，胸前贴着水钻组成的"辣特兰大"，想按批发折扣价购买 25 万美元的货，就知道闭口不语，不随便发问。

店内是一个接待室，地上整个铺着桃红色调的地毯，有一张发亮的真皮沙发，但目之所及却看不到任何珠宝的影子。

"我能跟老板谈谈吗？"我对那个让我进来的女子说。

"当然可以，女士。您预约了吗？"

"我要购买的金额很大。"

"哦，好的。您稍等。"

她离开了大约有 10 分钟，其间我在沙发上坐立不安。要是还想赶上飞机的话，我必须在半小时内离开这里前往机场。我没时间去其他商店碰运气了，这儿不行的话，我就完了。

最后进来一个特别瘦的男子，穿着一套张扬的西装，对我介绍说他叫胡安。他的衣领上别着一个金属的圆形徽章，上面写着"想买钻石吗？一颗也是批发价"。下面还有一个徽章，上面写着"切工精良，价格特惠"。

好极了。

"胡安。"我对他露出最妩媚的笑容，"我能直接切入正题吗？我有意在你这儿购买一批优质钻石，更确切地说，是购买你这儿所有的优质钻石。但我没有很多时间，20分钟后，我就必须带着钻石离开这儿。你觉得我们做得到吗？"

他把我上上下下打量了一番，注意到了我的炫丽卫衣，沾满烂泥的靴子和挂在手上的租车钥匙牌。

他只问了一个问题："你用现金支付？"

丝绒托盘被端来了。我挑选了一款镶嵌了一颗2.5克拉极品钻石的订婚戒指，当场就戴到了无名指上。其余的，我选的都是裸钻。女助理跑前跑后地忙着为每颗钻石配上相对应的鉴定证书。

胡安拿着一个计算器，不停做着累加。当金额累计到20万时，他露出了怀疑的表情，"还继续吗？"

我看了一下手表，没时间了，"不了，谢谢。差不多了。"我转身对女助理说，"你能让我们单独聊一会儿吗？"

她犹豫了一下，看了一眼胡安。胡安点了点头。

女助理走后，我拍了拍装着钻石的加厚天鹅绒布袋，说道："你可能也猜到了，对于钻石，我是个外行。但有朝一日，我会成为行家里手。等哪天我不这么着急的时候，我会把这些钻石拿去鉴定。要是你骗了我——我会找一个信得过的钻石商行来评估这个布袋里的钻石，加上我手上的这枚戒指，要是他们说这里的价值低于20万美元的话——我会发现的。我会回到这里，开枪把你杀了。你听清楚了吗？"我笑眯眯地看着他，"你看还需要做些改动吗？"

他的脸一下变得煞白，动作也变得有点儿僵硬。他伸手从身后的托盘上选出了两颗相当大的钻石，放进了布袋里，跟我挑选出的其他钻石放在了一起。

"很好。"我从手袋里掏出那张银行本票，翻到背面，"你希望我背书写付给一流钻石还是写付给你个人？"

他拿过支票，仔细检查了一番，先是拿起来对着光看，然后又用手指摸了摸上面的水印图案，"卡洛琳·卡申不是你的真名，对吧？"

"事实上，那是我的真名。这个你必须相信我。支票是真的，但我会尽快把它兑现。"

这时，他又盯着上面的金额说："这张支票值25万美元，我可找不开。"

"那就把多出来的那些钱当作佣金吧，一是表明这事儿你干得不错，二是要求这次交易你得为我保密。"

他看起来还是将信将疑。

"胡安，我必须走了。我们就这么说定了？"

他用手背擦了擦额头的汗，把支票顺着桌子推给我说："背书写付给我的朋友恰克，他帮我管账。"

这在狡诈的钻石贩子圈中是什么意思？恰克是洗钱的那个家伙吗？我耸了耸肩膀，在支票上签了名。

开车前往机场的路上，车辆竟然出奇地少。我把车呼哧一下停到赫兹还车点时，离航班的起飞时间还有 1 小时 52 分钟。从车里出去之前，我把 GPS 重启了一次。删除所有近期去过的地点？是 / 否？导航仪问道。是。备份文件也许已经同步到了某个地方的某个服务器上，但我也不能让他们轻而易举就获取我的行踪。

窗口出现了一个服务员："晚上好，女士。麻烦你把里程数读给我。"

我看了一下里程表，把读数告诉了他。

"油加满了吗？"

"我没时间去加油。"

他发出啧啧的咂嘴声，"那你就要花冤枉钱了，下一次选择预付油费的选项。"

我差点儿笑出了声。很难向这个人解释忘记加油这种小事在我的罪恶清单上早已排到了最后。犯下谋杀罪以后，其他违法乱纪的事情就不值一提了。

我脸上带着微笑朝机场快轨走去。一方面：我今天杀了一个人。这个人，不管他有多少缺点，都是别人的丈夫和别人的父亲。我恐吓了一个老妇人，把她锁在洗衣房里。我还刻意破坏了所有犯罪的证据。我马上还要设法把价值 20 万美元的钻石私自夹带出境。我是个在逃犯，很可能被判终身监禁。

另一方面：很长时间以来，我都没有这么快乐了。

在主航站楼的大厅里，有台电视正在播出美国有线电视新闻网的节目，我停下了脚步。电视调到了静音，但是从画面可以判断出来，播音员在解析股市行情，道琼斯指数今天又升到了历史新高，收盘涨到了 15747 点。要是我有时间把钱投资到股市里而不是去买钻石就好了。

即将播出——陷入网恋骗局的名人，屏幕下方的滚动条上显示。接着播出，关于新任纽约市长，你需要知道的五件事。看来我还没上新闻。美国有线电视新闻网的总部位于亚特兰大，一旦爆出当地知名律师被谋杀的新闻，他们一定会不遗余力地全方位报道。可怜的贝琪 定还被锁在洗衣房里。

到达登机口的时候，达美航空正在邀请头等舱的乘客预登机。这意味着我还有 10 分钟左右的时间。我原路折返到刚才路过的一圈商店。在安普里奥·阿玛尼店，我挑选了一件我能找到的最普通的纯米色套头线衣，另外还买了两件价格过分虚高的白 T 恤和一条看起来大概我能穿的黑色牛仔裤。在蔻驰店，我朝一双中规中矩的橡胶底红褐色靴子直奔过去，我无缘再穿细高跟的鞋了，我不希望引起任何人的注意。

出发信息屏上显示我的航班状态已经是最后一次广播登机了。我一头扎进唐娜·凯伦店，抓起一副深色的超大墨镜，扔了几张钞票在柜台上，不等找零就匆匆离开了。

我冲到登机口的时候，他们正准备把通往登机桥的门关上。一个脾气挺大的乘务员扫描了我的登机牌和护照。红灯没亮，警报没响，也没有国土安全部的特工冲出来，叫喊着要逮捕我。

我找到自己的座位，扣紧安全带，闭上了眼睛。

9 小时 4 分钟之后，我将抵达苏黎世。

07

第七部分

欧洲

第五十二章

飞机在苏黎世上空盘旋的时候，我浑身开始冒汗。"辣特兰大"卫衣的腋窝处出现了湿透的深色半月形汗印。不用说，全程我都没有合眼，整夜都忍不住地担忧。最折磨我的情形就是我妈和我爸听说了我的所作所为之后可能做出的反应。我不愿去想这会给他们带来多大的痛苦，不愿去想我不能打电话安慰他们或者向他们解释自己的行为。我长这么大，从来没有超过一天不跟我爸妈说话，而现在，我也许几个月，也许几年，甚至永远都不能跟他们说话了。

航班预计中午时分在瑞士着陆，亚特兰大时间大约是早晨 6 点。至于我们在空中的 9 个小时内可能会发生什么，我一无所知。除非辛克莱家的保洁阿姨起得特别早，否则她应该还没有进到房子里。但是贝琪也许自己挣脱了捆绑；也许有朋友来串门，发现了尸体。很多种情况都有可能发生。极有可能的是，我们一着陆，瑞士警方就在那里等着把我铐起来带走。

我权衡了一下是在飞机上换上新买来的衣服，还是等到降落之后。我选择了后者。在进入瑞士境内之前，我必须保留卡洛琳·卡申的身份，因为我需要跟护照照片保持一致。过境之后，一切就听天由命了。

飞机砰的一声在跑道上着陆了，接着继续向航站楼滑行。一切看起来很正常。我走下了飞机，低着头，避免跟人发生眼神接触。一大群乘客朝着入境检查柜台缓缓移动，我排到了一条长队的后面，周围东倒西歪的都是睡眼惺忪、日夜颠倒的旅客。尽管机场的这个区域禁止使用手机，旅客们还是在偷偷查收电子邮件。我羡慕他们满不在乎的样子，像我这样被通缉的罪犯可不敢惹恼那些安保人员。

终于排到我的时候，我的心怦怦地跳了起来。我本来希望排到第七道，坐在那儿的警官看起来像祖母一样慈祥。但他们招手示意我去第五道，那个金发警官长着一双滴溜溜的小眼睛，下巴有好几层，他不慌不忙地翻看着我的护照。

"旅行的目的？"

"旅游。"无论你到一个国家的真正目的是什么，这样回答都不会错。否则，不可避免地总是会出现这样或那样的问题，不是签证出问题，就是缺少一份工作许可，或者是某份表格忘记了盖章。

"你打算在瑞士境内停留多长时间？"

"就是在这里转机去意大利。"我这样谎称。

他将护照上的条形码进行了扫描。我屏住了呼吸。接着，他又仔细地盯着信息页看，上面是我的照片和个人信息。然后，他慢慢抬起眼睛，看着我严厉地说：

"Alles Gute zum Geburtstag①。"

你们知道，我是个语言学家，一口法语说得非常流畅，口音听起来也跟法国人没什么两样。意大利语和西班牙语，我也说得不错。我大学的时候还学过一年汉语，至于是出于什么原因，我现在已经不记得了，但我仍然可以做到不打手势就能在北京指挥出租车或是点烤鸭吃。但是德语？ Nein②。我基本上一个词都不会，甚至不确定能不能数到十。

我摊开双手，做出听不懂的样子，并对他勉强地笑了一下。

他却没对我笑。"Alles Gute zum Geburtstag。"他又说了一遍，这一次显得更加着急。第六道的警官也停下了手头的工作，朝我这边张望。

怎么回事？他是在盘问我吗？难道扫描条形码触发了警报？

"Sie sprechen kein Deutsch③？我——说——生日快乐。你马上就……achtunreifiig。你们用英语怎么说？ 38 岁了。"

他抬起手，在我的护照上加盖了一个长方形的红戳。

---

① 德语，意为"生日快乐"。
② 德语，意为"没有，不是"。
③ 德语，意为"他们不会说德语"。下文"achtunreifiig"无意义。

我的腿都软了，费了好大劲才迈开脚步。

在机场巴士终点站的女厕所里，我脱掉裙子和贴着水钻的"辣特兰大"帽衫。哈利路亚，万事大吉。

接下来要做的事，需要我鼓足勇气。在到达大厅里，我没能买到合适的剪刀，但我瞎摸瞎撞到一台售卖旅行必需品的自动贩卖机，出售一次性袜子和塑料雨披，还有迷你针线包。在迷你针线包里有一把剪线头用的微型剪刀。

我让头发垂下来遮住眼睛。我本应该拿面镜子照着，但我实在不忍心看。一卷发亮的深栗色头发落在我手里，我握着它，想起了威尔曾经用手指在这些发卷上缠绕，那是在另外一座机场外面，如今想起来恍若隔世。我使劲摇摇头，把这些想法从脑子里赶走，随手把头发丢在脱下来不要了的一堆衣服上面。咔嚓咔嚓咔嚓，这把剪刀剪起头发来实在是太小了，我花了很长时间才像拉锯一样把我满头的鬈发都剪掉了，只留下离头皮不到一英寸长的头发。

剪完后，我突然有种赤身裸体的感觉，但那并不是因为我穿着内衣内裤站在公交车站厕所的隔间里。我把以前的衣服和以前的头发捆成一团，径直走出了卫生间，没让自己看见洗手池上方镜子里的自己。

10 分钟后，一个灰不溜秋的女子，穿着中规中矩的靴子和一件米白色的线衣，坐上了开往德国弗莱堡的大巴。

我需要先往西再往北在欧洲穿行，走曲线似乎是比较明智的选择。这就是我预订前往苏黎世的航班的原因：在抵达我实际要去的目的地之前，先到别的国家，先去其他城市，留下这样的记录。

于是，此刻，我就绕道去了德国。

都说弗莱堡是个别致的城市，有一座中世纪创建的大学，几个热闹的集市广场，还有一条蜿蜒曲折的公路，一直延伸到黑森林深处，但我什么也没看见。我从大巴上爬下来，故意朝错误的方向走了两个街区，低着头穿过一条两旁都摆满了垃圾箱、气味难闻的小巷，然后再左拐右拐回到了 Hauptbahnhof，火车总站。我不清楚这样做是否隐藏我的行踪的正确方法。我是个研究法国文学的学者，不是从事反监控谍报技术的巫师。但是我跟大家一样都看过《谍影重重》系列电影，马特·达蒙扮演的角色似乎推崇这样一套简单的哲学：如果有人在追捕你，你只有两条路可走，一条是找到一个永远不被发现的藏身之处，另一条就是不停变换藏身地点。

我在火车站里面买了一顶便宜的黑色毛线帽子和一张前往法兰克福的车票。我在考虑继续往北去一点，一直到达比利时的港口城市安特卫普，那里是世界钻石贸易的中心。我以前去过安特卫普，对那里的钻石区叹为观止。在那里，正统派犹太商人融入到巴西人、俄罗斯人、黎巴嫩人，以及印度人中间，每年的交易额都达到好多个亿。我一旦能找到合适的人，就可以一颗一颗卖掉我的钻石。要是它们大概能值到我在亚特兰大支付的金额的话，这钱就够我用好多年的了。

但是，去安特卫普的行程还是往后推推吧。去法兰克福已经是再次绕道了。好在那儿是个交通枢纽，我可以从那儿搭乘直达火车前往我最终的目的地。

2 小时 12 分钟后，当火车缓缓驶进法兰克福火车总站时，我做出了一个决定。我需要找一个有网络连接的地方，查看今天的新闻。在苏黎世通过海关检查时我也许就该这么做了，但当时是选择在网吧里拖延时间，还是选择赶紧离开，尽量把追捕我的人远远甩开，我选择了后者。另外，我也不想不知不觉就留下一条电子轨迹。那样，警察很容易就能跟踪到苏黎世，不出几个小时他们就跟过来。常识告诉我，他们会动用所有他们掌握的网络工具。从那儿开始，我就下定决心不留痕迹。

但是我还是需要上网。

除了想知道伊桑的尸体是否被发现了，我还想知道他的妻子怎么样了。从我把她绑在洗衣房里到现在，24 小时已经过去了。她冲我脸上吐了唾沫，她骂萨迪·罗森是个婊子，她也肯定会尽其所能让我坐牢的。但是我不能就那么把她丢在那里不管，我需要确认有人发现了她。

从火车站街对面的电话亭里，我用现金买了两个预付费手机。我把一个装进口袋，在另一个上面打开了浏览器，搜索伊桑·辛克莱。最靠前的一项是律所网站上对他的简介，接着是一篇关于他在迈阿密发表的演说的文章，然后是他和贝琪为亚特兰大植物园组织筹款活动的一则广告，没有更新的消息了。

我百思不得其解，于是打开了《亚特兰大宪法报》的网站。浏览网页的时候，我还差点儿没看到，消息排在第七条，只有简短的两段话：在燕尾服路上的一栋私人住宅里发现了一具尸体，警方称尸体上有枪击的伤口。尸体是星期四上午发现的，警方初步定性为杀人案，正在展开调查，侦探们正在寻找一位跟此案有关联的人进行讯问。因为尚未获得其家人的准许，受害人的姓名不便公开。截至发稿时止，尚无确定的嫌疑人。

我按顺时针方向绕着车站走了一圈，把黑帽子塞进一个垃圾桶里，戴上了一副别人丢在上一趟火车上的森林绿的御寒耳罩。我从一个边门走进车站，在售票机处，我前面有个女的买了一张单程头等座的车票前往慕尼黑。她转身离开的时候，我把刚才用过的预付费手机扔进了她的购物袋里。干得妙，我自言自语。哪怕刚才上了10分钟网暴露了我的行踪，那部手机也会把调查者直接引导到巴伐利亚去的。

当火车穿过边界进入法国境内的时候，我明显感到一阵轻松。我会说法语，理解当地习俗，轻而易举就能够融入。我的手里握着奥布琼夫人的公寓钥匙。昨天我在手提包底部摸来摸去找钥匙的时候，我就知道这就是我打算逃往的地方。伊莲敦促我——其实更像是命令我——去巴黎，去那里疗伤、躲避。这是她的原话。当然，她当时不知道我到这里的时候，已经成为一起谋杀案的通缉犯。警察会盘问她的——跟疑犯的雇主面谈一定是必不可少的程序——她也许会向警方透露说我借走了她在巴黎那套房子的钥匙。

但我说不上来为什么有一种感觉，觉得她是不会说的。我只知道她似乎非常注意保护个人隐私，她会觉得她想把房子钥匙给谁是她私人的事情。她也异常聪明，肯定能够从新闻报道的字里行间做出判断，一定会意识到是伊桑·辛克莱杀害了我的家人。她会明白我的所作所为和我那么做的原因。奥布琼夫人自己也有过被野蛮男性家暴的历史，我认为——我希望——她不会告发一个身陷困境的女人。

火车从法兰克福出发，直到半夜才轰隆隆地驶入巴黎东站。巴黎地铁把我送到伊莲家那栋楼的门外时，应该快到凌晨一点了。我从包里取出一条海军蓝的男式围巾——这也是我从火车厢顶的行李箱里顺来的，把头和肩膀严严实实地裹住。我觉得很冷，身上这件米白色的线衣应该已经被欧洲各大交通枢纽处的闭路摄像头拍下来了。我深深地吸了一口气，希望这将是此番行程的最后一站，我要让自己坚强面对。此时，我已是筋疲力尽，即使现在真有警车闪着警灯拉着警报在奥布琼夫人的公寓门口等着，我也不敢确定我是否还会在乎。

第五十三章

2013 年 11 月 8 日，星期五

Paris est un véritable océan，巴尔扎克在 1834 年的时候写道："巴黎是一片名副其实的海洋，用回声探测仪也永远无法测量出这片海的深度。"

是的，是有比她规模大的城市。巴黎市区常住人口约两百万，如今跟孟买和墨西哥，或者跟圣保罗和上海这样的特大城市相比，就算不上什么了。但在那些城市里，我没有打开哪间公寓的钥匙，是吧？而且，巴黎也足够大了。我对这里的有些街道了如指掌。比方说，十三区的圣女贞德街上有我最喜欢的肉店。还有玛莱区的那条破旧街道，做博士论文的时候，我在那儿住了两年。但这里也有大片大片的街区我从未涉足，走在那里谁也认不出我的街道数不胜数，我可以在那里神不知鬼不觉地出没，不像一个女人，而像一个影子，一个映在天空上的剪影。

无论你多么了解巴黎，巴尔扎克写道，你总会在那里找到另一片荒野。他的原文是 un lieu vierge，一片空地或一片处女地，一个没有历史的地方，或至少是没有你的历史的地方，一个你可以拥有一个完全不同的身份的地方。

很少有人能够获得重新创造自我的机会，我说的是真正意义上的重造自我：拥有全新的姓名、全新的城市和全新的生活。我曾经这么做过一次。我以前叫卡洛琳·史密斯，后来，在纸上动了几笔，我就变成了卡洛琳·卡申。那一次，我还是个孩子，我的新家和新的身份都不是我自己的选择。但是这一次，一切都由我自己掌控。既然我不能再以卡洛琳·卡申的身份在这个世界上公开活动，既然把这个姓名用了34年的这个女人不得不——按官方的要求——消亡的话，我愿意成为谁呢？

我一直很喜欢西蒙妮这个名字。西蒙妮·莫罗叫起来很顺口，或是西蒙妮·盖琳？杜布瓦？杜兰德？必须是一个常见的普通名字，一个司空见惯、容易忘记的名字。我不清楚怎样可以获得伪造的身份证件，但我猜想如果具备有决心、够狡猾、不缺钱这三个条件的话，这应该也是能够做到的事情。

这项任务可以放到明天，甚至可以推到下个星期再做。今天，我一直睡到了临近傍晚的时候。醒来时，我饿极了。奥布琼夫人的食品柜里空空如也。我找到一罐覆盆子果酱，把它涂在薄脆面包的碎片上。但薄脆面包搁的时间太久了，一碰就变成粉末了，最后我只好放弃了薄脆面包，直接用勺把果酱吃下肚了。我还找到了茶包，但没有牛奶；我找到了罐装的金枪鱼，但没有面包。我就这样吃了奇怪的一餐。

过后，我躺在床上，看着星星一颗一颗在夜空中闪现。

巴黎是一片名副其实的海洋。无论你多么了解她，巴尔扎克写道，你总会在那里找到另一片荒野，总会找到"一个隐秘的洞穴，或是几朵鲜花，几颗明珠，一些妖魔鬼怪"。的确是这样。妖魔鬼怪是确定无疑的存在。我的敌对者会等着我，只要我一不小心，只要我一放松警惕，他们就会一扑而上。至于隐秘的洞穴、鲜花、明珠等等，我们还是拭目以待吧。

第五十四章

2013 年 11 月 9 日，星期六

我没有奥布琼夫人的耐力。危难关头，伊莲可以缩在这间公寓里，一连七个星期都不出门，我连两天都待不下去。

我强迫自己等到黄昏时分才战战兢兢地出门。通常情况下，宅在家里对我不应该构成挑战。这间公寓宽敞高雅，极简主义风格的家具内饰超出了我对一位 70 多岁女人的预期。也许这是找一个比自己年纪小的丈夫的结果。几面墙前的书架上摆满了书，大多是法语书。英语、意大利语和俄语书摆在书架的顶层，虽然比法语书少一些，但也相当可观了。藏书大多是各类经典文学著作，但也有数目不定的悬疑小说和惊悚小说。我本来认为这些都是让－皮埃尔的，但我发现奥布琼夫人似乎是按照一个严格的标识系统来整理她的私人藏书的。每一本书的封面里面都用铅笔写着她的全名和一个年份，我能认出来她的笔迹，那个年份，我猜一定是她读完那本书的年份。奥布琼夫人贪婪地读完了菲·多·詹姆斯和伊恩·兰金的所有作品，还有李查德的《浪子神探》系列全集。天哪，这真是太妙了。乔治城大学法语系一本正经的系主任，研究 17 世纪剧作家莫里哀和拉辛的知名学术权威，私下里居然对这种写硬汉侦探的畅销小说爱不释手。我希望有机会在教师休息室里闲聊时有意无意地聊到这事儿。

驱使我外出的不是缺少消遣的方式，而是食物的匮乏。我简直无法再直视那罐覆盆子果酱了。整个下午，从街面上不停地飘过来新鲜出炉的面包香味，让我备受折磨。虽然我看不见香味的来源，但我敢肯定街角处有一家面包房，就在我的视野之外。等天色渐渐暗下来的时候，我从门厅衣柜里找出一件雨衣和一顶帽子——临时借穿一下伊莲的衣服，就出了门。雨衣的胸部和臀部紧紧绷在我的身上，伊莲实在是太娇小了。

面包房已经关门了，但在旁边一个街区的街角商店里，我买到了所有想买的东西：一大块奶酪、一些法语称为 saucisson sec 的法式干肠、半打苹果、罐装番茄汤、一升牛奶和一瓶葡萄酒。在店门口的一个落满灰尘的面包篮里，我找到几根法棍，虽然已经不新鲜了，但我还是买了两根，夹在胳膊下面。收银员扫码收款的时候，我在法棍上咬了一口，差点儿没把鞋跟扭断。

10 分钟后，我又回到了公寓。我把奶酪和牛奶放进冰箱，拿了一片干肠放在嘴里嚼着，一边查看我买来的其他生活用品：一支牙刷、一块香皂，还有一盒欧莱雅极致之美系列染发膏，色号是 10，最浅金色。

第五十五章

欧莱雅 10 号是一场灾难。

事实表明，自然的深棕色头发不可能一次就染成最浅金色，至少其间会出现一个极其难看的橙色作为过渡。从奥布琼夫人的浴室镜子里盯着我看的女人留着一头只能描述为胡萝卜色的上短、侧短、后面长的发型，前额上是没剪齐的刘海，脑后是一条老鼠尾巴，我把后面的头发留长一些是为了遮住脖子上仍然很明显的疤痕。

我不得不去找专业美发店求助。虚荣心不说，我需要保持低调，而我这个样子会把孩子们吓得大哭大叫，四处逃窜的。

圣米歇尔大道上有一家我喜欢去的发廊。但他们也许还记得我，而且那儿星期天好像也不营业。我又借穿了伊莲的雨衣和帽子，把墨镜压得低低的，搭乘地铁去十八区的红堡站。

不用看见，远远地闻着味道，听着声音，就知道快到德让路市场了。这里是巴黎非洲裔聚居区的非官方中心，星期天一大早就热闹嘈杂。你还没从地铁站口走出来，一股难闻的肉味就扑鼻而来。这是从阿玛尔兄弟肉店飘过来的。转过街角，塞内加尔的漂亮主妇们在跟卖番薯的小贩讨价还价。流动商贩在兜售仿制的路易威登箱包。在阿尔及利亚面包房讨要蜂蜜面点的孩子多得都挤到了店门外面。

在一家突尼斯餐厅外面，我停下了脚步，想弄清楚我现在的位置。这附近肯定能找到一家阿拉伯人的美发店。我跟自己打赌说，这个街区的理发师应该不会紧跟着一个名义上的天主教国家的生活节奏：星期天上午大家不是在睡觉就是在教堂做礼拜。从我身边挤过的人群判断，关于这一点，我猜得很对。我还跟自己打赌说经常为黑人女性打理头发的美发师，对拯救在家染坏了的褐色头发应该颇有经验。

人行道上，一个美丽的黑人女子跟我擦肩而过，她的头发染成了淡金黄色。我追上去，对她的头发赞美了几句，然后问她是在哪儿染的。她给了我一家美发店的名字，又给我指了指路。我七转八转没找到地方，后来又问了一次路，终于来到一家铺着艳丽磁砖的店面，店里有两把塑料理发椅。见我走进店来，店主吃了一惊。等我把帽子摘下来，露出需要他打理的一团乱发后，他更是吃了一惊。他举起手指，示意我等一下，然后就消失在店堂后面了。过了一小会儿，他后面跟着个女的出来了，那女的手里抱着个孩子，身后还跟着一个四五岁的小女孩。他俩用一种我听不懂的语言交流了一下，可能是印地语 ①，或者是乌尔都语 ②。他们不是非洲裔。

接着，她走上前来，脸上的微笑充满了同情的意味。

"你自己染的？"她指着我的头发说。

我乖乖地点了点头。

"100 欧元，我帮你搞定。这要花点儿时间。"

我把钱递给她，另外提前给了她一笔可观的小费。有人要用漂白剂和剪刀袭击你的脑袋时，让那个人对你产生好感有益无害。

我被领着坐到一张塑料椅子上。小女孩害羞地给我端来一杯茶，问我要不要加糖，听我说要加三块之后，她带着一脸可爱的认真表情，用银色小夹子往杯子里加了三块糖，然后就走开了。她妈妈站在我身后，在不锈钢碗里把漂白剂搅成糊状。

"你们家是从哪儿来的？"我随口问她。

"巴基斯坦，拉合尔。你呢？"

"里昂。"法国第三大城市。万一她要向我打听点儿什么的话，这也是我比较了解的城市。但她只是点了点头。小女孩又跑来了，拿来一沓漫画书。她笑着举起一本给我看，我也对她笑笑。她举起另外一本，指着封面咯咯地笑。

她妈妈厉声呵斥了她两声，用他们的语言问了她一个问题。然后，妈妈也笑了

---

① 印度的官方语言。

② 巴基斯坦的官方语言。

起来：“她说你看着像丁丁。”

我仔细一看，漫画书封面上是那个比利时的小男孩冒险家，他的额前就留着一缕翘起来的橙色头发，发型介于庞帕多大背头①和莫西干头②之间。我表示抗议，但又有什么用呢？小女孩已经认定了我就是像丁丁。她妈妈在我的头发上涂上了有股柠檬香味的白色糊状染膏。小女孩爬到我腿上，要我把丁丁带着小狗雪球一起冒险的故事读给她听。

站在午后强烈的阳光中，我看起来已经不太像丁丁了，更像年轻时期的米娅·法罗。巴基斯坦女人的手艺不错，她把我的头发染成了一种暗金色，剪成了时髦的精灵头③，头顶的头发一根根向上竖起来，脑后还俏皮地留了一小缕头发，正好遮住了我的刀疤。她灵巧地避开了我的刀疤，也没问我任何问题。

我走进附近的一家咖啡店，又要了一杯茶。口袋里还有一个在德国买的手机，我觉得是时候再上一次网了。我已经有三天没看新闻了，搜捕我的行动一定已经展开了，我也做好了心理准备来面对这样的消息。远在华盛顿的家人一定在被媒体不停地追问，一想到给卡申一家带来的流言蜚语和耻辱，我的心里就隐隐作痛。

在《亚特兰大宪法报》的移动端页面上，这起谋杀案已经上升到了新闻头条。伊桑·辛克莱的名字已经出现在报道中了。报道称他的家人对此感到震惊和极度悲伤。亚特兰大律师协会正在筹备一个纪念宴会。对致其死亡的枪伤，页面上也有一篇更为详细的报道，两颗子弹均近距离击中上腹部。警方仍然在寻找那个跟此案有关联的人来进行问讯。警方呼吁知情者匿名拨打亚特兰大阻止犯罪热线提供消息，或者把消息编辑短信发到“犯罪”这个公号上。

所有报道都没有提及我的姓名，对杀人动机也没有任何揣测。我实在想不明白。我在那里一直坐到茶都凉了，然后把手机里的芯片拿了出来，放到鞋跟底下踩碎了。

德让路市场已经撤摊了，但是在下地铁的楼梯口还有孤零零的一个摊贩。他在人行道上铺了一张脏兮兮的绿毯子，上面摆满了车载空气净化器、打火机、假冒名牌墨镜，还有几部预装好了的手机。

“Combien？”我指着那几部手机问他。多少钱？

---

① 一种男士发型，头发向上往后梳。
② 一种男士发型，剃光两侧头发只留中间部分。
③ 一种女士发型，又称赫本头，源于著名女演员奥黛丽·赫本的经典短发造型。

他耸了耸肩说："Trente-cinq。"35。

我不屑地笑了笑，转身要走。这时，他的项链吸引了我的注意。确切地说，那不是一条项链，而是一个小小的真皮口袋，系在一根麂皮的带子上。

"Et pour ça①?"

"Ça? Non, C'est la dent de mon fils。"什么？不行。那是我儿子的乳牙。

我不要牙齿，傻瓜。我只要那个小口袋。

他看上去有点犹豫。

"Cinquante②。"我拿出一张50欧元的纸币，"买这两样东西。"

他晃了晃小口袋，把一颗发黄的小牙齿倒在手心里，然后解开麂皮带子，把小口袋和一部手机一起递给了我。

"SIM卡的密码贴在手机后面。"他嘟哝着说。

在地铁列车上的凹背座椅里坐好后，我从手包里拿出了那颗子弹，打开裹着它的纸巾，把它放进那个小皮口袋里，接着把带子绕着脖子系紧。口袋上还留有那个摊贩皮肤的温热。

那天夜里，我感觉有个男人一直在注视着我。

回到伊莲的公寓，我感到焦躁不安。那天晚上，天气不合时令地闷热。附近的咖啡馆里一定人满为患。买来的罐装番茄汤让我毫无胃口。我在镶木地板上踱过来踱过去，权衡外出风险的大小，同时心里十分清楚我应该做的是待在屋里，拉上窗帘，埋头看书。但是我似乎无法找回原来那个不爱冒险、内向的自我。那个自我让我觉得沉闷乏味。天一黑下来，我就从大楼后面的安全门溜了出去，融入温热的空气，朝东一直走到了塞纳河对岸，一路专拣偏僻的后街小巷，最后就顺着河岸往前走。

奥德翁附近有一家意大利葡萄酒酒吧，很晚才关门。像今晚这样的天气，那里人一定很多，人行道上一定也聚集着一簇一簇的顾客，一边品着桑娇维塞红酒，一边等着吧台前或红色福米卡桌前空出座位来。我扫了一眼酒单，点了一杯酒吧自酿的维蒙蒂诺，一款来自利古里亚区和托斯卡纳区之间山区的干白葡萄酒。接着，我就一屁股坐在马路牙子上等着。大部分顾客都是年轻人，大部分都是当地人，他们穿着价格不菲的牛仔裤和真皮夹克，互相为对方点着烟，用法语切切交谈着。我穿

---

① 法语，意为"那个呢"，疑问语气。
② 法语，意为"50"。

着那双不起眼的靴子和黑色打底裤，没有化妆，没有佩戴饰品，没有任何形式的装饰；刚染的金发也紧贴着头皮。我觉得没人会注意到我。

然而，酒吧里面却有一个男子不停朝我看过来。他坐在窗前的双人桌旁，和一个背对着我的男子说话。摇曳的烛光中，我看不清他的五官，只能看到他深色眼睛里放出的光亮。我跟他对视的时候，他也不避开我的目光。突然，他朝吧台走去，跟调酒师说了几句话，朝外面我这儿指了指。我吓得血都凝固住了，手忙脚乱地站了起来，准备跑走。

这时，他拿着两杯酒出现在酒吧门口，"Je me suis demandé si vous aimeriez un autre [①]。"我觉得你想再来一杯。他朝吧台方向点头示意了一下，说道："他说你喜欢喝维蒙蒂诺。"

我朝后面退了一步，四下扫视了一番，看看是不是中了什么圈套，看看他后面是不是隐藏着一小队全副武装的国际刑警，随时准备从餐厅厨房冲出来抓住我。他看出了我一副神情紧张的样子，眉头一抬说道："你不是准备逃走吧？Je ne mords pas。"我不咬人。

我的判断也许是错的，但是他那双黑色眼睛看着我的样子不像是警察逼近猎物的样子，而是一个男人看着令他心动的女人的样子，而且是在这样一个温润的夜晚，是在巴黎的一家酒吧门外，夜未深，时间还早，一切都有可能发生。

我接过了酒杯。

"Comment vous appelez-vous?"你叫什么名字？

"西蒙妮。"这是我第一次把这个名字说出声来，"我叫西蒙妮·盖琳。你呢？"

"弗朗索瓦。"他笑着拿出了一包烟，给我们俩一人倒出来一支。我张开嘴正准备说我不抽烟，但转念一想又改变了主意。卡洛琳不抽烟，从来没抽过。但是西蒙妮，恰恰相反，对这些事情还没拿定主意。

"Alors, 西蒙妮。Parlez-moi de vous。"跟我讲讲你的故事。

"Je suis écrivaine。"我是个作家。这不完全是假话。我想起了不到三个星期前，我曾兴奋地计划着要写的那本书，就是在乔治城家中的厨房里，我哥托尼跟我开玩笑说的那本书，主题是后拿破仑时代法国工薪阶层离婚的政治。此刻，这个想法好像是从一个跟我完全不同的人的脑海里蹦出来的，这个主题现在一点也不让

[①] 法语，意为"我想知道你是否想再来一杯"。下文几处也是法语，不再一一标注。

我兴奋了。我聊起了旅行回忆录和厚重的战争史，聊起了轻薄的诗集和结局惨淡到令人绝望的小说，聊到了所有我喜欢看的书，聊到了所有我想写的书，我说的有些是真的，有些是我现编的。他那双黑色的眼睛一刻也没离开我的眼睛。

我是否应该向你们描述一下他的样子？弗朗索瓦肤色苍白，头发跟他的眼睛一样又厚又黑。个子很高，骨架却很纤细。他穿着黑色高领羊绒衫和紧身牛仔裤。但你们一定已经猜到这些了。他俯身吻了我一下，我让他吻了。一缕缕烟雾从我们拿在胯旁的香烟上袅袅升起。他非常符合我喜欢的类型，吻起来连嘴唇都给我一种熟悉的感觉。在一百个这样温润的巴黎之夜里，我吻过十几个像他一样的男生。巴黎是一片名副其实的海洋，巴尔扎克写道，但他同时承认，巴黎也是一个道德的阴沟。**Un égout moral**。至于这是好事还是坏事，则要看你第二天早晨能承受得了多少悔恨。

如果他们叫了我的名字，告诉我里面有座了的话，那我没有听见。夜深了，桌上的蜡烛都快燃尽了，每张椅子上都还坐着人。嗡嗡的谈话声、轻松的笑声和低声细语的引诱，从酒吧里飘到了外面的人行道上。调酒师最后把一瓶维蒙蒂诺从窗口递给了我们。我们就站在那儿，一边接着吻，一边抽着烟聊着天，直到把一瓶酒都喝完了。

但当他轻声告诉我说他住的公寓就在附近时，我却突然脱开身来。我没少找过情人，但我从来没有从酒吧里带过陌生人回家过夜。对于这些事情，我也不是放不开，我只是认为不能让男人这么容易就得手，其中很大的乐趣都是来自于追求的过程。

我吻了他一下，这一次是吻在脸颊上，然后跟他道了声晚安。

"Attends。"等一下，他说。在一张废纸片上，他写下了姓名和电话号码。我把纸片折了起来，却发现衣服上没有口袋，于是就把它塞进了脖子上挂着的小皮口袋里。

我穿过人群往回走的时候，塞纳河上升起了薄雾。每走几百码，我就停下脚步，躲在昏暗的门洞里侧耳倾听，确保没有被弗朗索瓦或任何其他人跟踪。

第五十六章

2013 年 11 月 11 日，星期一

我们往往不知道什么时候突然会出现重要的一天。

早晨，我们像每个早晨一样醒来。我们伸个懒腰，把水烧上，把猫喂饱，脚步轻盈，心情愉悦，完全不知道将要发生的事情。只是等到后来，当我们打开那封生死攸关的信件，或者听到门口传来了敲门声，我们才意识到我们的人生轨迹已经发生了不可逆转的变化。

在我身上，传来消息的是一个新闻网站。

早晨刚过 8 点，市内公交车刺耳的喇叭声就把我从睡梦中惊醒，我一下从床上坐了起来。过去的两天，外面车很少，但今天到了工作日，巴黎一大早就在交通高峰时段的喧闹中满血复活。奥布琼夫人住在一栋典雅的公寓楼里，放眼窗外，满眼都是布洛涅森林的郁郁葱葱。但离这儿不到一个街区，就是一条博动着的交通主动脉。站在她家阳台上就能感受到路上通勤的人们积聚起来的焦虑。

我脚步轻盈地走进厨房，把水烧上，准备泡茶；把最后一截法棍烤热了，抹上了令我倒胃口的覆盆子果酱。我一边嚼着法棍，一边责备自己昨晚的冒失行为。我应该头脑更清醒一些，再也不能晚上出去跟陌生男人亲热了。从现在开始，对我而言，夜晚最猥亵的遭遇就是捧着一大杯花草茶，翻阅被伊莲读得卷了边的那套《浪子神探》的简装书。

　　既然已经休整好了，现在有几件事我就得去办了。我需要一张伪造的身份证，需要几件新衣服，越不起眼越好。还有最为迫切的是，我需要找一个新的住处。即使奥布琼夫人不会迫于压力向警方屈服，这个地方也不安全，住在这儿就是冒险。我希望我住的地方跟那个曾经被称为卡洛琳·卡申的女人毫无关联。

　　冲澡的时候，我习惯性地挤出了跟往常一样多的洗发水，却发现这个用来洗新剪的精灵短发的话，至少可以洗五次。我提醒自己买东西的时候再买一把剃刀，照这个速度，我的腿毛很快长得就比头发多了。擦干身上的水后，我伸手拿过昨天从街边摊贩那里买来的预付费手机。我准备浏览一下新闻头条，然后再把芯片踩碎，今天出门办事的时候再去买一部新手机。

　　打开新闻头条，第一段话就让我大惊失色，还没看完第三段话，我就已经瘫倒在浴缸边了，我的眼睛不停地跳着，呼吸也变得急促。

　　《亚特兰大宪法报》做了一个贝琪·辛克莱的独家专访。照片上，她穿着黑色的丧服，看起来非常虚弱。正文上面列了一条通栏标题"痛失丈夫，妻子悲痛讲述惨剧发生过程。"专访的撰稿人是我没听说过的一名记者，描述的情节跟我知道的事情的发生过程有着天壤之别。

　　报纸是这样报道的：

　　辛克莱夫妇的房子位于巴克黑德的高档住宅区，正当夫妇俩准备坐下来共进午餐的时候，他们的生活却被无情地粉碎了。那天一早，辛克莱先生开车去经常光顾的亨利面包房买回了爱妻最喜欢吃的三明治。

　　　　"我们最爱他家的五香烟熏牛肉三明治，"辛克莱太太几近哽咽，"伊桑总是特意去那儿为我买三明治。因为他前几天出差在外，那天他就专门去买了一趟。我打完网球比赛回到家时，他正在布置餐桌，用的是我们结婚时的那套瓷器和水晶酒杯。我们结婚有40年了，他还是那么浪漫体贴。"

　　　　然而，据辛克莱太太描述，夫妇俩还没来得及享用他们的浪漫午餐，一个持枪男子就闯进了屋里。

　　我感到一阵眩晕，硬着头皮继续往下看。

"他不知是从哪儿进来的。"辛克莱太太表示，"他戴着手套和滑雪面罩，就像人们在阿斯彭滑雪时穿的那样。但你能看到他的眼睛里布满了血丝。他挥舞着手枪，叫嚣着要我们给他钱。伊桑想制止他，他们就扭打到了一起，接着就传来一声炸雷那样的响声。"

响声就是两颗子弹射进伊桑·辛克莱上腹部发出的声音。据亚特兰大警察局杰夫·帕卡德中尉透露，辛克莱先生中弹后当场死亡。

辛克莱太太称，她本来想要逃走，但闯入者制服了她，用绳子捆住了她的手腕和脚踝，把她反锁在厨房隔壁的洗衣房里，直到第二天上午，才被长期在她家做保洁的家政服务员发现。帕卡德中尉透露，警方根据贝琪·辛克莱的描述，正在搜寻一名案发时身着红黑双色外套和灰色裤子的男子。

我反复看了一遍又一遍，通篇报道都没有提及我的姓名。

这到底是怎么回事？报道写得清清楚楚，明明白白，既没有产生误读的余地，也没有任何语焉不详的地方。贝琪撒了谎，不仅对媒体，而且听起来也是对调查她丈夫谋杀案的警探们，公开撒了谎。

问题是，她为什么要撒谎呢？

这一定是个有预谋的圈套。

他们一定是在耍花招，让我自认为很安全，他们一定是想把我从藏身之处诱骗出来。不可否认，这种推理也存在一定的缺陷。要是警方被逮住编造故事，并将其推销给媒体的话，他们就会信誉扫地。要是报纸被逮住有意刊登虚假消息，报纸也会信誉扫地。这两家机构都不会无视这种风险。

我怎么也想不明白，这究竟该怎么解释呢？

我沮丧地放下手中的预付费电话，刚刚上了 10 分钟网，屏幕已经一闪一闪地在显示余额不足了。我从门厅的衣柜里找出一件外套（这次借穿的是一件皮草饰边的斗篷，不是那件雨衣，没必要那么死板），出门前往万丽酒店。昨天晚上回家的时候，我在庞加莱大道上路过这家酒店，注意到酒店入口处有一个出租车停靠站和两个戴着礼帽、无所事事的行李员。生活中，我有一些时候会觉得，最让人欣慰的事情就是走进一家美国大酒店的时候不会引起任何人的注意。这些时候往往都是当我身处一座陌生的城市，急需找一个女洗手间的时候。但是今天，我需要的是另外一种便利设施：商务中心。

商务中心在地下一层。趁着电脑呼呼启动的间歇，我偷偷四下观察了一下屋里的其他客人。离门最近的工作台旁有个女的，穿着凶巴巴的条纹套装和毛巾布的拖鞋，她盯着我看的样子是不是有点不对劲？她旁边的那个男的为什么突然跳起来就离开了呢？我用手抱住头，竭力劝自己不要胡思乱想，接着便开始上网搜索。

美国有线电视新闻网官网上的消息提到了几个《亚特兰大宪法报》没提到的细节。一个邻居称，案发当天上午，她看到一辆紫色的小型货车从辛克莱家呼啸着离开。警方正在寻找的是一名非裔美国人，体形强壮，5 英尺 10 英寸或者 6 英尺高。伊桑的葬礼将于本周三在圣菲利普圣公会大教堂举行。

但是，消息的基本内容还是一致的。贝琪·辛克莱信誓旦旦地表示她和伊桑遭到一个戴着滑雪面罩的疯狂男子的攻击（"像人们在阿斯彭滑雪时穿的那样"这太有趣了）。我在网上又搜了搜，查看了一些其他媒体的报道。没有亚历山德拉·詹姆斯的报道，当然，她为什么要报道这条消息呢？伊桑·辛克莱在亚特兰大也许是一位知名人士，但在全国范围内，他并没有什么名气。除了佐治亚的记者，其他地方的记者没理由对他感兴趣。我把能找到的消息都浏览了一遍，然后倒在椅子背上，百思不得其解。过了一会儿，我清空了搜索历史，关上电脑，上楼走到酒店前台。去他的一次性手机，我既不知道这附近在哪儿可以买到，也没有时间四处去找。这里有什么地方可以打个私人电话吗？我问前台。

大堂一边铺着地毯的过道尽头有一间古旧的木头电话亭，他们把我指到了那里。自从离开亚特兰大，我一直都没有跟家人联系，一直担心跟他们联系会危及我的安全。但是此刻，我不顾一切地想找个理解我的人说话，想确认贝琪·辛克莱真的有可能没把我供出去。

两分钟后，马丁接受了对方付费的要求。"老妹！你知道现在这边是早上 6 点吗？"

听到他的声音，我浑身像被电击了一样感到一阵强烈的孩子般的轻松，"马丁，我知道。我很抱歉，但我——"

"没关系。我已经起来了。我没想到你会打电话来。你不是说要玩失踪，要消失一段时间吗？"

我皱起了眉头。我还要怎么消失呢？我已经逃到了另一个大洲，剪碎了信用卡，剃掉了头发，把名字改成了西蒙妮。我还把现金都换成了钻石，而且，除了这个电话，我跟外界的所有联系用的都是一次性手机。但这些马丁都不知道。他甚至不知道我是在法国。

"老妹？你在听吗？"

"在呢。信号不好，声音有点儿延迟。"

"墨西哥怎么样？很享受海滩上的生活吧？"

"哦，你知道，墨西哥很热。"我闪烁其词地回答，"嗯，家里一切都好吧？"

"家里？一切都好。我周末的时候去你家那边看了看，有些垃圾吹进了雨水沟里，我给清理干净了，其他看起来都不错。其实我也有好几天都没看见爸妈了，工作忙得没日没夜，跟阿布扎比的那笔交易真是把我害惨了。但是，让我想想……爸爸要参加一项公路赛，这几天在训练。不清楚妈妈这个周末有什么安排，我猜就是去教堂和花卉协会吧，跟平时一样。"

这一切听起来惊人地……正常。警察没来找他们，我的家人还不知道我的所作所为。真是不可思议。

"对你来说，好几天不跟家里联系，一定感觉别扭吧。我知道你通常一天都要跟妈妈聊上个十六七次。"

"你有点儿夸张。"

"不算夸张吧。我也想过这事儿。要是我是你的话，要是我也经历过你所经历的事情，我也不会让爸妈离开我的视线。我是说，我知道你什么也不记得了。但是也许潜意识里，你还记得你的亲生父母，以及你是怎么失去他们的，这让你……这么多年来，这让你跟爸妈的关系走得很近。"

我有点窘迫，"我不清楚，也许是吧。我也努力想回忆起过去的事情，但还是……一片空白。"

一时之间，我俩都没说话。

"还有一件事，你给托尼打电话了吗？"马丁问我，"你要给他打个电话。"

"好的，怎么啦？发生什么事了吗？"

"没有，没有。就是你那个结过婚的医生给他打电话了。"

我这才恍然大悟。

"是的，托尼威胁他了，嗯，怎么才能说得委婉一点呢，托尼威胁他说，要是他还敢来找你，就把他的那家伙割下来扔到波多马克河里喂鱼。"

托尼说到也能做到。"但是威尔为什么给托尼打电话呢？"

"那你要问他，我的意思是问托尼，我就是传个话。但我猜威尔一定是迫不及待地要找到你，而你又不接电话。所以他只好给托尼打电话，让托尼帮他捎个口信。"

我想了想，我肯定没接听过电话。我的手机还埋在查塔呼奇河河底的淤泥里呢。

"威尔搬出去住了，就是从我们开车去的劳科路上那座房子里搬出去了。至少他是这么跟托尼说的。"

"天哪，我靠。"

"哇哦，你真是彻底放松了，我可从来没听你讲过脏话。"马丁乐了，"不管怎样，我说过要打断他的腿，我也说话算话。好吧，我必须挂了。替我喝一杯玛格丽特。还有，听着，老妹，你回来过生日吗？还是感恩节回来？妈妈想知道。"

"我不清楚。"这是实话。再过 15 天就是我的生日，生日过后再过两个星期就是感恩节。如果接下来的几个星期跟刚刚过去的那个星期一样有意思的话，我对自己将身处何处就一无所知了。

只有一个人真正知道贝琪为什么要撒谎。

联系她似乎是个极其愚蠢的决定，但是我别无选择。我等到下午，亚特兰大应该是上午 9 点的时候，其间我又去买了一部预付费手机，这次是在一家品牌手机店买的，里面充了一百欧元。万一她真的接起我的电话，我不想话还没说完信号就被切断。

我把电话打到了辛克莱家，接电话的是个女的，她压低了声音告诉我，辛克莱太太正在休息，现在不接电话。这对辛克莱太太是个艰难的时刻，全家人感谢我的理解。

"我觉得她也许愿意接我的电话。"我坚持说道，"能麻烦你问她一声吗？请告诉她打电话的是卡洛琳。"

那个声音有些犹豫，"我不敢肯定。我能问一下是什么事吗？"

"我就在这儿等着，"我没理会她的问题，"你就告诉她是卡洛琳……史密斯打的电话。"这应该能把她从床上拽起来。

等了很长一段时间，其间我听到几次咔嗒的响声，好像另外一个房间里的分机被接了起来，第一个房间的分机被挂掉了。接着，我听到了呼吸的声音。

"辛克莱太太？你在听吗？"

还是呼吸的声音，接着传来一阵嘶哑的笑声，"你知道我现在站在哪儿吗？我站在洗衣房里。该死的洗衣房，现在是这座房子里唯一一个我能关上门、躲开那些到家里来帮忙的人的地方了。而且，有意思的是，你是这世上唯一一个能够理解这里面的讽刺意味的人。我躲在这儿，忍受着烘干机里飞出来的绒絮，居然是为了接听你的电话。"

"我很抱歉。我从未想过要——"

"闭嘴，你个小婊子。"她唾弃道，"这里轮不到你说话。我只跟你说这一次，再也不会有第二次了，你听明白了吗？"

我吓呆了，一时不知怎么回答才好。

"我猜你已经看到报纸上的报道。你应该已经看到我是怎样描述丈夫被人杀害的情景了。"她嗓音沙哑，一定是哭过很多次，"你应该注意到了我并没有提到你。我永远都不会提到你，不会让你跟我丈夫有任何瓜葛，你听清楚了吗？"

没有，我没听清楚，"你为什么撒谎？"

她浑身颤抖着吸了一口气说："你那个婊子妈妈 30 年前就想破坏我的家庭。"

"你丈夫 30 年前就毁了我的家庭。"我反驳道，"你不是唯一的受害者。"

"这些都……过去了，过去几十年了。你没有理由再来这儿，没有理由再把旧的伤口揭开。这世上没有什么事情，你给我听清楚了，这世上没有什么事情比把你送进监狱，让你在那里度过余生更让我高兴了。"

"那你为什么——"

"闭嘴！"她发出让我闭嘴的嘘声，"我之所以那么说是因为被你反锁在这间洗衣房里，手脚都被你绑了起来，嘴也被你封住了，我有很长一段时间用来思考。是你让我有足够的时间来思考。如果我指认你的话，如果我说是你杀了伊桑，每个人都会想这是为什么。你明白了吗？为什么一个从无劣迹、高高在上的大学教授，要枪杀我的丈夫？警方一定想知道你的杀人动机。"她已经哭起来了，"一切都将真相大白。伊桑的婚外情，他跟萨迪·罗森的事情，还有那一天发生的可怕事情——

两个大人死了，他们幼小的女儿不知怎么也中弹了。"

"你说的是我？"

"我说的是你。"她轻声说道。

她接着又说："如果我把真相告诉警方，你就完了，我也完了。我就会被人唾弃，人们会说我是一个玩弄女性的杀人犯的老婆，会说我的丈夫对着一个小女孩开枪，任由她流血死去，而且很快这就会传遍整个亚特兰大。你那时太小了，"她呜咽着说，"还扎着小辫，系着粉红色的缎带，躲在你妈妈的裙子后面。你能想象出来，要是这一切传出去，会带来怎样的耻辱吗？这种事情是不会被人们遗忘的。"

"所以你就编造了一个故事，说那是一个持枪歹徒干的？"

"那是我能想出来的唯一办法。人们会相信我的，他们已经相信我了。"

她很聪明，做得也很正确。人们会相信弱小的贝琪·辛克莱。我佩服她，但同时又感到有点恶心。

"我不允许别人破坏我的家庭，至少现在不行。我不允许别人玷污伊桑的姓名。我可以对天发誓，除非你带着枪来先把我杀了。"

"那倒没有必要了。"我轻柔地说道。

过了几分钟，她吸了吸鼻子，咳嗽了一声，清了清嗓子，"还有其他人知道这件事吗？你跟别人说过吗？"

"我正准备问你同样的问题。"

又是一阵嘶哑的笑声，这次听起来甚至更加悲伤，"我丈夫的秘密，我保守了很长很长时间。这次的秘密，我也能够守住。卡洛琳，请你不要再给我打电话了。我请你——我求你——守口如瓶。别再来打扰我们家了。"

电话随即就挂断了。

我擦去眼里的泪水，想到了我们伤害挚爱的人的种种方式，以及这些伤口要用多长时间才能愈合。福克纳怎么说来着？"过去从未消亡，它甚至从未过去。"

第五十七章

警方并没在追捕我。

他们从来也没有追捕过我。

但我的逃犯思维模式已是积习难改，我需要一些时间才能相信这一点。我发现自己还是疑心重重，仍然不时扭头朝身后看。手机里的话费还剩下 79 欧元 18 分。我拨通了往亚特兰大打的最后一个电话。

"卡洛琳，很高兴你终于给我回电话了。"比默·比斯利说，"你还在法国？"

我坐在塞纳河边一堵低矮的石头墙上，俯瞰着河面上来回穿行的平底游船，巨大的露天甲板上星星点点布满了游客。塞纳河左岸，埃菲尔铁塔高耸入云。已是傍晚时分，太阳快要落山了，像一个橙色的圆球挂在天边，照在我的脸和胳膊上暖暖的。听到他用了"还"这个字，我突然感到一阵寒意。有来电显示功能的电话上会出现 +33 的国家代码，接听人能猜到我用的是法国的手机。但是，"还"这个字暗含的意思是这已经不是新闻了，他早就知道我在法国了。

"是的，还在法国。"我没必要否认了，"你是怎么知道的？"

"在确认你没有乘坐前往墨西哥的航班后，我冒昧地打了几个电话。"

"你为什么会对我的行踪感兴趣？"

"好吧，一开始，我是想告诉你伊桑·辛克莱的死讯。但我猜你应该已经看到新闻报道了吧。"

"是的。"我的腿开始打战，"太令人……吃惊了。"

"确实令人震惊。他的遗孀不太能接受这个事实。你从未见过她吧？贝琪·辛克莱？"

我没吭声，等着他往下说，看他葫芦里卖的是什么药。

"我想说的是，"他说，"我想说的是，案件有一两处可疑的地方，报纸上并没有提到。我猜你可以称这一两处为旁支末梢。"

"哦？"我的腿控制不住地上下抖动着。我用手掌紧紧摁住膝盖，想让它们贴着墙静静地待着，想让自己不那么惊慌失措。

"要知道，我不负责调查辛克莱的案件。所以这只是我偶然在过道里听到的，所谓饮水机旁的闲聊吧。"

"比默，你就直说吧。"我说话的声音不太客气。

"好吧。辛克莱先生不喜欢用那些最新的技术。他确实有一部手机，但我们没找到。然而，他的日程安排并不记在电子设备上。他用一本紫色的真皮小记事本记录每天的安排。我们是在他的裤子口袋里找到的。"

"啊。"

"他被害那天，就是辛克莱太太说辛克莱先生准备了一份浪漫的午餐，拿出了精美的餐具，买来了五香烟熏牛肉配黑面包的三明治，给了她一个惊喜的那一天。辛克莱先生的记事本里有一条记录：跟'卡'共进午餐。午餐的时段跟验尸官证实的死亡时间恰好吻合。有意思吧？"

"也不是特别有意思吧。"我模棱两可地回答，"也许为了跟妻子共进午餐，他取消了跟其他人的午餐。"

"贝琪·辛克莱说'卡'指的就是她，说自从他俩从罗马度蜜月回来，辛克莱先生就一直称她为'卡里斯玛'，这是意大利语'挚爱的人'的意思。多甜蜜的一对啊，是吗？"

我小心谨慎地听他继续说下去。

"这事我也只是顺带提一下。现在还有一件蹊跷的事情。有两根头发，两根深褐色的长发，白种人的。他们是从辛克莱先生的衣袖上取到的。检验员没找到跟头发匹配的对象。"

我闭上了眼睛，脑海里浮现出伊桑·辛克莱两手掐住我的脖子的情形，我的一头乱发盖住了我的脸和他的胳膊。案发现场有两根头发，是我的 DNA，而且是在受害者的身上！这我要怎么解释呢？

"你也许已经猜到了，贝琪·辛克莱是金发。被指控的肇事者是一个非裔美国人，因此头发也不是他的。警方也排除了保洁阿姨的嫌疑。"

"是不是伊桑的孙女的？"我有气无力地说，"他的秘书的？"

"这些人都查过了。卡洛琳，你知道吗？你知道我是什么理论吗？我的理论就是，江山易改，好色的本性难移。"

"你说的是什么意思？"

比斯利叹了口气说："我听到局里人谈论头发的时候，说他们在系统里没找到匹配的 DNA，我本来想说辛克莱先生名声在外，喜欢在外面拈花惹草。我还想——愿主原谅我——建议他们不要对他袖子上的两根女人头发大惊小怪，不要再对受害者的遗孀造成更大打击了。我甚至想强烈建议负责调查此案的同事们仁慈一些，他的家人已经悲痛欲绝了，他们就不要再雪上加霜了。"

"但是，你的同事的职责不是展示仁慈，而是找到杀害伊桑·辛克莱的凶手。"

"嗯哼。但是我们有一个不容置疑的目击证人，一个虔诚的、敬畏上帝的老祖母，愿意手按着《圣经》发誓，说她的丈夫是被闯入他们家的一个高大的黑人男子枪杀的。因此，我们就在找那个肇事者。我的同事们不打算花费太多精力去寻找某个白种褐发女人。"

我明白了。

"但这也不是说他们最终就不去做 DNA 的匹配了。每年技术上都有很多新的进展。就像我跟你提到过的那起维修工的案例一样。从辛克莱先生衣袖上取出的头发……不管是谁的，这个人都要十分小心，不要被人找到让她测试 DNA 的理由，永远不要让她的 DNA 数据进入全国的数据库。"

"谢谢你。"我轻声说道。

"谢我什么？"

"就是谢谢你。"

"你知道吗，我经过了很长时间才悟出这一点。有些时候，获得公平正义的方式跟刑事司法体系没什么关系。"

那天晚上，盘腿坐在奥布琼夫人的床上，我把两件东西放在了白色的床单上。

第一件是那部一次性手机，现在里面只剩下43欧元了。我还用它远距离收取了以前的语音信息，发现威尔·扎特曼至少给我发了九条信息。前面八条信息都很简短，每条只有几秒钟的时长，我猜大概就是"请给我打个电话"之类的信息。我把它们删除了。但最后一条信息有大约3分钟的时长，我既没有勇气把它删除，也没有勇气把它打开听。我把手机旁边的另外一件东西打了开来，那是我从挂在脖子上的小皮口袋里拿出来的一张纸。我把它铺在床单上抚平了。纸上写着"弗朗索瓦"的名字和一个电话号码，用的是黑色水笔，字写得很有棱角。

我的手悬在空中，犹豫了一下。然后，我拿起电话，拨了一个号码。

对方一接起电话，我就说道："嘿。"然后我朝后一倒，靠在了枕头上。

"你好？"对方小心翼翼地回答，"卡洛琳？是你吗？"

"是我。"

威尔发出一声长叹，"感谢上帝。你还好吗？你在哪儿？"

"我在巴黎。说来话长。"

"但是你都好吧？你的脖子怎么样了？你的手腕呢？"

"我很好。脖子和手腕都是一天比一天好。"

"感谢上帝。"他又叹了口气，"马歇尔·盖勒特说你有两次复查都没去，也没再去拿止痛片。我不知道你是否——"

"我哥说你从家里搬出来了。"我没有耐心跟他兜圈子。

"哦，"威尔平静地回答说，"是的，我们分居了，我和我太太。卡洛琳，没告诉你这一切，我知道自己犯了不可原谅的错误。我只是一直没找到——"

"合适的时机？你是准备这么说吗？那我正好可以反驳你。那天晚上在亚特兰大，你吻我之前就是一个合适的时机。"

"我知道，我知道。但我怕你会落荒而逃。"

"好吧，那倒也对。我可不是特别渴望跟一个带着两个孩子的已婚男人纠缠在一起，而且他竟然还喜欢听加斯·布鲁克斯的歌。"

"你这么一说，我觉得自己还挺优秀的呢。"

"那这么说怎么样？已婚的中年棒球球迷，有孩子，郊区有房子——"

"但你还是打电话来了。"他温柔地打断我的话，"为什么？"

就是，为什么？为什么我要把爱情赌在一个有家庭负担的男人身上？赌在一个对我撒了谎的男人身上？赌在一个可能——谁知道呢——现在还在对我撒谎——说他已经跟老婆分居了——的男人身上？

我说："我想你。"其实我对威尔还不仅仅是思念。比起我那些如出一辙的前任情人，我让威尔走进了我内心更深的地方。就在几个星期前，我甚至已经无法自已。如果他带着负担而来，那就这么着吧。我现在自己也有很多负担。

"我也想你。回家吧。"

半夜12点之后，我在白色的被单里翻了个身，睁开了眼睛，突然意识到贝琪·辛克莱是在撒谎。

我梦到了一个深褐色头发的小女孩，辫子上系着粉红色的缎带。贝琪曾提到了"扎着小辫，系着粉红色的缎带"，还说过"躲在你妈妈的裙子后面"。扎着小辫，系着粉红色的缎带。案发那年的所有新闻报道里都没提到过这个细节。据我所知，我在案发当天的照片也没有外流。有可能是伊桑把我的样子描述给他妻子听的，但居然会提到这个细节，这听起来有点奇怪。那么，她是怎么知道的？她要是不在现场，没看到我，怎么会知道我辫子上缎带的颜色？

我从床上坐了起来，用手指梳了梳现在的金色短发，看着卧室墙上一个影子慢慢移走，是一辆车从楼前经过，车灯投射过来的影子。贝琪到底想干什么？

亚特兰大的电话响了一遍又一遍，我正准备挂断，再拨第三次的时候，她接起了电话。她听起来极其疲劳，"我跟你说过别再联系我了。"她毫不客气地说道，"我要挂了，如果你还有一点头脑的话，请你也这么做。"

"你怎么知道我妈死的时候，我躲在我妈的裙子后面？贝琪？你怎么知道我扎着小辫，系着粉红色的缎带？"

她沉默了几秒钟，然后说道："我对你头发的样子一无所知。我甚至不记得说过这样的话。这都是些多么愚蠢的问题啊。卡洛琳，要是你继续骚扰我的话……上帝为我做证，我就告诉警方真相。我会告诉他们是谁枪杀了伊桑。你听清楚了吗？我马上就会打电话。"

"我认为你在现场，那天你在尤拉莉亚路上的那栋房子里。我认为你看见我了。"

"你已经疯了。"

298

"不，我没疯。你在现场，你看见了。告诉我发生了什么。"她的呼吸变得急促，电话那头传来一口接一口的喘气声。

"贝琪，他们都死了。除了你和我，那个屋里的人都死了。你还要保护谁呢？"

开始几秒钟，她有些抵触。后来，她一开口就开始咆哮："你妈妈多么会勾引人，你是不会知道的。萨迪·罗森就那样站在那儿，高傲自大，目中无人，穿着不能再短的裙子，跟不能再高的鞋子，扭着屁股，就那么明目张胆，像个荡妇一样。我去那里就是叫她把项链还给我，免得她再戴着那根项链在巴克黑德招摇过市。"

"什么项链？"

"伊桑给她的那根，是一根金链子，上面坠着一块蓝宝石。梅尔伯克利把账单寄到我家里来了。为了维护我家账户的信誉，我不得不写了一张支票给他们。你能想象那是一种什么样的感觉吗？"她的声音越来越尖厉。

"因此……你……你和伊桑一起去了史密斯家？去把项链要回来？"但是这个版本听起来也不太合理。我感觉肩胛骨之间有一块地方正因为恐惧而变得僵硬。

"我自己开车去的，去找她把项链要回来，去告诉她在离我家一百英尺之内的地方不要让我看到她的脸。她叫我去死。她嘲笑我，说我丈夫从来没爱过我，说项链是属于她的。"

我的内心深处突然闪现出某个画面。一颗蓝宝石，蓝光一闪，我看见了。我想起来了。白皙的颈部衬托着深蓝色的宝石，浓黑如乌云的头发，温暖的臂膀把我搂得紧紧的。女人发怒的尖声高叫。

"我不是去杀害她的。我不是个残忍的人。我只想吓唬吓唬她。我带了伊桑的枪，平时枪都放在床头柜里。我拿出枪，告诉她我是说真的，让她听我的。这时，你爸爸走进来了！当时是下午，没到下班时间呢。我忘了飞行员的工作时间根本没有规律。布恩也发怒了，叫喊着让我保持冷静。我对他说他老婆道德败坏，他就冲我来了，他想把枪抢过去，我就——我就——"

"是你开枪杀了他？"

"一切突如其来，突然就发生了。他倒了下来，我正要去扶他，你妈妈朝我扑来。她打了我，说我要去坐一辈子牢，说我的孩子会成为孤儿，说她不会放过我的。我不能……我不能让她得逞。"

我闭上眼睛，又看见那道蓝色的光。嘈杂吵闹的声音，几声爆裂的巨响，接着，我的脖子感到一阵刺痛，我的妈妈摇摇摆摆地贴着我倒在了红色的地砖上。这些真的是我的记忆？还是此刻我编织出来的记忆？还有必要区别吗？

"我不知道你也受伤了。我根本就没考虑到你。我吓坏了，就给伊桑打了电话。他几分钟后就到了。他把一颗子弹从门框里挖了出来，但怎么也找不到另外一颗子弹。这时候，我们才……我们才……"贝琪颤抖着吸了一口气，"我们以为你也死了。你没有呼吸了，或者说看起来你没有呼吸了。否则，我不会丢下你不管的，我不会丢下一个孩子不管的。"

"他为什么要帮你？"我轻声问道，"你刚刚杀害了他爱的女人。"

"是他以为他这么多年来爱过的女人中的一个。"她悲痛地说，"我是他的妻子，是他的孩子的母亲。他不会让我去坐牢的，对吧？"

我感到嘴里的舌头又厚又重，只有使劲才能把它抬起来，只有强迫它才能说出话来，"所以，不是他干的。伊桑没有枪杀我的父母。是你干的。这么多年来，他都是在保护你。"

"是的。"她坦白道。

"萨迪·罗森的项链，蓝宝石的那根，你拿走了吗？"

"要是你确实想知道的话，我能告诉你的就是我们一直都没找到那根项链。"

我在脑子里把最近几周发生的事情迅速过了一遍，努力去重新审视它们，"那么，那天夜里，是谁闯进了我在乔治城的住处？是谁从我的主刀医生办公室里取走了我的病历？"

"我完全不知道你在说些什么，但我可以想到的是，专业干这一行的，只要愿意花钱的话，总是能找到做成这些事情的方法。"

我们陷入了一阵陌生但几乎让人感觉舒坦的沉默。曾经使出最恶劣的方式伤害了对方的两个女人，现在却隔着千山万水，独自坐在各自的卧室里。

最终，瘦弱的贝琪·辛克莱清了清嗓子，说道："卡洛琳，我现在要跟你说再见了。最后我还想给你一句忠告：你枪杀了一个无辜的男人，而你不会受到惩罚。不要犯傻，闭上你的嘴。别再折腾了。"

第五十八章

格勒内勒路上有一家咖啡店，你可以点上一杯黄金咖啡，坐在那里看来来往往的顾客。这是一家很不起眼的店面，不是巴黎的知名咖啡馆，萨特从未在这里落过座，海明威没有光顾过这里，毕加索也不是这里的主顾。他们都喜欢再往东走几个街区的双偶咖啡馆。

正是这个原因，我一直都喜欢格勒内勒路上的这家咖啡店。她招待的是附近的邻里乡亲，不是专为名人和游客提供服务的。几个老人互相打着招呼；一个女子把早餐的牛角面包撕碎了喂给狗吃；一对 20 多岁的优雅情侣，还穿着头一天晚上闪闪发亮的礼服，坐在室外的一张桌旁抽着烟。他吻了她，她抬起脸迎了上去。她看上去累了，但还是美得令人心疼。

我一边抿着咖啡，一边看着他们。我讨厌咖啡，从来不碰咖啡。惊奇的是，今天早晨我突然非常想喝咖啡。惊奇的是，我发现咖啡很好喝，浓滑香醇。你以为你了解你自己。你以为你知道你喜不喜欢喝咖啡、喜不喜欢抽烟、喜不喜欢说脏话、会不会杀人。你以为你知道你做得出什么样的事情。然后，有一天，你发现，你其实不是你原来认为的那个人。我把那颗子弹从小皮口袋里倒出来，放在面前的咖啡桌上。子弹歪歪扭扭地滚到了凸起来的镀铬桌边。

伊桑·辛克莱没有扣动扳机，也许他一辈子从来都没有扣动过扳机。我曾经想象自己在主持正义，纯粹的、《圣经》意义上的正义。"以眼还眼，以牙还牙。"事实却是，我谋杀了一个人，一个——如果不能说是完全无辜的话——也不能说是有罪的男人。真正的凶手却活得好好的。此刻，她安坐在巴克黑德的大宅子里，安享着晚年子孙满堂的天伦之乐。这让我怒火中烧。公平正义没得到实现，历史的冤假错案没得到纠正。我自己的行为更是错上加错，冤上加冤。但是，这么做能否跟以前的冤情相抵消吗？我的直觉是——不能。秤还没有端平。我面前有两个选择：一是听从贝琪的意见，不再折腾了；二是回去完成未完成的任务。故事什么时候结束，我说了算。

现在，我站起身，推开椅子，往北走到塞纳河上。在皇家桥的正中间，正前方是卢浮宫，身后是奥赛博物馆，我停住了脚步。鸽子在我的头顶轻松地拍着翅膀，围着一块丢在石板路上的面包皮上下飞舞。桥上的护墙在这一段很矮，还没有腰高。我探出身去，身下是碧绿的河水。我伸出了握紧的拳头。

一颗子弹片刻之间就能穿破空气夺走人的生命，片刻就能造成这样的伤悲。心一旦碎了就无法修复，再也不是以前的形状了。

但今天，这颗子弹将像一块无辜的鹅卵石一样落下去，像一粒橡果从橡树上落下来一样。河水将把它吞噬，不惊起一圈涟漪，也许也听不见一点声音。

我站在广阔的苍穹下，松开拳头，任它落了下去。

致　谢

别的不说，这是一本关于兄妹亲情的小说。

C.J. 凯利让我了解到兄长一词的绝大部分意义。我俩的关系出奇亲密，特别是考虑到我俩之间有 8 岁的年龄差，而且孩童时代，我俩总是不停地拌嘴，争论谁是爸爸妈妈最爱的孩子（**C.J.**：你就赶快承认吧。）。要是我卷入了一场酒吧斗殴，我哥无疑是我希望留在身边帮我的那个人。我对他和漂亮的妻子简恩以及儿子卡西组成的三口之家感到无比骄傲。在最先读到本书的读者中间，唯有 **C.J.** 写出了让我落泪的批语。书中有一个卡洛琳冲着一个哥哥大喊大叫的场景，**C.J.** 在一旁的空白处写道："这太真实了。我爱你。"

我爸妈第一次买的房子是亚特兰大市尤拉莉亚路上的一栋需要修缮的房屋。对于在那里生活的日子，我满满的都是快乐的回忆。但是布恩·史密斯和萨迪·罗森·史密斯被谋杀的地点就被我设在了那间铺着白色地砖的厨房里。当我宣布要以亚特兰大为背景写一本小说的计划时，妈妈和爸爸的兴奋之情溢于言表，除了把本书献给他们，我还能怎么做呢？我妈自告奋勇要帮我体验尤拉莉亚路的生活，于是——纯粹为了调研的目的——我妈多次品尝了"佐治亚烤肉"餐厅的玛格丽特鸡尾酒和牛仔虾。至于我爸……我们暂且这么说吧，他对这本书的拥护体现在购买了一把 20 世纪 70 年代造的"点三八"手枪。

远在苏格兰的家人也是一样支持我写作本书。玛丽和詹姆士·博伊尔不止一次来把孩子们带去爱丁堡，让我有一个安宁的创作环境。我丈夫的两个兄弟，安东尼和马丁，他们的名字被我用在了卡洛琳的两个哥哥身上。多特·博伊尔和希拉里·威尔逊每天跟我分享她们年纪尚幼的女儿们的成长故事，帮我洞悉卡洛琳·卡申 3 岁时的内心世界。

在我的女性朋友里面，这一轮我要特别感谢萨沙·福斯特，她在刑事司法领域的专业知识帮我把比默·比斯利塑造成一个真实可信的人物。凯特·盖勒特一连几个月时间每天都特意去买一本我的第一本小说，说是为了提升我在畅销书单上的排名。她在笔者心目中的特殊位置难道还用多说吗？我衷心感谢凯特和其他许许多多朋友，她们帮我调制了鸡尾酒、帮我寄出了邀请信，并且向我发表了祝酒词。她们是玛丽莲·贝克、南希·泰勒·布毕斯、希瑟·佛罗伦斯、希瑟·汉克斯、麦琪·赫奇斯、汉娜·艾尔斯、苏茜·金、瓦珥·洛卡西欧、科琳·马卡姆、莱斯利·梅莎克、安·米歇尔、兰·阮、香农·普赖尔、贝基·莱利克、梅根·鲁普、琼娜森·塞缪尔斯、凯西·赛登伯格、琳达·威拉德和塔米·曼科·魏卡普。你们帮我举办了一场绝妙的新书会。

在意大利的时候，随着书稿截止日期的日益临近，我的恐慌不断升级。我躲进搭建在起居室里的花园棚屋（真的是一间钢板结构的花园棚屋，刷成了柠檬绿，就搭建在起居室的中央——说来话长），每天都在键盘前敲上 18 个小时。于是，我可爱的朋友们——克斯廷·贾科、克里斯蒂娜·佩托基以及查尔斯和克里斯蒂娜·赫拉维尔——就来帮我照看孩子。他们帮我接送孩子上下学、帮我喂饱孩子，而且我知道他们有时甚至帮我把垃圾拿出去扔掉。

佛罗伦萨读书会把我从电脑前拽走，去和大家一起分享阅读的乐趣，从海明威到俄罗斯政治史，我们无所不读。阅读让我的大脑保持清醒。同时，我们名声在外，都说我们是一个享受阅读的饮酒会，至于为什么会有这样的名声，原因我们第二天早上都不太记得了。当然，这跟艾莉森·吉利根和戴安娜·里奇曼的领导毫无关系，她们俩对读书会的组织既儒雅又高效，军队司令员也会从她们身上获益良多。

我还要感谢比塔·霍纳瓦和桑德拉·墨里，他们为我提供了《亚特兰大宪法报》的档案。我要感谢"全国无人认领财产管理协会"的卡罗琳·阿特金森，在我写作卡洛琳追踪调查父母遗产的故事情节时，她提供了很多帮助。我要感谢马克·温奇

304

圭拉，他帮我纠正了小说中的很多巴黎俚语。我要感谢布莱恩·马丁，他不仅让我盗用了他的课程大纲，而且在最先看到本书的读者中，唯有他就威尔对卡洛琳法式地滚球的男权主义评判，从心理分析的角度做出了解读（《纽约书评》的编辑们，敬请关注）。

在本书出版的过程中，我最走运的事情也许就是遇到了莱文－格林伯格－罗斯坦版权经纪公司的维多利亚·斯科尼克。她是一股不可违背的自然力。今后大家谁要是碰上了她，我的建议就是，请你闭嘴，照她说的做。相信我——这样可以节省很多时间。凯伦·考斯陶依克是所有作者梦想中的编辑。她既做到了从一开始就对这本书的雏形充满热爱，也做到了让这本书比一开始的时候精彩了一百万倍。我感谢凯伦，同时也感谢露易丝·伯克、珍·伯格斯特龙、琼·安妮·罗斯以及画廊出版社和西蒙与舒斯特出版集团的整个出版团队。

我也有一个跟本书女主人公一样的致命弱点：偏爱欧洲范。开心的是，我的欧洲范老公喜欢穿意大利西装，喜欢喝苏格兰威士忌，不喜欢穿紧身牛仔裤，也不抽香烟。尼克也跟我同舟共济，为了给我更多的时间写作，主动分担了买菜的任务，还学会了做一道令人刮目相看的咖喱鸡。当我跟他唠叨起故事情节可能出现的展开时，他总是仔细地倾听，然后自己也编出了一些精彩的故事情节。我的爱人，没有你在我身边，我不但写不出这本书，也做不成任何事。

我们的儿子詹姆斯去年冬天有很多时间都是依偎在我身边，撰写他的第一本小说。刚刚10岁，他就已经掌握了遣词造句的方法，甚至能够理解虚构文学作者面临的难题。（"妈妈，"一天晚上他叹了口气说道，"你又要塑造人物，又要编故事，还要写结尾，写小说事儿太多了，不是吗？"）年纪小一点的二儿子，亚历山大，一连好几个月坚持每天早早上床睡觉，好让我悄悄溜走，继续写作到深夜。早晨起床的时候，他斜着一只还没睡醒的眼睛，温热的胳膊搂住我的脖子，轻声问我："你写完那一章了吗？""是的，可爱的孩子，我终于写完了。"